LE TÉMOIN COMPROMIS

Ouvrages publiés d'Édith Thomas

La Mort de Marie, roman, Gallimard, 1934.
L'Homme criminel, roman, Gallimard, 1934.
Sept-Sorts, roman, Gallimard, 1935.
Le Refus, roman, Éditions Sociales internationales, 1936.
Contes d'Auxois (pseud.), Éditions de Minuit clandestines, 1943.
Étude de femmes, roman, Éditions Colbert, 1945.
Le Champ libre, roman, Gallimard, 1945.
La Libération de Paris, essai, Éditions Mellottée, 1945.
Jeanne d'Arc, essai, Éditions Hier et Aujourd'hui, 1947, rééd. Gallimard, 1952.
Les Femmes de 1848, essai, P.U.F., 1948.
Ève et les autres, nouvelles, Gizard, 1952, rééd. Mercure de France, 1970.
Pauline Roland : Socialisme et féminisme au XIXe *siècle*, essai, Librairie Marcel Rivière et Cie, 1956.
Les « Pétroleuses », essai, Gallimard, 1963.
Rossel (1844-1871), essai, Gallimard, 1967.
Le Jeu d'échecs, roman, Grasset, 1970.
Louise Michel ou La Velléda de l'anarchie, essai, Gallimard, 1971.
Pages de Journal (1939-1944), suivies de *Journal intime de monsieur Célestin Costedet (1940-1941)*, Éditions Viviane Hamy, 1995.

ÉDITH THOMAS

LE TÉMOIN COMPROMIS

Présentation et notes
de Dorothy Kaufmann

VIVIANE HAMY

Conception graphique de la couverture : Pierre Dusser

ISBN : 2-87858-062-1

PRÉSENTATION
par Dorothy Kaufmann

Le Témoin compromis [1] : *le choix d'un tel titre pour des Mémoires politiques est peu caractéristique d'une femme dont la vie ne fut qu'une quête permanente pour trouver une morale qui satisferait son besoin de vérité et de cohérence. Née à Montrouge en 1909, fille d'un père ingénieur agronome et d'une mère institutrice, Édith Thomas se convertit à l'âge de seize ans au protestantisme, moins par conviction religieuse que par identification à l'éthique dissidente des huguenots. Elle fait ses études à l'École des Chartes et en sort en 1931 avec le diplôme d'archiviste-paléographe. En 1933,* La Mort de Marie, *écrit au cours d'une longue épreuve de tuberculose osseuse, obtient le prix du Premier roman décerné par* La Revue hebdomadaire, *une revue de droite. Par opposition à cette droite qu'elle récuse, elle s'engage en 1934 dans l'AEAR, l'Association des écrivains et artistes révolutionnaires. Elle la quittera quelques mois plus tard, dégoûtée des « coups de gueule » qui s'y donnent libre cours, tout en restant compagnon de route des communistes. D'un voyage touristique en Algérie en*

1. Des notes sur les noms qui risquent de ne plus être généralement connus accompagnent le texte du *Témoin compromis*. Les notes d'Édith Thomas son précédées d'un astérisque, celles de Dorothy Kaufmann sont numérotées.

septembre 1934, elle revient violemment anticolonialiste. En 1935, elle se lance dans le journalisme, en collaborant au quotidien communiste Ce Soir *et aux revues de gauche* Commune, Vendredi, Europe *et* Regards. *Elle mène diverses enquêtes sociales et à deux reprises, en 1936 et 1938, effectue des reportages sur la guerre civile en Espagne. Une rechute de tuberculose, pulmonaire cette fois, la confine à Arcachon entre mai 1939 et septembre 1941. Son Journal*[1] *durant cette période manifeste son refus du pacte germano-soviétique et, dès l'armistice, son rejet de l'ordre nouveau et de la collaboration. De retour à Paris, elle trouve un emploi comme « chômeur intellectuel » aux Archives nationales. Dans* Le Témoin compromis, *rédigé en 1952, elle livre ce qu'elle fut obligée de taire dans son Journal, notamment tout ce qui était lié à ses activités de résistante.*

Le Comité national des écrivains, qui devait publier Les Lettres françaises, *cessa d'exister après la mort de son fondateur, Jacques Decour, fusillé en 1942 par les Allemands. Avec l'aide de Claude Morgan, qu'elle met en contact avec Jean Paulhan, l'autre fondateur du CNE, Édith Thomas parvient à rétablir la filière et à reconstituer le Comité. De février 1943 jusqu'à la Libération, toutes les réunions de la zone nord se tiennent chez elle, 15 rue Pierre-Nicole. D'après le témoignage de Claude Morgan, Édith Thomas est « la cheville ouvrière » du CNE, celle qui « assurait toutes les liaisons indispensables*[2] *». Jean Guéhenno, autre membre du premier CNE, écrit : « Pour moi la Résistance courageuse, c'est une fille comme [Édith Thomas] qui la représente*[3]*. » Elle collabore aux* Lettres françaises *clandestines ainsi*

1. Toutes les références au Journal d'Édith Thomas entre 1939 et 1944 se trouvent dans *Pages de Journal, 1939-1944* (Éd. Viviane Hamy, 1995). Les citations de journal avant et après ces dates sont inédites.
2. Claude Morgan, *Les « Don Quichotte » et les autres* (Roblot, 1979).
3. Jacques Debû-Bridel, *La Résistance intellectuelle* (Julliard, 1970).

qu'aux Éditions de Minuit, auxquelles elle contribue par ses Contes d'Auxois *et par des poèmes pour l'anthologie* L'Honneur des poètes. *En 1942, au moment du plus grand danger, elle donne son adhésion au Parti communiste, qu'elle quitte avec éclat en 1949 à la suite de l'affaire Tito.*

Témoin engagé, donc, sans aucun doute. Pourtant, dès les premières pages de ces Mémoires, elle explique son besoin de les rédiger par la nécessité de se justifier, à ses propres yeux, et à ceux d'un « tu » imaginaire. Cet alter ego, compagnon constant de sa solitude, se manifeste ailleurs dans ses écrits autobiographiques. Dans ses « Lettres à Ariane » (1939), par exemple, qui prennent la forme d'un journal tenu pendant quinze jours et qu'elle destine à une âme sœur atteinte comme elle de tuberculose (cf. note, p. 76). Dans son Journal, à la date du 5 juin 1942, où elle s'adresse une « Lettre à moi-même » qui commence ainsi : « Ma plus chère amie... » Par contre, dans Le Témoin compromis, *son interlocuteur se manifeste autant comme juge que comme complice. Il – car on l'imagine masculin plutôt que féminin – exprime toute la méfiance que lui inspire un tel dessein : elle ne peut transmettre que l'idée qu'elle se fait d'elle-même, elle se donne trop d'importance, il y a de la complaisance dans ces portraits en pied (pp. 34-35). De ce mépris à l'égard de la subjectivité inhérente à son projet de Mémoires, on pourrait déduire que le « tu » auquel elle fait appel, surtout au début de son récit, est le fantôme du militant communiste dont elle aurait espéré être aimée* [1].

Si Édith Thomas se considère comme témoin dans la mesure où elle atteste la vérité de ce qu'elle a vécu, elle est aussi témoin dans un autre sens du terme : elle est

1. Cet interlocuteur est à la fois une certaine idée de l'intellectuel communiste et une évocation des militants qu'elle a aimés.

l'accusée qui doit se défendre contre des jugements intériorisés qui l'ont profondément divisée. Elle commence à écrire son récit pendant l'été 1952, alors que la blessure résultant de sa démission du Parti en décembre 1949 est loin d'être guérie. Les thèmes de son désenchantement par rapport au Parti nous sont familiers : l'imposition d'une orthodoxie théologique ne laissant aucune place à la critique, l'inféodation à Moscou, la pratique systématique du mensonge au nom de la défense du prolétariat. Dès la Libération, ses doutes, nourris par ceux qu'elle ressentait déjà avant la guerre, s'accumulent au point de devenir intolérables. Elle s'insurge contre la prétention d'une poignée d'intellectuels, Aragon en tête, de parler au nom de tous ; contre le réalisme socialiste, dicté par la politique culturelle de Jdanov ; contre l'absurdité des théories du biologiste Lyssenko, qui prône « une science prolétarienne ». Bien que son voyage en URSS en 1946 force son admiration quant à la reconstruction russe et à l'amélioration du sort des paysans et des ouvriers, elle voit également beaucoup de choses qui la gênent – critiques, il faut le préciser, qu'elle ne formule pas dans les articles qu'elle écrit à l'époque. Après un voyage en Pologne en 1948, elle est encore plus convaincue que chaque pays doit faire sa révolution selon son propre génie national. En 1949, interviennent le procès du Hongrois Rajk, exécuté comme « traître », et l'affaire Tito, qui est accusé d'être « fasciste » puis « excommunié » du Parti ; elle prend alors la décision qui couve depuis longtemps. Dans « Critique et Autocritique », un article éloquent et relativement modéré qu'elle donne au journal Combat *de Claude Bourdet – et qu'elle recopie en entier dans* Le Témoin compromis *(pp. 212-217) –, elle explique les raisons de sa démission du PC.*

En réponse à sa démission et suivant une belle logique, la cellule dont dépend Édith Thomas décide de l'exclure définitivement. Dans L'Humanité du 17 décembre 1949, on ose citer à son encontre un discours de Maurice Thorez qui parle des « éléments les plus faibles » « qui ne se résignent pas au combat » : « C'est particulièrement vrai pour ceux qui, dans les périodes de facilité relative, sont venus au Parti des milieux de la petite-bourgeoisie (p. 218). » Le rédacteur de l'article néglige de mentionner que cette période de « facilité relative » où elle a adhéré, c'était septembre 1942.

Quelques mois avant sa démission, au cours d'un rendez-vous avec Jacques Duclos, Édith Thomas lui confie qu'elle pense quitter le Parti. « Quitter le Parti, c'est la mort », lui répond-il (p. 206). En effet, cette rupture devient pour elle une mort sociale. Du jour au lendemain ses anciens camarades, quand ils ne la vilipendent pas, la rejettent au néant. Dominique Desanti décrit Édith Thomas comme une « chartiste rigoureuse au cœur ardent, et que j'aimais d'amitié depuis la guerre ». Cependant, après l'article de L'Humanité, elle note : « désormais, en principe, quand je rencontrais Édith, je devais faire semblant de ne pas la voir [1] ». La formulation est révélatrice. Reléguée hors du Parti, elle est invisible car elle n'existe pas. Jusque dans son intimité familiale, Édith vit des tensions douloureuses : son frère a adhéré au Parti au moment de la Libération [2] et il y restera jusqu'à sa mort en 1967. Après sa démission, le Parti demande à Gérard de dénoncer sa sœur, ce qu'il refuse. En contrepartie, il fait son autocritique.

La rupture avec le PC est d'autant plus dure qu'au moment de son adhésion elle a connu une certaine plénitude, décrite dans les pages les plus lyriques du Témoin compromis. Nous sommes en 1942. Son camarade Claude Morgan arrange un rendez-vous à la station

1. Dominique Desanti, *Les Staliniens* (Fayard, 1975).
2. Pendant toute les années de la guerre, Gérard Thomas souffre du mal de Pott, une tuberculose des vertèbres.

de métro Dauphine près du bois de Boulogne : « Un garçon, le chapeau rabattu sur le front, surgit de je ne sais où. » Pas de présentation : le garçon sait qui elle est ; de son côté elle comprend qu'il est chargé par le Parti de « la vérification des cadres » :

« Le garçon et moi nous enfonçâmes dans le bois de Boulogne. C'était aux environs de cinq heures de l'après-midi, en septembre. Les arbres jaunissaient, le sous-bois était, par places, ensoleillé, et j'éprouvais à cette promenade clandestine une joie que ne m'aurait donnée aucune autre, du genre sentimental. Il me semblait que tous les débats intérieurs, toutes les hésitations, tous les doutes, qui, depuis près de dix ans, avaient surgi à chaque tournant étaient enfin dépassés, rejetés derrière moi, comme une peau morte [...]. J'éprouvais ce sentiment que donne la simplicité intérieure (p. 115). »

Comme elle écrit en 1952, elle a besoin d'ajouter : « Ou plutôt je m'imaginais que je l'éprouvais. » Pourtant, même avec un recul désabusé, ce moment privilégié demeure intact, décrit dans une langue où l'interrogatoire d'identité, sujet de sa conversation avec le jeune homme inconnu, se transforme en expérience à la fois érotique et mystique. Elle se donne au communisme dans un acte de foi, à un moment de l'histoire où elle se sent parfaitement en accord avec ce que le PCF représente. Au second degré, donc, la phrase de Maurice Thorez est juste, si on donne aux mots un sens exactement contraire à celui qu'il leur attribuait : pour Édith Thomas, venir au Parti en 1942 était facile.

Sa fidélité au Parti est aussi remise en cause par un incident spécifique, qu'elle ne relève pas dans « Critique et Autocritique » mais qui l'atteint directement en tant qu'historienne. Chartiste et résistante, à la Libération elle est nommée membre du Comité pour l'étude de l'histoire de la Seconde Guerre mondiale, chargé de rassembler la documentation et les témoignages de la Résistance. Le secrétaire du Comité lui demande de le mettre en contact avec des dirigeants du Front national (communiste), dont aucun n'a répondu aux questionnaires. Après une rencontre avec Jacques Duclos, qui ne veut pas prendre la responsabilité d'une décision, elle apprend que le Comité central a décidé que les communistes ne répondraient pas à l'enquête. L'argument est double : le questionnaire pourrait bien servir à la police, et les historiens « bourgeois » ne donneraient jamais au Parti communiste la place qu'il mérite dans la Résistance (p. 208). Pour Édith Thomas, ce raisonnement signifie simplement que le Parti veut garder la liberté de fabriquer une vérité à sa guise, selon la ligne politique du moment, sans être entravé par la réalité des documents.

Le Témoin compromis reprend la narration d'un voyage qu'Édith Thomas effectua parmi des groupements militaires de Francs-Tireurs-Partisans au printemps 1944. Il avait d'abord paru, en plusieurs livraisons, d'abord dans Les Lettres françaises clandestines et, après la Libération, dans Femmes françaises [1]. On peut supposer que son souvenir de l'argument du Comité central du PC est un des éléments qui la pousse à inclure dans la reprise de son récit un aspect trouble qu'elle avait laissé dans l'ombre lors des versions précédentes : la torture d'un milicien par des militants des FTP, d'après les ordres qu'on leur avait donnés. À son retour,

1. Les articles sont extraits de *Voyage au maquis* (inédit), un manuscrit dactylographié de trente-huit pages daté de mai 1944. Archives nationales, 318AP, 1. Cf. pp. 127-151, et notes. (Toutes les références aux Archives nationales renvoient aux douze cartons du dossier Édith Thomas, dossier privé, qui peut être consulté avec la permission de la famille.)

Édith Thomas communique son rapport à un responsable du Parti (dont elle efface le nom) et demande une punition pour ceux qui usent de la torture[1] *: « Il me regarda avec une sorte de haine et jeta le rapport dans la corbeille à papier (p. 151). »*

La perte de sa foi dans le Parti communiste est une des fissures qui expliquent le titre du Témoin compromis *et la nécessité qu'éprouve Édith Thomas de rédiger ce plaidoyer. L'autre fissure est plus récente et vient d'un tout autre bord. En 1951, Jean Paulhan fait paraître sa* Lettre aux directeurs de la Résistance[2], *un pamphlet contre l'épuration en général et celle des lettres en particulier. Les rapports professionnels entre Paulhan et Édith Thomas remontent à 1934, quand Gallimard publie son premier roman. Elle admire le discernement littéraire de Paulhan et son engagement de la première heure dans la Résistance. Mais ils sont faits pour ne pas s'entendre. Elle se méfie du style paradoxal qui caractérise la vie ainsi que l'écriture de Paulhan, un style qui va à l'encontre de son propre besoin de netteté et de cohérence.*

Dans sa Lettre, *Paulhan opère une sorte de déconstruction de la Résistance, qui devient ainsi une forme*

1. Dans le *Voyage au maquis* où, évidemment, on ne trouve pas cette histoire, il y a un récit qui va dans un tout autre sens. « Pierre » raconte que les FTP, sur la dénonciation des gens du pays, avaient arrêté un gendarme du pays et sa femme, qu'on avait vus plusieurs fois avec un milicien : « Nous les avons interrogés et... »

« Ici, j'ai un scrupule. Je pense à la chambre de torture de Lyon, à tout ce qu'on inflige aux patriotes quand on les arrête. Je demande :

– Quels moyens employez-vous pour obtenir des aveux ?

Le grand garçon blond et tranquille (“ Pierre ” semble être le Frantz du *Témoin compromis*) me regarde bien droit, sérieusement, comme lorsqu'il devait apprendre les quatre règles à ses élèves :

– Est-ce que tu nous prends pour des miliciens ? me dit-il. »

Il est tout à fait possible que les deux histoires à propos de la torture soient vraies.

2. Publiée aux Éditions de Minuit.

de collaboration : si la Résistance refuse de collaborer avec l'Allemagne c'est parce qu'elle a fait le choix d'une autre collaboration avec la Russie. Durant la période de l'épuration, ce sont ces collaborateurs virtuels qui constituent la majorité dans les cours de justice chargées de juger les vrais collaborateurs. L'argument de Paulhan, délibérément provocateur, vise en fait le rôle des « directeurs » de la Résistance dans l'épuration – lire les communistes – mais il prend à partie toute la Résistance. Dès la première page il écrit : « Je suis résistant (...) Pourtant je n'en tire plus aucune fierté. Plutôt de la honte. » Et un peu plus tard : « C'est aux résistants que je parle. » La Lettre *exaspère nombre de ses anciens camarades dans la résistance intellectuelle, y compris ceux qui ne sont pas communistes, et un violent échange de lettres s'ensuit. Édith Thomas n'y participe pas ; mais elle permet à son ami Louis Martin-Chauffier d'utiliser son nom dans des lettres publiques qu'il écrit contre Paulhan.*

Parmi les accusations figurant dans la première lettre de Martin-Chauffier, intitulée « Lettre à un transfuge de la Résistance », il y a : « Vous racoliez pour la très officielle Nouvelle Revue française *de Drieu. » Paulhan dément cette accusation et lui demande : « Quels écrivains, quels articles ? » Martin-Chauffier revient à la charge, citant expressément Édith Thomas* [1]. *Cet incident est raconté dans* Le Témoin compromis. *En rentrant à Paris en septembre 1941, elle a besoin d'un travail et va voir Jean Paulhan. Elle est « un peu surprise » quand il lui demande si elle veut collaborer à la* NRF *ou à* Comœdia *(p. 99 et note).*

L'échange de lettres publiques entre Paulhan et Martin-Chauffier en février et mars 1952 est suivi par un

1. Cet échange, qui paraît dans le *Figaro littéraire*, est repris dans l'édition de la *Lettre* « suivie des répliques et des contre-répliques » publiée par Jean-Jacques Pauvert en 1968.

échange de lettres privées entre Paulhan et Édith Thomas. Il lui écrit une lettre de reproche qui est aussi une lettre de rupture :

« Si, vous aviez une raison de refuser : c'est que l'article de Martin-Chauffier était un article de mauvaise foi. Vous ne croyez pas – et lui ne croit pas non plus – que j'aie écrit la Lettre *par opportunisme, ni que j'aie été résistant par hypocrisie. Autant le rappel de ce petit fait, dans un article de vous, eût été acceptable (puisque le fait est vrai – puisqu'il ne trahit, au surplus, que le désir à vous rendre service), autant il devenait inacceptable dès l'instant que Chauffier lui faisait porter témoignage contre moi. Et vous le saviez, ce n'est pas là cette amitié dont il a été question entre nous : c'est précisément de la perfidie.*

J'en suis peiné. Ce que j'aimais en vous, c'était au contraire cette grande et gracieuse droiture de l'esprit que vous montrez parfois. Adieu. Voilà, je suppose, la dernière lettre que je vous écris [1]*. »*

Édith Thomas et Jean Paulhan ne se réconcilieront que quinze années plus tard, en 1967, un an avant la mort de Paulhan [2]*.*

Dans le même paragraphe où elle se demande ce qui pouvait pousser Paulhan à lui proposer d'écrire pour

1. Archives Jean Paulhan ; copie ou premier jet d'une lettre à Édith Thomas, sans date.

2. Un autre élément qui joue dans la réaction complexe d'Édith Thomas à la *Lettre* sont les rapports triangulaires entre Jean Paulhan, Édith Thomas et Dominique Aury. En 1946, Édith Thomas et Dominique Aury commencent une liaison, qui se termine un an plus tard quand Dominique Aury tombe amoureuse de Paulhan. Malgré l'amertume d'Édith Thomas et les instances de Paulhan pour qu'elle rompe complètement avec son amie, Dominique Aury continue de la voir fréquemment et de lui téléphoner, me dit-elle, « tous les jours de sa vie » jusqu'à la mort d'Édith Thomas en 1970. (Interview de Dominique Aury par Dorothy Kaufmann, le 2 octobre 1990.)

des revues officielles, elle précise que pour elle-même « la situation était des plus simples : les journaux étaient allemands, la radio était allemande. Il n'était pas question d'y collaborer » (p. 100). Pourtant la situation n'était pas aussi simple qu'elle veut le faire croire. Parmi tous les écrivains de la Résistance, il n'y en a qu'une infime minorité qui se sont totalement abstenus de publier dans la presse et dans l'édition officielle. Édith Thomas rapporte qu'elle avait terminé un roman, Étude de femmes, *qu'elle « résolu[t] » de ne pas publier (cf. p. 100 et note). Mais une lecture attentive de son Journal montre clairement qu'en fait elle a essayé maintes fois de publier son roman, sous un autre titre, et dans des versions différentes, aux Éditions Gallimard. Bien qu'elle exprime des doutes et sur la valeur de son roman et sur les possibilités de sa publication compte tenu des circonstances politiques, la question d'un refus de publier ne se pose pas. Le livre n'est pas accepté par Gallimard et paraît en 1945 chez Colbert.*

Dans sa réflexion sur les raisons qui incitaient les individus à adhérer à la Résistance, vues à travers le prisme des conflits de l'après-guerre, Édith Thomas évoque les différents « dosages » de l'antifascisme, de l'attachement à l'Union soviétique, et du patriotisme. Cette analyse se conclut par un dialogue curieux avec elle-même qui montre à quel point elle était perturbée par les accusations de l'auteur de la Lettre : *« Si* [...] *l'envahisseur avait imposé le communisme, ne me seraisje pas comptée parmi les collaborateurs ? J'hésitais à répondre. Oui, pensais-je honnêtement. Mais j'ajoutais aussitôt : dans la mesure où il laisserait la France subsister, où il ne lui imposerait ni sa langue, ni ses conceptions de culture, où il lui laisserait accomplir sa transformation sociale selon son génie particulier » (p. 98). Malgré le ton hésitant, tout ce qu'a fait Édith Thomas durant ces années, tout ce qu'elle a écrit, démontre l'authenticité de sa revendication : la résistance au nazisme passait pour elle au premier plan – comme il est également clair que, pour Jean Paulhan, la première motivation était le patriotisme* [1].

Le plaidoyer du Témoin compromis, *en ce qui concerne la Résistance, prend tout son sens à partir de la notion de mémoire, celle qu'Henry Rousso appelle la mémoire du « deuil inachevé » (1944-1954), marqué par l'ambivalence* [2]. *Édith Thomas donne sa version de cette ambivalence quand elle constate que « la Résistance est devenue maintenant une sorte de mythe, un sujet d'exaltation pour les uns, d'horreur pour les autres » (p. 136). En se défendant, elle défend aussi la Résistance, dont « certains rougissent d'avoir fait partie ». Elle revendique son soutien à la liste noire du Comité national des écrivains comme une expression de la volonté des écrivains résistants de ne pas se trouver associés à des écrivains collaborateurs. Plus fondamentalement, elle souligne que les fautes et même les crimes de la Libération – et elle tient à rappeler les conditions dans lesquelles ils ont été commis – n'entachent pas le fait moral de la Résistance. Elle vise Jean Paulhan bien sûr, mais elle s'insurge également contre l'état d'esprit ambiant qui préfère gommer les années noires. En 1956, dans un hommage au père Maydieu, un de ses camarades au Comité national des écrivains, elle écrit : « Il est de mauvais goût, aujourd'hui, d'évoquer le temps de la Résistance. Ceux qui n'ont pas oublié [...], ceux qui ne veulent rien renier des engagements qu'ils prirent alors avec eux-mêmes, font figure d'attardés, de trouble-fête, d'énergumènes, qui pis est, de demi-soldes, amers et démodés, sous la Restauration* [3]. *»*

1. Cf. Jean Paulhan, *Choix de lettres, II, 1937-1945* (Gallimard, 1992).
2. Henry Rousso, *Le Syndrome de Vichy* (Éd. du Seuil, 1987).
3. *Vie intellectuelle*, août 1956.

Bien qu'elle déclare « Pour moi, je n'ai pas changé », elle a perdu ce sentiment d'un accord total avec elle-même [1]. Le « deuil inachevé » d'Édith Thomas est celui de la perte de la ferveur, d'un accord non seulement avec elle-même mais aussi d'un accord entre tous les écrivains si divers qui se réunissaient dans son appartement de février 1943 jusqu'à la Libération. Cet accord n'était pas illusoire. Les écrivains du CNE venaient chez elle à visage découvert, parlaient librement, et se rendaient ainsi complètement vulnérables les uns aux autres. « Ce qui me paraissait important, à ce moment-là, écrit-elle, ce qui me donnait l'impression de vivre un moment unique, dont le miracle ne se renouvellerait jamais plus, c'était la confiance que tous ces hommes se faisaient entre eux » (p. 107). Et il n'y eut pas de traîtres dans le groupe. Pourtant, si cet accord n'était pas illusoire, il était bien précaire, et allait exploser en haines réciproques dès que le groupe ne serait plus uni par la haine partagée de l'envahisseur.

Lorsque Édith Thomas parle d'elle-même en tant que femme – ce qui arrive rarement – elle laisse paraître d'autres motifs d'incertitude. Elle note son refus angoissé du pacte germano-soviétique, ajoutant toutefois que ce qu'elle en pense « n'avait aucune importance » puisqu'elle est une femme et n'est donc pas mobilisable (p. 81). Quand elle s'indigne de l'usage de la torture contre un milicien, elle se méfie d'abord de sa réaction de « femme », et sent le besoin d'étayer sa répulsion

1. Un exemple de ce décalage se révèle dans sa description des femmes tondues. Elle présente son évocation de la libération de Paris au jour le jour dans *Le Témoin compromis* comme des notations copiées directement de son Journal pour ces dates, ce qui en général est vrai. Mais par rapport aux femmes tondues, les drames de l'épuration créent comme un changement de mémoire et elle récrit ces notes prises sur le vif d'après les connaissances et les attitudes qui sont devenues les siennes par la suite. Cf. p. 170 et *Pages de Journal* du 25 août 1944.

auprès des camarades du maquis (p. 150). En même temps, elle se représente comme une femme qui ne relève que d'elle-même et qui est fière de son autonomie. Elle s'envisage non pas féministe, terme qui lui semble démodé, mais partisane de « l'humanisme féminin » [1]. *Il n'est pas étonnant de constater sa gêne quand elle est chargée par Pierre Villon, chef du Front national, d'écrire des tracts pour l'Union des femmes françaises, groupement de femmes résistantes, et de faire partie de leur comité directeur. Bonne militante, elle accepte la tâche que le Parti lui confie. Mais le principe d'un groupement de femmes dans la Résistance, séparé des hommes, la met mal à l'aise, d'autant plus que les suppositions parfaitement traditionnelles qui président à cette séparation – femmes, donc ménagères, épouses et mères – n'ont rien à voir avec sa propre situation. Après la Libération, elle occupe la fonction de rédactrice à* Femmes françaises, *hebdomadaire de l'UFF, jusqu'en janvier 1945, quand l'accumulation de conflits – sur le contenu du journal et sur le rôle du Parti – éclate et l'amène à donner sa démission.*

À partir des années d'après-guerre et jusqu'à sa mort en 1970, Édith Thomas focalise ses énergies d'écrivain sur l'histoire des femmes. La pulsion autobiographique du Témoin compromis *trouve une expression indirecte dans une série de biographies, individuelles et collectives, de femmes du XIXe siècle :* Les Femmes de 1848, Pauline Roland, George Sand, Les « Pétroleuses », Louise Michel. *Les sujets de ces études historiques sont des femmes – et un homme, Rossel – qui tous partagent avec*

1. Entre 1947 et 1949, elle prépare une anthologie d'écrits de femmes intitulée : « L'Humanisme féminin, de Christine de Pisan à Simone de Beauvoir ». Cette anthologie, un manuscrit dactylographié de 322 pages (cf. Archives nationales, 318 AP, 3), devait être publiée par les Éd. Hier et Aujourd'hui, contrôlées par le PCF. Après la démission d'Édith Thomas, le Parti retire son offre de publication. Elle ne semble pas avoir essayé de publier son manuscrit ailleurs.

elle un engagement de conscience dans les luttes sociales et politiques de leur époque. Une autre affinité se fait jour dans son choix des périodes historiques, en particulier la Commune, déplacement volontaire par rapport à la période de défaite et de Résistance qu'elle a vécue. Pour de multiples raisons, l'Occupation lui semble trop proche pour qu'elle l'aborde en tant qu'historienne.

Bien qu'elle parle peu de sa condition de femme, un thème qui revient constamment dans Le Témoin compromis, *comme dans tous ses écrits autobiographiques et dans tous ses romans, est celui de la solitude. Elle écrit pour toucher et pour convaincre le compagnon rêvé qui se trouve de l'autre côté du mur. Depuis sa tuberculose osseuse, qui la laisse boiteuse de la jambe gauche à l'âge de vingt-deux ans, elle se sent moralement atteinte. La solitude, malédiction et goût, est aussi une habitude. C'est en plus la condition nécessaire de l'écriture, seule activité qui garde pour elle une valeur durable, qui a le pouvoir de la déposséder d'elle-même et de conférer à sa vie une justification. Pendant les pires dépressions, elle continue d'écrire.*

Le Témoin compromis *était-il destiné à la publication ? Il n'y a aucune indication qu'elle ait fait des démarches dans ce sens. Pourtant, en contraste avec son Journal et avec son journal fictif d'un bourgeois pétainiste* [1]*, écrits à la main et difficiles à « décrypter », ses Mémoires sont dactylographiés. Elle insiste à plusieurs reprises sur le fait qu'elle écrit d'abord par nécessité intérieure, « pour que la vérité existe quelque part, même si elle ne doit être lue par personne » (p. 177). Cependant elle ne perd pas de vue son lecteur imaginaire. À la fin du manuscrit, le plaidoyer devant un interlocuteur*

1. C'est le *Journal intime de monsieur Célestin Costedet* (Éd. V. Hamy, 1995).

spécifique, militant communiste d'une part ou critique de la Résistance de l'autre, s'estompe, pour laisser la place au petit espoir d'être entendu par un lecteur éventuel, « qui que tu sois ». La conclusion du Témoin compromis *rend sensible l'ambivalence d'Édith Thomas en ce qui concerne la publication de son manuscrit :*

« Il est très possible que ces pages n'aient d'intérêt que pour moi. Il est possible aussi qu'elles aient la valeur d'un témoignage pour ces temps déchirés. Je n'en sais rien. Peut-être aussi ai-je écrit ces pages pour avoir ta réponse qui que tu sois. Mais je ne crois plus guère aux réponses » (p. 228).

Édith Thomas est morte subitement le 7 décembre 1970 d'une hépatite virale. Elle n'a laissé aucune instruction écrite pour la disposition de ses papiers. Cependant on trouve peut-être une représentation oblique de son désir dans son choix d'épigraphe pour Le Témoin compromis : *« Nous abandonnâmes le manuscrit à la critique rongeuse des souris d'autant plus volontiers que nous avions atteint notre but principal : nous entendre avec nous-même. » Dans cette citation tirée de la préface à sa* Contribution à la critique de l'économie politique, *Marx fait allusion à* L'Idéologie allemande, *ouvrage qu'il écrivit quelques années auparavant avec Engels. Édith Thomas savait sûrement que* L'Idéologie allemande *avait été publiée pour la première fois en 1932, plusieurs décennies après la mort de ses auteurs. Il n'est pas difficile d'imaginer qu'elle espérait également pour son* Témoin compromis *une publication posthume, à un moment où le passage du temps permettrait un autre regard sur l'époque déchirée qu'elle a vécue.*

Paris, juin 1994.

LE TÉMOIN COMPROMIS

« Nous abandonnâmes le manuscrit à la critique rongeuse des souris d'autant plus volontiers que nous avions atteint notre but principal : nous entendre avec nous-même. »

Karl Marx

Sainte-Aulde [1], 2 août 1952

Pourquoi ai-je envie de commencer aujourd'hui ce récit ? Qu'ai-je à dire qui n'ait déjà été dit ? Et ce que j'ai à dire, mérite-t-il d'être écrit ? Je ne sais et j'en doute. Je pourrais terminer ce roman que j'ai en train. Je viens d'y jeter un coup d'œil. Je ne crois plus qu'il me soit nécessaire et c'est la seule justification que l'on ait à se livrer à ce travail absurde. Absurde, et, je le crains, sans écho.

Je suis lasse des romans, des miens comme de ceux des autres. À quoi bon ce truchement de personnages imaginaires, lorsque l'on n'écrit que pour se donner à soi-même un peu plus de solidité et d'existence, cette existence que l'on obtient dans la mesure où l'on existe dans la conscience d'autrui ?

Si je croyais en Dieu, je me contenterais, sans doute, du dialogue avec lui, des comptes rendus que je pourrais lui faire de mes actes, seule à seul. La certitude d'exister dans la conscience de Dieu suffirait sans doute à me combler. Il n'y aurait pas de silence, puisque je

1. Village en Seine-et-Marne (entre Meaux et Château-Thierry). Édith Thomas y passe la plupart de ses étés, dans la maison qui appartient à la famille de sa mère depuis 1870.

pourrais du moins lui parler. Mais je suis d'un temps qui ne croit plus guère en Dieu. Il m'a donc fallu chercher d'autres hypothèses, d'autres lignes de conduite que celles qui menaient à lui. Je ne me consolerai jamais d'avoir perdu l'illusion de Dieu et cette épaisseur qu'il prêtait à toutes choses et à moi-même.

Puisque je ne peux plus avoir recours à cette réalité illusoire, il me faut en chercher une autre, toute humaine, l'affirmation de mon existence dans d'autres consciences semblables à la mienne, parce qu'elles appartiennent au même temps.

Je commence donc aujourd'hui ce récit pour m'expliquer et me justifier à tes yeux et aux miens, pour que tu saches qui je suis et pour que tu m'aimes, malgré tout, car j'ai besoin d'être aimée telle qu'en moi-même et non par des subterfuges ou sous des apparences. Et puisque je ne puis plus exister en Dieu, pour que je puisse du moins exister en toi.

C'est donc une entreprise très importante pour moi, et je ne sais si j'aurai le temps, ou le courage, ou le talent, de la mener à bien. Je n'ai pas de plan préconçu et je veux seulement te parler comme si tu étais là et que tu puisses vraiment m'entendre. Mais je sais bien aussi, au départ, que l'on n'est jamais complètement entendue et que les mots, même les plus simples, restent toujours approximatifs.

Je voudrais que tu montes avec moi au cimetière ; c'est une promenade à travers champs. Les fleurs et les herbes, cette année, sont si sèches que je n'ai trouvé dans le jardin que des branches de clématite. Mais la viorne est une plante sauvage qui fleurit en dépit de toutes les sécheresses. Ses fleurs blanches ont une odeur d'amande. J'y ai mêlé quelques brins de lavande qui pousse dans ce jardin de Champagne ou de Brie comme dans les garrigues. Par sept marches, on monte du jardin au sentier des collines. Au-dessous, il y a le toit de l'église et quelques maisons, cachées en contrebas, parmi les arbres. Et par-dessus, la plaine et d'autres collines que je n'ai pas vues changer depuis quarante ans. Car j'ai quarante ans à présent [1].

À quarante ans, il me semble que l'on peut faire le point et entrevoir en pointillé la ligne qui doit suivre. Et c'est peut-être aussi le but, indistinct encore, de cette tentative. Je ne le saurai vraiment que quand j'aurai fini.

C'est l'anniversaire de la mort de mon père [2]. C'est pourquoi je monte aujourd'hui au cimetière avec ces branches de clématite et de lavande dans les mains. Je te l'ai déjà dit : je n'ai plus de croyances et je n'ai plus de rites. Si je monte aujourd'hui au cimetière, c'est parce que je crois que les morts ne vivent que de la vie précaire de nos souvenirs, comme les vivants ne vivent que de l'existence qu'ils ont dans la conscience des autres.

Je t'ai peu parlé de mon père : nous ne nous sommes jamais, je crois, très bien entendus, très bien compris. Il était silencieux et secret et je ne cherchais pas à le comprendre. Je songe encore, avec des remords bien inutiles aujourd'hui, à ce jour où je lui ai refusé de taper une lettre. Il s'agissait de je ne sais trop quelle question militaire, dont il s'occupait. C'était entre les deux guerres et j'étais alors antimilitariste. Mon père avait gardé l'esprit des anciens combattants de l'autre

1. Née le 23 janvier 1909, elle a en fait quarante-trois ans en août 1952.
2. Georges Thomas, né en 1880, meurt le 31 juillet 1942 à l'hôpital de Meaux.

guerre (celle de 1914-1918 : on finit par en perdre le compte). C'était aussi un homme de droite et moi, j'étais devenue communiste, ou je croyais que je l'étais. Mais ce que je dois à mon père, c'est précisément de m'avoir donné la liberté de choisir, de m'avoir toujours laissé l'initiative et la responsabilité de mon choix. C'est pour que tu voies tout de suite le sens que ces clématites et ces lavandes ont pour moi.

Dans la même tombe, il y a ma vieille nourrice [1]. Elle est restée quarante ans chez nous et ne voulait pas avoir d'autre demeure que la nôtre. Je l'ai aimée et elle m'aimait autant qu'un être peut en aimer un autre. Elle aussi était silencieuse, et farouche, et fidèle, de ceux qui se donnent une fois et ne se reprennent jamais plus. En elle, je trouvais toutes les racines profondes de sa terre de Bretagne et je découvrais dans ses yeux pers, qui se fonçaient parfois comme la mer par coup de vent, toute une passion et une violence secrètes.

Cet amour que j'ai trouvé chez elle, cette vie qu'elle a menée pendant quarante ans auprès de nous, m'ont donné, dès mon enfance, le sens de l'égalité profonde des êtres. Ce n'est pas une connaissance que j'ai apprise du dehors, d'une façon intellectuelle. Je l'ai toujours sentie autour de moi comme une réalité évidente. Je trouvais ma nourrice bien supérieure à ces gens que je connaissais et qui auraient pu la considérer, par sa condition, comme inférieure à eux-mêmes. C'est pourquoi, je crois, je n'ai jamais eu le sentiment d'appartenir à une « classe ».

Cette clématite et ces lavandes, c'est pour elle aussi que je les porte.

Le portillon de fer a grincé et s'est ouvert sur un

1. Marie-Anne Cabon est enterrée dans le cimetière de Sainte-Aulde aux côtés d'Édith Thomas, de sa mère Fernande, de son père Georges et de sa tante maternelle Madeleine Annoni.

désert de soleil. Par-dessus le mur, on aperçoit la rivière et la plaine. Un merle siffle dans les acacias de la colline, au-delà.

Tous ces morts sont très paisibles, point du tout terrifiants. Il me paraît étrange qu'on ait accumulé tant d'angoisse autour d'eux, qu'on ait inventé pour eux tant de voyages et de tortures, tant de systèmes de récompenses et de compensations. Pour moi, entre ces murs pleins de soleil, la mort m'apparaît comme un retour à cette plaine, à ces collines et à ce merle qui siffle dans les acacias. Ça ne doit pas être difficile d'être mort. Ce qui est difficile, c'est d'être vivant.

Je suis redescendue par l'allée centrale où Mlle Grandin, jadis, s'est fait élever une majestueuse chapelle en concession perpétuelle. J'essaie de me rappeler ce que ma grand-mère me contait sur Mlle Grandin. Je ne m'en souviens plus. Et qui songe encore à elle ? Cette morte est bien morte. Des croix de fer à demi cassées sont peu à peu recouvertes du chiendent des collines. À peine peut-on saisir un nom sur une plaque : Alda (parce que la patronne du village, c'est sainte Aulde), Achille. Un soldat a été tué ici pendant la guerre (celle de 1939-1945). Son casque est pendu à la croix et sa veuve a parsemé sa tombe de fleurs de porcelaine, en souvenir.

Allons, qu'ils reposent tous en paix. Bons ou méchants, justes ou injustes, ils l'ont bien mérité. Mais moi, j'ai encore devant moi cette ligne en pointillé, et qui mène où ?

Je crois qu'on n'existe que dans la conscience des autres et pourtant personne plus que moi n'a le mépris de l'opinion d'autrui. Il y a là une contradiction que je voudrais bien m'expliquer, puisque c'est une explication que j'ai commencée ici, pour toi et pour moi-même.

Je n'ai pas cherché le scandale, et pourtant je l'ai suscité. Ah ! tu sais bien que ce n'est pas par mes aventures. Le scandale qu'on laisse aux femmes est celui de leurs expériences amoureuses. Cela m'importe peu et pour moi le scandale est ailleurs.

Par ma famille, tu le sais maintenant, j'appartiens à un milieu bourgeois, et plutôt de droite. Pourtant, je suis devenue communiste. Cela fit un petit remous dans le cercle étroit qui me connaissait. Je me suis fait peu à peu une certaine réputation de journaliste ou d'écrivain, dans le Parti. Je l'ai quitté avec éclat. Ainsi, par deux fois, j'ai scandalisé ceux pour qui j'existais, et bouleversé l'opinion qu'ils pouvaient avoir de moi. Quand je dis qu'on n'existe que dans la conscience des autres, encore faut-il préciser que « les autres » signifient seulement le choix de quelques-uns. Tu es de ceux-là et c'est pourquoi je voudrais me livrer à toi complètement. Quant aux autres, ils me sont aussi indifférents que ce sapin ou ce tilleul. Ils ne sont pas de la même espèce que moi et je pourrais rester dix ans à côté d'eux sans que nous nous connaissions davantage. D'une façon générale, d'ailleurs, je suis convaincue qu'on ne peut jamais se rejoindre que sur quelques points ; le sentiment d'appartenir à une même époque de l'histoire, par exemple, et d'avoir à son égard une commune responsabilité. Mais la partie de l'iceberg qui surmonte le niveau de la mer est peu de chose. Tout le reste, qui est submergé, est beaucoup plus intéressant. Et c'est précisément ce qui est incommunicable. Laissons cela.

Tu me diras sans doute que ce que je peux te livrer n'est que l'idée que je me fais de moi-même et que la conscience qu'on a de soi reste la dernière des illusions. Peut-être. Ne considère donc tout cela que comme une pièce de mon procès, car nous sommes tous des accusés, tôt ou tard.

Tu me diras peut-être aussi que je me donne trop d'importance et que c'est beaucoup de vanité de ma part que de me consacrer à moi-même un récit. Je te répondrai que bien d'autres l'ont fait avant moi et, tout homme ou toute femme étant unique, son témoignage ne me laissera jamais indifférente. J'aimerais avoir ceux d'un berger ou d'un métallurgiste, d'un anonyme qui tailla les pierres de cathédrales ou d'un soldat quelconque de la Grande Armée.

Je sais aussi la complaisance que l'on met dans ces portraits en pied. D'elle aussi j'essaierai de me méfier.

J'écris au jour le jour, en relisant à peine ce que j'ai écrit la veille. Il sera toujours temps ensuite d'élaguer les redites. Mais puisque je suis en vacances, délivrée de la contrainte insupportable d'un travail qui me permet seulement de gagner ma vie, je veux écrire une ou deux pages chaque jour, pour me rappeler que j'ai passé parfois pour un écrivain. De ce moyen d'exister dans la conscience des autres, il ne me reste aussi qu'une illusion perdue. Rien n'a jamais rompu ma solitude ni, au fond de moi, le silence. Je me suis heurté vainement la tête contre les murs, comme une abeille contre une vitre. Mais personne n'a jamais pour moi ouvert la fenêtre et j'ignore, tout autant qu'il y a vingt ans, ce qu'il peut y avoir de l'autre côté.

C'est à quoi je songeais hier, assise sur le tronc d'un peuplier. C'est une clairière que j'aime bien, surtout au printemps, quand elle est couverte de jacinthes, de primevères et d'anémones. Mais, en toutes saisons, elle est solitaire et presque sauvage, dans un pays qui l'est si peu. Un ruisseau qui coule à peine, des taillis surgis de vieux ormes abattus, et par-dessus, un ciel indécis. Pas une voix, rien. J'ai fermé les yeux pour mieux entendre les bruits dont est fait ce silence. Un grillon dans une éteule, l'aboiement d'un chien à la dernière ferme que j'ai laissée en haut du sentier et, au loin, par-delà les bois, un train qui roule au bout de la plaine.

Mon ombre est la même qu'il y a vingt ans. Je me suis seulement, de refus en refus, un peu plus durcie. Ce sont tous ces refus qui me mènent, aujourd'hui comme il y a vingt ans, à cette clairière. Je voudrais me les rappeler, car dans ces promenades où l'on est seul, il faut bien parler de quelque chose avec soi-même.

II

J'ai bien peur que d'un bout à l'autre de ce récit, il ne soit question que de cette solitude et des tentatives que j'ai faites en vain pour en sortir, et qu'il ne t'ennuie. Excuse-moi et laisse-le.

Tu sais que j'ai été membre du Parti communiste. J'y ai adhéré dans la clandestinité. Mais il me faut remonter beaucoup plus loin. Tout acte est préparé longtemps en secret avant d'éclater un jour. Je crois bien qu'il me faut remonter jusqu'à mon enfance, à un jour comme celui-ci, où j'étais couchée dans l'herbe. Je regardais le ciel et je me disais : « S'il y a un Dieu, il se manifestera bien d'une façon ou d'une autre. Il est impossible que Dieu, s'il existe, ne nous envoie pas une preuve, quand on a si grand désir de croire en lui. » Mais ce n'était sans doute pas une prière et Dieu n'obéit pas aux ordres d'une petite fille de dix ans. J'ouvrais les yeux et je ne voyais que les nuages pommelés d'un ciel d'été. J'écoutais de toutes mes oreilles et je n'entendais, comme aujourd'hui, que des grillons. J'essayais de faire le silence en moi et je sentais seulement les herbes qui me piquaient le dos. Cependant, je n'en restai pas là et je m'efforçai de faire les premiers pas. Ce n'était pas parce que Dieu ne m'avait pas fait signe ce jour-là qu'il ne s'expliquerait pas un autre jour. Car il me fallait réinventer toute la religion.

Mon père et ma mère, comme la plupart des Français, étaient d'origine catholique. Mais ils étaient trop honnêtes gens pour observer des rites auxquels ils ne croyaient plus. Leur mariage civil avait coûté à mon père sa situation [1]. Ni mon frère ni moi ne fûmes baptisés. D'ailleurs mes parents ne professaient aucun anticléricalisme et pratiquaient au contraire une très large tolérance. Ce respect des opinions d'autrui, je l'ai trouvé dans mon héritage. Il avait toujours été entendu que mon frère et moi embrasserions la religion qui nous conviendrait, lorsque nous serions en âge de comprendre la valeur d'un tel engagement.

Cependant je vivais dans un milieu d'où le catholicisme n'était pas exclu. Ma tante pratiquait une religion qui tenait du paganisme et du conformisme bourgeois. En vacances, elle m'emmenait à la messe (mes parents ne s'y opposaient pas) et m'avait appris *Notre Père* et *Je vous salue Marie*. Elle avait d'ailleurs fort peu d'influence sur moi et dans les discussions entre ma mère et elle, je ne savais trop à qui je devais donner raison. Le soir, dans mon lit, je faisais régulièrement les prières que ma tante m'avait apprises et que je récitais aussi pour mes parents. Un problème très grave se posait donc, que je ne savais comment résoudre. Je savais du moins qu'il existait et que les grandes personnes lui donnaient des solutions contradictoires.

Je vivais donc à ce sujet dans une inquiétude que mon frère, élevé comme moi, et soumis aux mêmes influences, ne ressentit jamais [2]. J'imagine que les enfants qui préparent leur première communion dans des familles non pratiquantes, comme c'est souvent le

1. À l'époque, Georges Thomas travaillait comme répétiteur dans une école religieuse.
2. Gérard Thomas (1911-1967).

cas, doivent ressentir bien d'autres angoisses. Je ne fais donc pas la critique de l'éducation qui me fut donnée. Elle avait du moins l'avantage d'être d'une honnêteté scrupuleuse et d'exclure toute mômerie. Il s'en dégageait pour moi une solide règle de conduite, que je me suis efforcée de garder par la suite : agir en conformité avec ce que l'on croit vrai, quelles qu'en puissent être les conséquences.

***

À seize ans, j'entrai en classe de philosophie. J'attendais des révélations sur Dieu et sur l'âme et d'apprendre tout ce que les hommes en avaient dit. Le premier cours fut consacré aux nerfs centripètes et centrifuges. Je me souviens encore de mon étonnement devant le dessin que notre professeur, M. Guillaume, avait fait au tableau. Le cerveau ici, les nerfs là, et des flèches dans tous les sens. Ce fut ma première désillusion. La métaphysique était rejetée en fin d'année. D'ailleurs, je suivais les cours de psychologie et de morale avec passion, sans qu'ils m'apportassent rien de ce que je cherchais. C'est alors, pour affirmer peut-être ma liberté à l'égard de ma famille et de l'enseignement du lycée, que je résolus de devenir protestante (il y avait eu d'ailleurs des protestants chez mes arrière-grands-parents). Le catholicisme me semblait compter beaucoup trop d'absurdités pour qu'il me parût possible de les admettre. Il y avait là sans doute un entraînement qui me manquait.

Je m'ouvris à mon père de mon projet. Il n'y fit aucune objection et me conduisit lui-même chez le pasteur.

C'était un brave homme et qui faisait son métier honnêtement. Il m'indiqua un certain nombre de livres à lire, qui me parurent un peu naïfs à côté de Kant ou de Comte, que j'étudiais au lycée. De toute évidence, je n'étais pas faite pour cette foi du charbonnier. Je repris aussi la Bible, que j'avais déjà lue en partie et que je relus entièrement. La libre interprétation des textes était laissée à la conscience de chacun et je me trouvais assez à l'aise dans une religion qui ne comporte guère que des obligations morales. Je me fis baptiser et participai à la communion. Tout cela sans crise mystique ni passion. Je penchais plus vers l'existence de Dieu que vers sa négation et je donnais ainsi une conclusion aux inquiétudes de mon enfance. Je me demande d'ailleurs, aujourd'hui, si je ne les avais pas déjà dépassées. En tout cas, mon protestantisme m'appartenait en propre. C'était le premier acte de ma liberté. Je me sentais toute proche de ces réformés du XVIe siècle, de ces religionnaires qui soutinrent pendant des siècles les persécutions, de ces Camisards qui résistèrent dans leurs montagnes à toute oppression et entendaient tutoyer Dieu à leur manière. Peut-être d'ailleurs, dans un pays protestant, aurais-je choisi le catholicisme, tant j'ai le goût de la minorité et de la dissidence. Je pensais aussi, selon la méthode de Pascal, qu'à force de prier Dieu, la foi finirait par venir tout à fait. Car il s'agissait plutôt pour moi d'une hypothèse que d'une foi, cette foi que j'imaginais comme un bouleversement de tout l'être, comme une transformation totale, comme une nouvelle naissance. Je ne trouvais en moi rien de tout cela et n'en accusais que mon insuffisance.

Au fond de moi-même, l'angoisse continuait d'exister. C'était celle de me jouer à moi-même la comédie de la croyance.

J'allais assez régulièrement au culte. Mais quand j'entendis le pasteur prier Dieu pour qu'il ne plût pas le jour de la vente de la paroisse, je me demandai si je ne m'étais pas trompée. Si Dieu existe, me disais-je, il ne doit guère s'occuper de ce genre d'activité. Si Dieu existe, il est certainement beaucoup trop grand pour tout ça. J'avais peine à l'imaginer comme un père. Il était précisément pour moi l'inimaginable. Nous ne parlions pas, le pasteur et moi, de la même chose. Bref, la grâce me manquait. Je ne me sentais pas du côté où l'on se croit sauvé.

***

C'est alors que je tombai malade. J'avais fait toutes mes études à l'École des Chartes avec une continuelle douleur au genou et la hantise de devenir infirme. Je pus cependant soutenir ma thèse [1]. Quelques mois plus tard, je dus m'aliter complètement. Ces jours, ces semaines, ces mois, ces années (j'en ai oublié le nombre) furent pour moi l'occasion d'une mise au point [2].

Cette souffrance, je me refusais à lui trouver un sens, à la considérer comme une « épreuve » envoyée par Dieu. La mythologie chrétienne, avec son système de compensation, avec son Dieu déguisé en *Pater familias* qui vous châtie d'autant plus qu'il vous aime, l'absurdité de considérer la souffrance comme l'expression d'une volonté divine et incompréhensible, devant laquelle il faut s'incliner, me devenaient de jour en jour plus haïssables. Si je n'avais pu réussir à faire l'expérience de la foi, je faisais pleinement l'expérience de la révolte et du refus. Si Dieu existait, je ne pouvais plus que le haïr ou le considérer comme un idiot. De l'indifférence en matière de religion inculquée par mes parents, j'avais essayé de passer à la foi. Je ne trouvais

1. Elle sort de l'École des Chartes en 1931 avec le diplôme d'archiviste-paléographe, après avoir soutenu une thèse sur *Les relations de Louis XI avec la Savoie*.

2. En octobre 1931, au cours de cette épreuve de tuberculose osseuse, elle commence à tenir un journal.

plus que la haine à l'égard d'une méthode de consolation qui me semblait abaisser l'homme.

Il restait cependant à surmonter cette souffrance, ce désespoir. Je fis appel à cet orgueil qui consiste à regarder froidement les choses en face. Je surmonterais tout, même de vivre infirme, par la lucidité. Depuis vingt ans, je me suis tenue parole.

Sous la pression de cette vie à la fois violente et dénuée, je me mis à écrire. Je ne savais si ce que j'écrivais serait jamais publié. Mais j'avais besoin d'écrire comme on a besoin de manger. Ce fut *La Mort de Marie* [1], puis je continuai par des gammes [2] et pour apprendre mon métier.

Si je devenais écrivain, me disais-je, est-ce que cela serait une compensation suffisante ? J'en doutais. Rien ne semblait devoir me suffire.

D'avoir pris le parti contre Dieu comportait bien d'autres conséquences. J'avais toujours eu besoin d'une règle morale et c'est peut-être cela qui m'avait fait chercher l'appui d'une religion, beaucoup plus qu'une nostalgie métaphysique. Dieu mort, tout croulait, tout était permis. C'est ce que je me refusais à admettre.

Je m'en pris à « leur » morale. Je fis la révision de « leurs » vertus. L'honnêteté, la vérité, la charité, la justice étaient invoquées seulement pour sauvegarder « leurs » privilèges, pour déguiser l'hypocrisie fondamentale d'une société qui admettait qu'il y eût des riches à côté des pauvres. Parce que j'étais malheureuse, je me sentais à côté des malheureux. Parce que j'étais révoltée contre mon propre destin, j'étais passée du côté des révoltés contre leur destin. Au lieu de me

1. Gallimard, 1934. Son récit est inspiré par cette longue maladie, qui risqua d'être mortelle, et le sentiment d'extrême solitude qui l'accompagna.

2. Il s'agit des deux romans qu'elle écrit ensuite, *L'Homme criminel* (Gallimard, 1934), et *Sept-Sorts* (Gallimard, 1935).

replier sur moi, de remâcher mes propres raisons de désespoir, je rejoignais la souffrance des autres. Il me fallait retrouver une raison de vivre sur la terre et sans aucune compensation imaginaire dans l'au-delà. Ce ne pouvait être qu'avec les autres. Mais comment les rejoindre et où ? Comment retrouver un lieu commun ?

Toutes les idées sont dans l'air à la fois. Il suffit d'être l'appareil susceptible de capter l'une ou l'autre. Jusque-là je n'avais jamais songé au communisme. Je crois bien que l'affiche de mon enfance – un Bolchevik hirsute, le couteau entre les dents – en était restée pour moi le symbole. Mais j'avais le cœur à gauche et, à l'École des Chartes, au milieu des jeunes catholiques d'Action française, je passais, avec mon pseudo-protestantisme et mon hostilité à Maurras, pour quelqu'un d'assez « mal-pensant ». Je m'y étais sentie seule et différente. Mes camarades étaient alors des normaliens. Ils continuèrent à venir me voir quand je fus immobilisée. Jacques Soustelle, dont on connaît la brillante carrière qu'il a faite depuis au RPF [1], et Jean Luc [2] m'inclinèrent au communisme, il y a vingt ans. Du moins m'apprirent-ils que, derrière l'homme au couteau entre les dents, se cachait une doctrine qu'on se devait d'examiner. Devant ce mur sans fenêtre, dans cette prison sans issue, une nouvelle explication du

1. Rassemblement du peuple français, parti gaulliste et anti-communiste, fondé par de Gaulle en avril 1947.

2. Jacques Soustelle et Jean Luc sont dans la même bande que Gérard Thomas au lycée Buffon à Paris. Ce dernier, frappé par le mal de Pott (tuberculose des vertèbres), doit abandonner son ambition de préparer une carrière diplomatique, mais les trois garçons restent amis et camarades politiques. Luc et Soustelle poursuivront des études de philosophie à l'École normale supérieure, où Soustelle sera reçu premier à l'agrégation (1932). Pacifiste au lycée, il devient compagnon de route des communistes pendant les années trente. Entre 1938 et 1939, il est secrétaire général de l'Union des intellectuels français, groupement antifasciste militant. En 1940, il rejoint le général de Gaulle à Londres.

monde m'était proposée : elle impliquait la négation de Dieu, elle offrait aux hommes de conquérir durement leur destin sur la terre. Je ne pouvais rester insensible à l'aspect messianique qu'elle comportait. Ce fut le point de départ d'une aventure qui dure pour moi depuis vingt ans. C'est aussi l'aventure de toute notre époque, qu'on le veuille ou non.

De ce long isolement, je sortis enfin. J'étais marquée pour la vie, physiquement, moralement. J'avais été accoutumée trop longtemps à la solitude pour en perdre complètement l'habitude et, dans une certaine mesure, le besoin et le goût. J'étais allée aussi trop loin dans le dénuement pour que tout ne me parût assez dérisoire au bout du compte. Je ne connus donc pas l'enchantement des convalescences, puisqu'il n'y aurait jamais pour moi de guérison absolue. J'essayais seulement de me réintroduire dans la vie. Je m'aperçois aujourd'hui que je n'y suis jamais parvenue et qu'il y aura toujours entre elle et moi comme un voile et quelques fantômes. Qu'importe, puisque je les connais.

Mon premier livre obtint sur manuscrit un prix que je partageais avec un frère de François Mauriac : Raymond Houssilane. Je fus convoquée à *La Revue hebdomadaire* [1]. J'étais raidie, sur la défensive. Un journaliste constata que je n'avais pas l'air heureux d'un événement qui m'introduisait dans la vie littéraire. On me posa les questions classiques des interviews. J'y

1. C'est la *Revue hebdomadaire*, qui servira la cause fasciste à partir de 1934, qui lui décerne le Prix du Premier roman (1933) pour *La Mort de Marie.*

répondais le plus laconiquement possible. Je mettais ce prix à sa véritable place et je ne lui donnais pas l'importance qu'on attendait de moi que je lui donnerais. Quand bien même j'aurais toute la gloire du monde, me disais-je, je l'aurais payée trop chère. Mais c'était précisément ce que je ne voulais pas dire aux journalistes. *La Revue hebdomadaire* ne publia pas mon roman en feuilleton, malgré les conditions du prix : elle craignait de perdre sa clientèle bien-pensante. Ce fut Gallimard qui publia *La Mort de Marie*, en même temps que mon second roman, *L'Homme criminel*.

Le 6 février 1934, je fis le service de presse de mes deux livres. C'était pour moi un événement notable : je pense que tous les jeunes auteurs ont ressenti une semblable émotion. Mais un autre événement [1] se passait ce jour-là dans Paris, et de beaucoup plus d'importance. Il y avait partout une atmosphère d'émeute. Sur le boulevard Raspail, les plaques de fonte des arbres avaient été arrachées. Le choix se présentait à moi très clairement : je pouvais ne penser qu'à la parution de mes deux romans, continuer à écrire le récit que je préparais, chercher avant tout à faire une carrière d'écrivain dans une maison d'édition, qui, à cette époque, passait pour la plus importante de Paris et rester en dehors de tout. C'était la première alternative.

Mais de mon passage à l'École des Chartes j'avais gardé le sens du contexte historique, de mon long isolement la certitude que l'on ne peut vivre qu'en retrouvant les autres. J'étais partie avec un prix littéraire de droite et l'appui des critiques d'*Action française* [2] et des

1. L'émeute sanglante du 6 février 1934 par des ligues d'extrême-droite.

2. Journal quotidien du mouvement. « Appui » n'est pas tout à fait le mot qui convient. Le compte rendu de Robert Brasillach (8 mars 1934), est bien condescendant et ambigu : « Ce que nous savons c'est

Débats[1]. Je résolus de me situer à l'extrême gauche, dans la mesure où j'existais. C'est pourquoi l'aphorisme marxiste selon lequel la classe sociale à laquelle on appartient détermine la conscience me paraît encore aujourd'hui tout à fait absurde. Elle la conditionne sans doute. Mais le choix reste entier pour chacun.

***

Il y avait à ce moment-là une Association des écrivains et des artistes révolutionnaires[2], l'AEAR. Mon ami Jean Luc, dont j'ai déjà parlé, me proposa de rencontrer Aragon. C'était un moyen de faire le saut de la bourgeoisie au prolétariat ou du moins un premier acte de rupture. C'est du moins ainsi, avec une certaine naïveté, que m'apparaissait ce rendez-vous à *La Closerie des Lilas* auquel je me rendais à travers le Luxembourg. Aragon se fit attendre. Enfin il arriva et commanda un café-crème avec des croissants. Je me demande pourquoi ce souvenir m'est resté aussi vif. Je regardais Aragon manger ses croissants. Ses petites dents blanches et aiguës, qui les déchiquetaient, me faisaient songer au loup, au renard, à je ne sais trop quel carnassier[3]. Je dus faire un effort pour lui parler, tant il me semblait étranger. Je lui dis gauchement

que ces deux romans [*La Mort de Marie* et *L'Homme criminel*] répondent assez bien à l'idée qu'on peut se faire d'un " premier roman ", et tout particulièrement d'un roman de femme ; ce que nous savons, c'est qu'ils sont très certainement manqués et non moins certainement sympathiques. »

1. Journal de notables, à droite en politique intérieure.
2. Groupement intellectuel du Parti communiste, l'AEAR est fondée en mars 1932 par Paul Vaillant-Couturier, rédacteur de *L'Humanité.*
3. Cette impression d'Aragon au moment de leur première rencontre est sûrement influencée par son hostilité envers lui par la suite. Dans son journal du 19 décembre 1936, juste avant d'être embauchée par Aragon à *Ce Soir*, elle peut encore écrire : « Voir les gens qui peuvent me sauver : Moussinac, Aragon, Unik, Chamson, etc. »

qu'étant d'origine bourgeoise, je désirais me placer du côté du prolétariat, ou quelque chose d'approchant. Aragon me répondit que lui non plus « n'était pas le fils d'un terrassier » (j'ignorais alors qu'il fût le fils d'un préfet de police) et que la naissance ne pouvait passer pour une tare. Cet effort fait, je me rencognai et écoutai Jean Luc et Aragon s'entretenir de choses et d'autres. Je regardais aussi Aragon. Non, ce n'était pas à un renard qu'il me faisait penser, maintenant qu'il avait fini de manger ses croissants. Plutôt à un serpent. Enfin à quelque animal d'une espèce étrangère à l'homme. Pas du tout à un chat ou à un chien, par exemple, avec qui l'on peut entretenir des rapports familiers. Pour être juste, je ne mets pas cette impression seulement au compte d'Aragon. Ma sauvagerie y était bien sans doute pour quelque chose. Je me sentais devenue tout à fait inexistante dans mon coin et m'en réjouissais. Peut-être m'y oublierait-on complètement et ainsi se terminerait ce rendez-vous dont j'avais espéré je ne sais quelle illumination. Mais avant de partir, Aragon me demanda un article pour *Commune* [1]. Je lui répondis que je ne savais pas si j'en serais capable. Si je retrouve, quand je rentrerai à Paris, le texte que je lui envoyai et qu'on publia avec une réponse de Vaillant-Couturier, je l'insérerai dans ce récit, comme « pièce justificative [2] ».

1. Revue mensuelle, organe de l'AEAR, fondée en juillet 1933 par Vaillant-Couturier et Aragon.

2. Cf. *Commune*, IX, mai 1934. Sous le titre « Votre Place Est À Nos Côtés », on trouve la lettre d'Édith Thomas : « La position sentimentale », suivie par la réponse de Vaillant-Couturier, qui commence ainsi : « Sans aucun doute, camarade, vous pouvez adhérer à l'AEAR. » Cet échange de lettres ne se trouve pas dans le dossier des articles de presse qu'elle a gardé. Peut-être l'a-t-elle tout simplement perdu. Mais on peut imaginer qu'en 1952 elle se sente gênée par le ton de sa lettre, dans laquelle elle demande si une association révolutionnaire peut admettre en son sein des bourgeois intellectuels comme elle « sans se pourrir », tout en laissant affleurer son désir d'être acceptée quand même. Dans

Mais je suis ici, en vacances, et si je ratiocine sur ces vieilles histoires et t'ennuie, excuse-moi. C'est ma vie que j'essaie de rattraper pour me donner l'illusion d'une existence.

***

Ce sont peut-être ces marronniers, ces sapins et cette rivière qui me permettent de retrouver le fil perdu. Ils n'ont jamais cessé de veiller sur moi depuis mon enfance. Et quand l'idiote du village me dit « Bonjour, Édith » en passant et que je lui réponds « Bonjour, Mélanie », elle me donne ingénument l'affirmation de poursuivre une cohérence. J'ai l'illusion, par instants, d'être pleinement d'accord avec moi-même, quand je cueille des tomates dans le jardin et qu'il passe de gros nuages dans le vent d'ouest. Mais je ne pouvais pas seulement être une fille de la campagne, limitée par les lessives et l'arrachage des pommes de terre. Finalement, j'ai manqué cela aussi. Je crois bien que c'est ce qu'on appelle l'aliénation de soi, cette course vers quelque chose dont on ne sait pas le nom et que l'on n'atteint jamais.

Il me reste aussi, puisqu'il n'y a presque pas de fleurs dans le jardin cette année, à faire un bouquet de graines de bourdaine et de mousse, comme j'en ai acheté un, au marché de Zagreb [1], en Croatie. Ce sont ces petites

son journal du 1er mai 1934, Édith Thomas note pour la première fois ses réflexions politiques, marquées par une ambivalence plus franche que celle de la lettre à *Commune* : « Moi, quel est donc mon rôle ? Je n'en suis pas encore à faire de la propagande pour une terre promise qui – je le sens bien – me détruira. Et pourtant, je ne puis pas être contre elle, je voudrais même être pour elle. J'ai honte de ne pas l'être davantage. Marx... Engels... Lénine... Staline... le Parti. Je me heurte à leur dureté, à leur étroitesse, à leur manque d'esprit critique. »

1. Édith Thomas fait plusieurs voyages en Yougoslavie après sa démission du Parti en décembre 1949. Elle sera nommée par la suite

choses-là qui m'ont donné le plus de joie. Mais il aurait fallu qu'elles se reflétassent aussi dans la conscience d'autrui. Je ne puis goûter totalement une joie que je ne partage pas. Mais cela serait une autre histoire que je n'ai pas à conter ici.

Cette adhésion à l'AEAR scandalisa ceux qui m'avaient aidée à mettre le pied dans l'étrier de la littérature. Ils eurent l'impression que je les avais, en quelque sorte, trompés. Je n'étais pas une jeune fille « bien », ni digne d'être patronnée. « Pourquoi vous amusez-vous à vous fermer toutes les portes ? » me dit Georges Girard [1] qui avait présenté mon manuscrit chez les éditeurs. Il m'était difficile de répondre que la littérature se situait pour moi dans un courant historique et que j'y attachais trop d'importance pour la considérer comme un jeu. Je ne répondis rien.

D'ailleurs mes rapports avec l'AEAR furent d'assez courte durée. Je cherchais à rejoindre la classe ouvrière, dont tout me tenait éloignée. Je trouvais de jeunes intellectuels, très dévots d'Aragon, et assez snobs. Ce

secrétaire générale de France-Yougoslavie et Commandeur du drapeau yougoslave. En janvier 1952 elle se rend à Zagreb pour participer au Congrès pour la Paix. La Yougoslavie de ces années-là sera pour elle la dernière incarnation de l'espoir dans le communisme et le « nouvel homme ». Elle y renonce définitivement à partir de 1957, date de la publication en France de *La Nouvelle Classe* de Milovan Djilas, qu'elle avait rencontré en 1950 (cf. infra pp. 222-223 et note), et dont elle estimait l'honnêteté et le bon sens.

1. Archiviste des Affaires étrangères et patron de sa belle-sœur Madeleine Thomas. En octobre 1941 Georges Girard ainsi que sa sœur et sa bonne, furent tués dans son château du Périgord ; ces assassinats ne furent jamais éclaircis. Édith Thomas garde dans ses cahiers des articles de presse sur le meurtre et le procès du fils de Georges Girard, Henri, qui fut accusé puis acquitté. Le roman d'Henri Girard, *Le Salaire de la peur* (Julliard, 1950), écrit sous le pseudonyme de Georges Arnaud, est dédié « À mon vieux Georges. Mort en 1941 ».

qui mit le terme à cette première expérience fut une réunion organisée par l'AEAR sur le thème : « Pour qui écrivez-vous ? » On me demanda d'y prendre la parole. C'était la première fois que je parlais en public et j'avais un trac intense. Il ne s'agissait pas pour moi de plaire à mes nouveaux amis, mais de leur dire exactement ce que je pensais, afin de ne pas les tromper sur mon compte :

« Comme toute activité s'analyse pour vous en fonction de la révolution, une question comme " Pour qui écrivez-vous ? " est un moyen de dénombrer ceux qui sont avec ou contre vous dans la lutte que vous menez. Mais la démarcation n'est peut-être pas toujours aisée à établir.

Écrire – et je pense aux romanciers et aux poètes – est avant tout une nécessité organique. Dans ce cas, votre question présente à peu près autant de sens que cette autre : " Pour qui vous purgez-vous ? "

C'est du moins par nécessité thérapeutique que j'ai écrit mes deux premiers livres et je n'avais pas à me soucier de mes lecteurs, alors que j'ignorais si ce que j'écrivais serait jamais publié. Je continue d'ailleurs à écrire, parce que je ne peux pas faire autrement, par graphomanie, si vous voulez, pour moi par conséquent. Puis pour ceux qui sont susceptibles de me lire, c'est-à-dire des individus appartenant à la bourgeoisie, car les bourgeois intellectuels n'ont pas l'habitude de se penser en tant que classe, mais en tant qu'individu. Autrement, je ne serais pas ici, ce soir. Ils ont fabriqué l'individualisme à leur usage et en profitent.

Je pose ce postulat commode que ce qui m'intéresse peut intéresser mes lecteurs éventuels, que mon cas est semblable au leur, que les problèmes qui se posent à moi peuvent aussi leur importer. Puis je ne m'occupe plus d'eux. Je suis bien assez occupée à suivre le fil qui conduit mes personnages, aussi bien que moi-même, par des voies imprévisibles et qui, à l'instant où j'écris, est la seule réalité qui m'importe, sans qu'il me reste d'autre intention consciente. Je suis donc bien loin de la possibilité de faire de la propagande pour une cause quelconque.

Il me paraît donc qu'un romancier, à moins de se trahir, n'a pas à être politicien et que la littérature à thèse ne vaut généralement rien, parce qu'elle méconnaît les conditions essentielles de la création esthétique, en la limitant à un raisonnement *a priori* qu'il ne s'agit plus que de développer et de soutenir logiquement par des exemples.

Mais un romancier est amené à envisager les problèmes contemporains comme n'importe qui et l'attitude adoptée à leur égard réagira évidemment sur la façon de traiter un sujet.

À l'occasion, et quand cela est nécessaire au développement organique de mes récits, j'essaie de grignoter les valeurs que la société bourgeoise m'offre comme certaines : le nationalisme mène à une suite de guerres que la paix sert entre-temps à préparer, le capitalisme agonise dans une suite de petites crises économiques. Mais devant l'individualisme, la petite-bourgeoise que je suis, et qui reconnaît d'ailleurs la nécessité d'une transformation sociale, s'achoppe. Je sais bien que l'individualisme est un luxe qu'on n'obtient qu'avec un certain chiffre de rentes, d'honoraires ou de traitement, que pour le plus grand nombre, la liberté n'est que celle de mourir de faim. Et c'est précisément parce que trop de valeurs humaines sont perdues que je me sens détachée de cette civilisation mortelle.

C'est donc en me basant sur mon individualisme que je suis amenée à me retourner contre lui. D'où une position instable et paradoxale, dont je ne me dissimule pas l'absurdité, et une série de problèmes qui me paraissent essentiels, et sans doute aussi à d'autres individus pris, comme moi, entre leurs attaches bourgeoises et leur sympathie envers le prolétariat : quelle est la valeur de cet individualisme, même pour ceux qui paraissent en jouir pleinement ? N'est-il pas, par l'isolement dans lequel il tient l'individu et par l'impossibilité où il est de proposer à son activité d'autre but que lui-même, un luxe mortel ? Y a-t-il une possibilité d'adaptation à ce que le marxisme propose ?

Tout cela est négatif. Mais je crois que cette négation d'elle-même adressée à la bourgeoisie peut jouer un rôle dans la lutte que vous menez ; il ne me semble pas que vous puissiez espérer faire triompher, en France du moins, la cause de la révolution, sans la participation ou du moins la neutralité d'une partie de la bourgeoisie. Ce n'est pas en leur assénant de grands coups de Marx et de Lénine que vous pourrez gagner quelques-uns d'entre elle. Ce n'est pas davantage en leur livrant des œuvres de propagande si maladroites qu'elles éveillent immédiatement leur défiance en même temps que leur esprit critique et qui ne peuvent convaincre que les convaincus.

Leur suggérer, par la sincérité des tâtonnements d'un esprit analogue au leur, que toutes leurs valeurs, même du point de vue de l'individu, le seul qui leur importe, ne sont pas aussi certaines qu'ils le croient, leur montrer l'illusion d'une liberté qui a pour corollaire l'esclavage du plus grand nombre, est un moyen de les amener peut-être à regarder de votre côté.

Reste à savoir d'ailleurs, si une fois éloignés de leur position naturelle, puisque leur intérêt immédiat est du côté de la bourgeoisie, ils seraient capables de collaborer à la préparation d'un nouvel humanisme, auquel tous pourraient réellement atteindre, mais qui comporte une période de dure et implacable discipline, s'ils pourraient éliminer “ ce petit fatras individualiste et dérisoire " qui constitue le plus profond de leur personne et auquel ils sont profondément attachés.

C'est la question qu'ils peuvent se poser, comme je la pose pour moi sans prétendre l'avoir dès maintenant résolue [1]. »

Drieu la Rochelle parla ensuite, puis Aragon, qui l'assomma en trois points. J'avais honte de cette violence que je semblais partager. J'avais pitié de Drieu. Il me semblait qu'à sa place, je serais partie au milieu de la séance. Drieu resta. Il fut conspué. Dans cette salle surchauffée, pleine de ses adversaires qui se déchaînaient, je me sentais tout à fait déplacée. Nous n'étions pas encore sur les barricades. La lutte intellectuelle devait, me semble-t-il, s'accompagner d'un peu plus d'élégance. Ma sympathie allait, malgré moi, à Drieu qui avait tenu tête, et seul, contre ses adversaires, et non à ceux-là qui l'écrasaient trop facilement [2].

En sortant, je dis combien l'attitude d'Aragon à l'égard de Drieu m'avait paru intolérable, et je m'éloignai de ces jeux.

Quelques semaines plus tard, je partis pour l'Algérie [3]. C'était un voyage de tourisme que j'entreprenais

1. Elle copie le texte de son discours en entier, presque sans changements. Cf. Archives nationales, 318 AP, 1.

2. Cette réunion de l'AEAR sur le thème « Pour qui écrivez-vous ? » est organisée par Ramon Fernandez, qui se chargeait d'amener des écrivains non membres. La réaction de la *petite dame* de Gide, qui assiste elle aussi à cette réunion, fait écho à celle d'Édith Thomas : « Tout à coup comme emporté par son avantage, Aragon est devenu si discourtois, si bassement injurieux qu'il était impossible de ne pas sentir à ce qu'il disait des dessous haineux, et qu'on avait envie de prendre le parti de Drieu. » Cf. Maria van Rysselberghe, « Les cahiers de la petite dame », 1929-1937, *Cahiers André Gide 5*, Gallimard, 1974.

3. Le 4 septembre 1934.

avec assez d'indifférence. Autant là qu'ailleurs et pourquoi pas ? Ce qui ne devait être pour moi que des images de terre, de ciel et d'eau s'organisait autour de l'injustice. Des Arabes faisaient queue devant un guichet de poste. Un Français arriva, qui passa devant eux. Ce spectacle familier à tout Algérien me bouleversa. La critique de l'égalité illusoire inscrite au fronton des mairies, qui restait pour moi théorique, s'inscrivait cette fois dans la vie réelle. Plus tard, lorsque des soldats allemands me chassèrent d'un wagon, je ne ressentis pas l'injure plus vivement. Je retrouvais exactement ce que j'avais éprouvé quinze ans plus tôt pour les Arabes. La patronne d'une exploitation agricole (ces mots prennent ici tout leur sens) nous emmena voir « ses femmes ». Elles étaient accroupies dans un taudis où l'on n'aurait pas logé, chez nous, les cochons (il est vrai que je ne connaissais pas alors les taudis de Paris), elles tissaient d'admirables couvertures grises, beiges, blanches et brunes. « Vous voyez, nous dit la fermière, " ça " vit comme des bêtes, " ça " fait des tissus vaguement symétriques... » etc.

La plaine de Bougie : passe le maître, botté, casqué, une cravache à la main. À côté de lui, deux indigènes vêtus de sacs en guenilles traînent une charrette chargée de raisin. Ou ce monument aux Morts de 1914-1918 avec tous ces Mohamed et tous ces Ali qui sont « morts pour la France ». Morts pour quoi ? Pour quelle France ? Pour que quelque Française imbécile puisse continuer à traiter « ses » femmes avec ce mépris dont j'ai honte ? Pour que le « maître » continue à exploiter « ses » hommes comme des esclaves ? Jamais l'exploitation de l'homme ne m'avait paru aussi évidente. Il fallait tout l'aveuglement volontaire des colons pour qu'elle ne leur crevât pas les yeux (et il fallait qu'un jour leurs yeux fussent crevés). Je vis les forêts de Kabylie, les ruines de Tlemcen, les oasis de Biskra.

Mais restaient sans cesse, en surimpression, les visages de ces hommes, de ces femmes. Partout surgissait la grande injustice fondamentale. De ce voyage d'agrément, je revins en France, plus anti-capitaliste, plus anti-colonialiste que jamais.

Ce fut cependant à mon retour que je renvoyai ma carte de membre de l'AEAR [1]. Qu'on n'y voie pas trop de contradiction, ni d'illogisme. Les injures déversées contre Drieu ne semblaient n'avoir qu'un rapport lointain avec l'exploitation des fellahs. Ce n'était pas par là que je pouvais les rejoindre. Peut-être me trompais-je. Je ne le sais encore aujourd'hui. En tout cas, je n'étais pas faite pour ces coups de gueule, si c'est cela qu'on attendait de moi. J'aurais dû comprendre alors que je ne pouvais m'agglutiner à rien. Cela m'aurait évité bien des entrées et des sorties inutiles et qui me laissent aujourd'hui dans le même état de disponibilité qu'il y a vingt ans. Stendhal dit je ne sais où qu'en amour on répète inlassablement la même histoire. J'ai repris sans cesse la même histoire : mes relations avec le Parti communiste ressemblent à celles d'un amour perdu.

Cependant, je terminai le service de presse de *Sept-Sorts* [2], chez Gallimard. On en parla beaucoup moins que de mon premier livre. La critique bien-pensante se méfiait de moi avec raison. Mais il s'agissait bien

1. Dans sa lettre de démission de l'AEAR, le 30 novembre 1934, elle explique : « Je comprends chaque jour davantage, à quel point il m'est impossible de me rattacher à une orthodoxie, et ma plus grande divergence consiste précisément à croire que cela n'a pas d'importance, même en me plaçant à un point de vue révolutionnaire. » Archives nationales, 318AP, 1.

2. Roman de la vie quotidienne d'un village de France (1935).

de réussite et de carrière. Je partis pour l'Angleterre [1], comme assistante de français dans un collège. J'avais l'intention de perfectionner mon anglais et j'aurais mis ce projet à exécution bien plus tôt si je n'avais été malade si longtemps. C'était aussi m'accorder un délai avant de prendre un gagne-pain inévitable. Car je n'avais plus l'excuse de la maladie et je ne pouvais, sans me déshonorer à mes yeux, me faire entretenir par mon père plus longtemps. Or, je ne voyais guère comment la littérature me permettrait de gagner ma vie, mal embarquée que j'étais sur le radeau littéraire, ou ayant fait tout de suite naufrage par ma faute. Je répugnais aussi à prendre un métier de chartiste qui m'ennuyait.

Le cours que j'avais à faire m'occupait assez peu. Je me baignais dans une mer glacée ou me promenais à travers les *downs*. Vêtue de mon imperméable, j'apprenais le langage des mouettes et des lapins beaucoup mieux que l'anglais. J'ai gardé de ce printemps mouillé et qui n'en finit pas, de ces lilas et de ces cytises indéfiniment fleuris, de ces plates-bandes de digitales et de *canterbury-bells* (qu'on appelle campanules en français) un souvenir partagé.

S'il m'est difficile de m'accorder aux hommes, je me trouve toujours en sympathie avec le sol, avec les arbres, avec le ciel. Nulle part la terre ne m'est étrangère, si les hommes me sont étrangers jusque dans mon propre pays. Aussi ne pus-je supporter Londres que trois jours et retournai-je à ces collines de craie et d'herbe rase, dont je ne pouvais plus me passer. Pourtant je me sentais mauvaise conscience, incapable que j'étais de faire l'accord entre mes convictions et ma vie. Car à quoi sert de se dire révoltée contre l'injustice, quand

1. Le 9 mai 1935.

on se promène paisiblement dans la campagne anglaise, au printemps ?

J'écrivais un début de roman, dont je déchirai ensuite toutes les pages. Je désapprenais le français sans avoir appris l'anglais. Bientôt je ne pourrais plus m'exprimer en aucune langue. Mieux valait rentrer en France. Je repris mon roman : la littérature me permettrait peut-être de faire l'accord entre ce que je pensais et ce que je ne vivais point. Il s'agissait de la rupture d'une jeune fille avec son milieu. Ce n'était pas une autobiographie : la famille de Brigitte était beaucoup plus bourgeoise et beaucoup moins compréhensive que la mienne, qui m'a toujours laissé ma liberté et l'entière responsabilité de mes actes. Mais les questions qui se posaient pour elle étaient celles qui se posaient pour moi [1].

Comme *La Mort de Marie*, ce roman était donc pour moi une étape nécessaire. Sauf *L'Homme criminel* et *Sept-Sorts*, qui furent des exercices, mes livres n'auront jamais été que la recherche plus au moins malhabile d'une mise au point (comme celui-ci, si je le termine jamais). Cela suffirait à me justifier à mes yeux du temps perdu à les écrire. Quant aux éditeurs qui les ont publiés et aux critiques qui ne les ont pas lus, qu'ils se débrouillent entre eux. La publicité et la recherche du succès ne sont pas de ma compétence. Je n'écris que pour ceux qui me ressemblent. Or, personne ne ressemble à personne. Je n'écris donc que pour toi, qui restes imaginaire.

***

La lutte contre le fascisme avait pris une forme concrète dans le Front populaire. Toutes les tendances

1. Elle va reprendre ces thèmes et ces personnages dans le roman qui deviendra *Le Refus* (cf. infra, p. 63).

de gauche, des radicaux aux communistes, s'y trouvaient représentées. C'était une belle époque, dans le style de 1848. Guéhenno, Andrée Viollis et André Chamson avaient fondé un hebdomadaire politique et littéraire, *Vendredi* [1], dont Martin-Chauffier était le rédacteur en chef. Il me semblait plus facile de m'y trouver à l'aise [2] qu'à l'Association des écrivains et artistes révolutionnaires. Je demandai à André Chamson si je pouvais y collaborer : un coup de téléphone, une démarche quelconque m'ont toujours coûté un effort épuisant.

Quelques articles sur le travail des femmes [3] furent mes débuts dans le journalisme. Il me semblait que je me mettais ainsi plus directement que dans mes livres au service du prolétariat. Je ne concevais la littérature que comme une forme d'engagement et l'engagement me paraissait ainsi plus total. Mais ce ne sont pas quelques articles qui me permettaient d'assurer matériellement ma liberté.

J'entrai en même temps à la Bibliothèque nationale. Je n'ai jamais aimé ce genre de travail qui consiste à préparer le travail d'autrui, à apporter des moellons et le sable qui serviront peut-être un jour, peut-être jamais, à des livres que j'aimerais beaucoup mieux écrire moi-même. La recherche historique me plaît, mais à condition d'en élaborer les résultats, d'apporter le sable, mais aussi de construire la maison. Rien n'est plus déprimant que ce travail de manœuvre intellectuel

1. Fondé en 1935 comme revue hebdomadaire de politique et de culture, *Vendredi* veut rassembler toutes les tendances du Front populaire. À cause de ses divisions intérieures, qui sont précisément celles du Front populaire, la revue cessera de paraître en novembre 1938.

2. Tous les écrivains et journalistes qu'elle nomme sont sympathisants ou compagnons de route des communistes mais aucun n'est membre du Parti.

3. Une série d'articles qui paraissent dans *Vendredi* entre le 22 novembre 1935 et le 24 janvier 1936.

qu'on exige des bibliothécaires et des archivistes. Il rend imbécile, si on ne l'est pas au départ, dans la mesure où l'on accepte sa routine. Mais je n'acceptais rien. J'étais comme une jument de course qu'on oblige à tourner chaque jour la noria. Derrière les murs de la Bibliothèque nationale, je me sentais comme en prison. Dehors, c'était juin 36. On sifflait dans les rues *L'Internationale.* On occupait les usines. Et moi, je devais faire des fiches derrière des grilles. J'enrageais.

L'insurrection espagnole éclata. Contre les généraux, contre l'Église, contre l'argent, je me sentais du côté du peuple espagnol. Là comme en France, à cette époque, on pouvait croire à une union des forces de gauche contre la réaction. L'histoire se peignait violemment en blanc et rouge. D'un côté le capitalisme, de l'autre le peuple, quels que fussent les partis dans lesquels il incarnait son espoir. Il ne s'agissait plus d'être anarchiste, ni syndicaliste, ni socialiste, ni communiste, ni trotskiste, il ne s'agissait plus d'orthodoxie, d'exclusive, de billet de confession, il s'agissait de barrer la route au fascisme. Tout semblait clair et brûlant au soleil de juillet. Si j'avais été un homme, je me serais engagée dans les rangs des républicains espagnols. Mais j'étais une femme, et boiteuse, comment être utile ?

Dans les bureaux de *Vendredi*, j'avais retrouvé Aragon. Il vint à moi et me dit : « Il paraît que vous avez quitté l'AEAR, parce que vous aviez été indignée de mon attitude envers Drieu. Comprenez-vous maintenant que ces violences sont nécessaires et que j'avais raison ? » Je marmonnai je ne sais quoi, qu'il prit pour un acquiescement. Il me demanda alors de faire partie de l'Association pour la défense de la culture, beaucoup plus large que l'AEAR, dont les mots d'ordre ne correspondaient plus au moment. J'exprimai à Aragon mon désir d'aller en Espagne.

Quelques semaines plus tard, il me proposa d'accompagner un camion que les écrivains français envoyaient aux Espagnols. J'acceptai immédiatement sans savoir comment je réglerais à la Bibliothèque nationale la question d'un départ aussi insolite. J'allai trouver l'administrateur de la Bibliothèque nationale, M. Julien Cain [1], qui me faisait mourir de peur. Mais j'étais dans des dispositions d'esprit telles que j'aurais quitté la Bibliothèque nationale sur-le-champ plutôt que de renoncer à ce projet. M. Julien Cain me donna l'autorisation que je sollicitais : « À deux conditions, ajouta-t-il : la première, c'est qu'au département des Manuscrits, on ne saura pas où vous allez ; la seconde, c'est que vous me rapporterez ce que vous aurez vu là-bas. » Je promis tout ce qu'il voulut, et inventai une cousine malade, dont je devais aller soigner l'héritage, en province. C'était aussi bourgeois et décent que je le pouvais.

Ce départ me paraissait cette fois une issue. Il me semblait que je laissais définitivement derrière moi mon ancienne peau, que dans ma valise je n'emportais plus rien de moi-même. Ce que je souhaitais, c'était d'échapper enfin à celle que j'avais été jusque-là, de me fondre dans une cause qui me dépassait, d'atteindre enfin à une transcendance, la seule qui restait à ceux qui ne croient plus en Dieu.

En novembre 1936, Barcelone offrait un étrange spectacle. La révolution y était visible au moins autant que la guerre. De grandes lettres s'étalaient partout, qui évoquaient les diverses formations populaires : UGT (Union syndicale des travailleurs communistes et socia-

1. Appelé en 1940 comme secrétaire général au ministère de l'Information, il va être révoqué par le gouvernement de Vichy, arrêté par les Allemands (1941) puis emprisonné et déporté. En 1945 il est réintégré dans ses fonctions d'administrateur et nommé directeur général des Bibliothèques.

listes), CNT (Syndicale des travailleurs anarchistes), POUM (Parti ouvrier d'unité marxiste, trotskiste en réalité), PSU (Parti socialiste unifié : communiste et socialiste ?).

On rencontrait des professeurs anarchistes et des ouvriers syndicalistes, des nonnes défroquées transformées en infirmières, des jeunes filles vêtues du costume des miliciens et qui partaient pour le front. Tout brûlait et pas seulement les églises. Sur les murs, un homme au doigt pointé vers vous demandait : « Et toi, qu'as-tu fait pour la victoire ? » Un pied chaussé d'une espadrille catalane écrasait une croix gammée (ou bien était-ce plus tard que cette affiche apparut sur les murs ? peut-être me trompé-je ici d'un voyage).

Les usines tournaient, dont les propriétaires s'étaient enfuis. Les terres appartenaient à ceux qui les travaillaient. Il semblait qu'on allait vers une plus grande justice, qu'on y allait tous ensemble, à condition d'avoir rejeté les vieux liens. Dans ce climat de générosité et d'espoir, il me semblait que j'avais enfin trouvé le pays que je cherchais. Ce n'était sans doute qu'une belle image d'Épinal haute en couleur. Mais je me refusais à voir les ombres. Que pouvais-je faire, moi aussi, pour leur victoire ?

En rentrant à Paris, je publiais dans *Regards* [1] et dans *Vendredi* quelques articles sur mon voyage. C'était, me semblait-il, la seule manière dont je pouvais servir une cause pour laquelle j'aurais donné facilement ma vie. Excuse-moi cette formule : j'ai toujours eu peur de la grandiloquence. Mais j'ai toujours eu aussi grand besoin de ferveur. La difficulté vient de ne pas la trouver chaque jour dans le quotidien. Il y avait trop de distance, en tout cas, entre cette brûlure intérieure et

1. Magazine illustré hebdomadaire contrôlé par les communistes mais qui ouvre ses colonnes à des écrivains étrangers au Parti.

la vie que je menais à la Bibliothèque nationale. La tension et le déchirement étaient devenus intolérables. À ce moment, Aragon fonda *Ce Soir* [1] et me proposa d'y entrer. Enfin j'allais pouvoir vivre en accord avec ce que je croyais vrai, donner ce que j'avais de meilleur pour la transformation du monde. Tout cela peut paraître naïf. J'avais gardé l'âge mental de l'adolescence. Je ne sais trop si je l'ai quitté. Il suffit encore aujourd'hui de bien peu d'espoir pour que tout se remette à flamber.

Je quittai donc une vie routinière, honorable et assurée des lendemains. J'entrais dans le journalisme comme on poursuit une aventure, comme on entre en religion. Je dus reconnaître assez vite mon erreur.

Ce Soir était dirigé par Aragon et Jean-Richard Bloch [2]. Un journaliste, Élie Richard, qui venait de *Paris-Soir*, en était le rédacteur en chef (sous l'Occupation, il fera, avec la même impartialité, les journaux nazis) [3]. Ce dualisme se retrouvait dans la rédaction : quelques jeunes gens, communistes pour la plupart, et quelques vieux journalistes professionnels, de ceux qui travaillent pour qui les paient. J'avais de la sympathie pour les premiers, du mépris pour les seconds. Au reste, je restais le moins possible dans la salle de rédaction, dont le débraillé et le cynisme me déplaisaient.

La situation qu'Aragon m'avait offerte m'en laissait

1. Quotidien lancé par le PCF en 1937. Dans son journal du 21 janvier 1937, elle note : « Est-ce que pendant un temps, je serai dispensée de courir après mon âme ? En somme affaire conclue : à partir du 15 février je deviens reporter à *Ce Soir* sous les ordres d'Aragon. »

2. Pendant la guerre, ayant réussi à gagner l'URSS, Jean-Richard Bloch va diriger des émissions de Radio-Moscou à l'intention des auditeurs de langue française, réunies dans *De la France trahie à la France en armes* (Éd. Sociales internationales, 1949).

3. Élie Richard devient chef des informations au quotidien *La France au travail*, fondé sur l'initiative d'Otto Abetz, ambassadeur d'Allemagne, en négociations avec le PCF. Le journal, dont le premier numéro sort le 30 juin 1940, vise les milieux ouvriers.

la liberté : j'avais été créée d'emblée « grand reporter ». On m'envoya tout de suite en Autriche, où se préparait un putsch hitlérien. Le rédacteur en chef m'avait expliqué que je devais chaque jour téléphoner un article au journal. Munie de ce conseil et de quelques adresses, je partis pour ce reportage comme on se jette à l'eau. J'arrivai à Vienne. Heureusement pour la novice que j'étais, il ne se passa rien. Les mitrailleuses et la police n'étaient plus dans les rues. Il ne restait qu'un grand corps sans âme, que j'entrepris de disséquer. Tout y passa : la police, les jésuites, les nazis, les sociaux-démocrates qui se rencontraient peureusement dans les petits cafés de Vienne, les communistes qui sortaient de prison et qui venaient aux rendez-vous en frôlant les murs, les Juifs frappés du *numerus clausus*, le chômage et ce vide immense des avenues et des palais faits pour la cour d'un grand empire mort. Quand je revins au journal j'étais sacrée grande vedette du journalisme. Paul Nizan l'écrivit dans *L'Humanité* en rendant compte de mon roman *Le Refus* [1]. Après le Prix du Premier roman, dont je n'avais su tirer aucun parti, je prenais un nouveau départ et cette fois dans une direction qui semblait me mener quelque part. J'écris cela sans gêne, car tout échoua très vite. Je n'ai plus aujourd'hui qu'à en chercher les raisons.

On me confia toutes sortes de besognes : des enquêtes sur les Halles, sur l'envers des variétés, sur les taudis. Je me promenais avec des forts de la Halle, à trois

1. Dans son article du 20 mars 1937, Nizan écrit : « Édith Thomas vient de se révéler comme l'un des meilleurs journalistes de sa génération. » Son appréciation du roman *Le Refus* (Éd. Sociales internationales, 1936), par contre, est mitigée. « On ne veut plus, écrit-il, passer du peuple à la bourgeoisie, mais de la bourgeoisie au peuple. C'est tout le sujet du livre d'Édith Thomas. » Tout en trouvant qu'elle traite son sujet « avec beaucoup de finesse, de précision et de modestie », il note : « Il y a encore une certaine facilité excessive [...]. On en abuse un peu. Sans paraître vraiment convaincant. Craignons les images d'Épinal. »

heures du matin, rue Quincampoix. J'allais interviewer rue Pigalle un nègre mangeur de feu, qui me faisait des propositions non équivoques. Ce qui m'importait, c'était de savoir comment, d'échec en échec, cet homme venu du fond de l'Afrique avait échoué sur cette banquette de café. À travers ce cas isolé, j'essayais de dégager la responsabilité du colonialisme. À travers ce « regrattier » des Halles, toute l'absurdité du capitalisme. Par un curieux paradoxe, on me reprochait que mes articles fussent trop « orientés ». J'aurais dû comprendre que je n'étais pas assez « gai, traditionnel et bourgeois ». Car *Ce Soir* voulait singer *Paris-Soir*. Seul le contenu politique importait. Pour le reste, on s'en moquait. Les crimes étalaient leur sang « à la une ». Les vedettes, leurs cuisses à sensation. J'avais affaire à des politiques pour qui tous les moyens sont bons. J'étais convaincue, au contraire, que tout se tient et qu'une politique ne va pas sans une morale, qu'il y avait aussi à créer une éthique communiste et que nous avions à faire « l'éducation des masses » sur tous les plans. Mais je me rendais compte que « ces masses » n'étaient que des instruments qu'on méprisait.

Avec de si vertueuses intentions, on me confia la partie larmoyante et sentimentale du journal. Pas un enfant martyr ne m'échappait. On me demanda d'organiser une collecte de vêtements. J'étais devenue officiellement la dame d'œuvres de *Ce Soir*, chargée des « petits pauvres d'Aragon ». Ce mot fit le tour de la salle de rédaction. Là aussi, je ne voyais que l'hypocrisie, le mépris dans lequel on tenait les lecteurs. On exploitait la misère, comme le sadisme et la sexualité. Tout devait servir pour la retape. Tout devait concourir à la plus grande gloire de Dieu. Il me paraissait que les meilleurs serviteurs étaient les moins convaincus, ceux qui faisaient ce qu'on leur demandait pour de l'argent. « Autant cela que peigner la queue de la girafe », ou « peu importe si l'on gagne son fric », entendais-je fréquemment dans la salle de rédaction. C'étaient là des raisonnements de bons serviteurs.

La mode des enfants martyrs tomba. On voulut alors me charger des comptes rendus d'assises. Cette fois, je refusai tout net. On insista. Je fis le premier fort bien (il s'agissait d'une femme coupée en morceaux) et les deux suivants fort mal. C'était le seul moyen qu'on m'en déchargeât.

Ce n'est pas qu'un procès ne soit pas intéressant. Mais les conventions du journalisme judiciaire sont absurdes. Il s'agit de sténographier les interrogatoires et de téléphoner son papier au fur et à mesure de l'audience : aucun recul qui permettrait de dégager l'essentiel, de situer le cas individuel dans son contexte social. Restent les mots d'esprit du président, les effets de manche des avocats (qui clignent de l'œil du côté des journalistes dont ils espèrent de la réclame) et dans le milieu, les balbutiements des accusés, bêtes traquées par tout l'appareil de répression sociale. Puis la course au téléphone pour donner au journal le compte rendu de l'audience, avant de s'être fait « griller » par un confrère.

Jamais le journalisme ne m'avait paru plus absurde. J'en arrivais à regretter les fiches de la Bibliothèque nationale. J'expliquai au journal que je ne pouvais pas jouer à la fois les dames d'œuvres, pleurer sur les enfants martyrs et donner aux crimes le retentissement faisandé qu'on exige des journalistes judiciaires. Le rédacteur en chef me répondit : « Si vous aviez un autre caractère, je vous garantirais la carrière de journaliste la plus brillante. » Je lui répondis sèchement : « Je ne sais pas comment on fait une brillante carrière, mais je ne ferai pas la mienne à coup de compromis. » C'était rompre les ponts. Mais je voyais autour de moi trop de complaisance, trop de bassesse, trop d'intrigues. C'est là sans doute, le climat habituel des journaux. Mais à *Ce Soir* s'ajoutaient les antagonismes entre les communistes et ceux qui n'étaient pas du Parti et les défiances réciproques. Il y avait d'obscures histoires, où l'on apprenait subitement « qu'un tel était de la police », accusation que j'ai entendu répéter tant de fois depuis que j'ai *a priori* cessé d'y croire. Ce qu'il y avait de certain, c'est que je n'aurais voulu serrer certaines mains qu'avec des gants de caoutchouc. Je n'étais pas désespérée, car je mettais tout cela au compte des conditions normales du journalisme en régime capitaliste, mais extraordinairement dégoûtée. La seule parole dont je me souvienne qui correspondît à mon climat intérieur me fut dite par Louis Guilloux. Il dirigeait alors la page littéraire et passa dans la salle où je travaillais :

– Que faites-vous ici ? me demanda-t-il.

– Vous le voyez bien, dis-je, un papier.

Il me regarda attentivement :

– Vous n'êtes pas faite pour ce métier-là. Ne perdez pas votre âme immortelle...

– Je suis peut-être moins inutile ici qu'ailleurs, lui répondis-je. Mais je ne croyais déjà plus beaucoup au journalisme apostolat.

J'aurais voulu partir pour le front espagnol. On me répondit que, physiquement, je ne pouvais pas faire un correspondant de guerre. Je dus me contenter de reportages sur les réfugiés qui passaient alors les Pyrénées. Là, du moins, je retrouvais la justification de mon métier. Fuyant les troupes franquistes, des femmes avec leurs enfants, des vieux, des pauvres refluaient vers la frontière. Ils parvenaient à traverser des cols qu'on jugeait inaccessibles en cette saison. Rien n'était préparé pour les recevoir. Les centres d'accueil étaient affreux. Plus affreuse encore l'attitude des autorités officielles, des médecins militaires. Qu'est-ce que venaient faire en France tous ces gens-là, au lieu de rester dans leur pays ? Ces femmes, ces enfants qui fuyaient sous les bombes, c'étaient des « rouges », des « marxistes ». Seuls les syndicats s'efforçaient de leur venir en aide. La solidarité ouvrière jouait, mais non la charité bourgeoise.

Dans ces vallées pyrénéennes, au milieu des réfugiés espagnols et des ouvriers de Tarbes qui venaient les accueillir, je retrouvais intacte la vision manichéenne du monde : le Bien d'un côté, le Mal de l'autre. J'oubliais les mesquineries et les dégoûts du journal. Je ne voyais plus que la beauté d'un métier qui me permettait de donner une voix aux silencieux, de faire connaître au monde leur détresse, dans un système cohérent que j'avais choisi et qui ne laissait pas de place au doute. Je retrouvais un accord entre le monde et moi. Il n'y avait plus de faille entre ce que je faisais et ce que je pensais, ni de réserve. Et pourquoi oublierais-je aujourd'hui ce champ de narcisses, où je terminais un article que j'allais téléphoner tout à l'heure ? La contrainte même de mon travail faisait partie de ma liberté. Ce sont des instants d'équilibre exceptionnel. Il suffit d'un souffle pour les faire basculer dans le vide.

Ces villages pyrénéens qui, depuis des siècles, avaient oublié le visage de la guerre, réapprenaient ses détresses, ses misères. On y suivait attentivement l'avancée du fascisme et le recul des armées républicaines. Chaque étape était marquée par un nouvel afflux de réfugiés. La Deuxième Guerre mondiale, déjà, se profilait derrière les Pyrénées.

Une division républicaine était encerclée dans la vallée de Bielsa. D'accord avec le journal, je résolus de la rejoindre par-dessus la frontière. Je gagnai le petit hameau d'Aragnouet et y passai la nuit. Des gardes mobiles et des muletiers espagnols occupaient la salle d'auberge. Je trouvai à côté un galetas pour essayer d'y dormir. Le lendemain matin, je partis à dos de mulet avec un guide. Il pleuvait à verse. Nous montâmes longtemps. Peu à peu, des flocons de neige se mêlaient à la pluie. Puis la neige tomba tout à fait.

– *Malo tiempo*, me disait le guide de temps à temps. Est-ce que nous continuons ?

– Continuons, répondais-je.

Un autre que moi passerait-il ? me disais-je. Si c'était possible, je devais passer, moi aussi. J'ai toujours aimé ces propositions du destin, où il s'agit d'aller jusqu'à l'extrême limite de ses forces, ces expériences totales où tout se trouve engagé. La neige tombait à flocons de plus en plus serrés. Ici un cadavre de mulet, là une valise à demi couverte de neige indiquaient que des réfugiés étaient descendus par cette piste. Un officier de garde mobile m'arrêta, me demanda mes papiers. Ils étaient en règle.

– Je ne puis vous empêcher de passer, me dit-il. Mais laissez-moi vous dire que vous êtes folle et que, par ce temps, vous ne parviendrez jamais là-haut.

Je continuai. Un peu plus haut, je rencontrai un député communiste qui revenait d'Espagne (il a été fusillé sous l'Occupation).

– Vous ne passerez pas le col, me dit-il. Nous avons eu déjà beaucoup de peine à le traverser et il n'a cessé de neiger depuis. Vous êtes folle.

Cette rencontre d'un officier de garde mobile et d'un député communiste me fit réfléchir sur ma folie. Je cédai au sens commun. J'envoyai à *Ce Soir* un papier qui relatait cet échec [1]. Ce fut une erreur de plus.

Dans un journal, il y a aussi un antagonisme entre les « assis » et les « debout », entre les ronds-de-cuir qui fabriquent à coups de téléphone et pour qui tous les

1. Elle copie cet article en entier dans son journal, daté fin mai 1938, avec la notation : « Article non paru dans *Ce Soir*. »

événements du monde aboutissent à un « papier » reçu à temps, et ceux qui vivent ces événements, qui les confondent avec leur propre vie et qui, pèlerins d'un nouveau genre, s'en vont par monts et par vaux, en quête d'impressions et de nouvelles aussitôt oubliées. Quels rapports y a-t-il entre un rédacteur en chef assis dans son fauteuil de cuir et des sentiers de montagne bloqués par la neige ? Je devais m'apercevoir qu'il n'y en avait aucun.

Cet échec s'ajoutait à mes refus. J'étais classée inutilisable. On prit le parti de m'oublier. Je ne fis rien pour sortir de cet oubli. Je me sentais incapable d'aller faire ma cour pour rentrer en grâce et de plus en plus étrangère aux intrigues. D'autres vedettes montaient, qui, dans cette foire d'empoigne, se donnaient beaucoup de mal pour « arriver ». Il m'était indifférent de n'arriver à rien et je refusais de me plier au jeu du catch.

Un jour, Aragon me fit appeler. Son bureau directorial avec ses rideaux de soie blanche avait l'air d'une chambre de jeune épousée. Aragon me fit asseoir et me dit après quelques détours :

– Je ne puis évidemment vous reprocher de considérer en écrivain beaucoup plus qu'en journaliste votre travail à *Ce Soir*. Mais il me faut faire des économies et j'ai besoin de gens capables de vider les poubelles. Je ne puis vous garder au journal.

Il développa ces différents points. J'étais à bout de nerfs et je me mis honteusement à pleurer.

– J'aime autant que vous fassiez votre crise ici que dans la salle de rédaction, me dit-il. Et il se mit à marcher de long en large sur le tapis blanc, en attendant que ce fût fini.

Je me levai. J'ai heureusement un visage sur lequel les larmes ne marquent pas.

Je me trouvais tout à fait démunie. J'avais quitté la Bibliothèque nationale et je ne voulais pas y rentrer.

D'ailleurs m'y aurait-on reprise, si je l'avais sollicité ? Je n'étais pas communiste et, renvoyée de *Ce Soir* [1], il était peu vraisemblable qu'on m'engageât dans un autre journal du Parti. Je n'envisageai pas un seul instant de collaborer à des journaux bourgeois. Je ne voyais aucun moyen de gagner ma vie.

Mais l'échec se plaçait aussi sur un autre plan. J'avais tenté de mettre ma plume au service du prolétariat, de trouver un accord de vie. Était-ce donc une entreprise irréalisable ? Était-ce ma faute si je n'avais su ou voulu m'adapter aux conditions que j'aurais dû accepter ? Le dégoût ne venait-il que de moi ? Où était-il justifié objectivement par les gens et par les circonstances ? D'autres parvenaient bien à patauger dans le marécage sans en avoir la nausée.

Je ne songeais pas à en vouloir à Aragon de mon renvoi du journal. J'ai toujours eu le tort de comprendre trop facilement les raisons d'autrui. Cet incident ne m'apprit rien, ni sur lui ni sur moi. Il ne m'apprit pas même à vivre.

Je me trouvais donc sur le sable : sans travail et avec le sentiment cuisant d'un échec. Une fois de plus, quelque chose s'était écroulé. Quoi ? Je n'aurais su le dire exactement. Mes convictions restaient entières et je mettais l'atmosphère empoisonnée du journal au compte d'Aragon, qui recréait autour de lui les per-

1. Le récit de ce renvoi dans son journal, le 1er juillet 1938, d'un tout autre ton, suggère un portrait d'Aragon moins brutal mais guère plus sympathique : « Renvoi de *Ce Soir*. Explications d'Aragon pendant une heure sur : 1° son et mon attitude politique (j'ai trop besoin de justification, j'ai beaucoup marché mais j'ai encore à vaincre des résistances), 2° la marche du journal, ses difficultés financières et autres, etc., 3° il craint que je ne croie pas à sa " sincérité ", il tient à mon estime, " beaucoup plus peut-être que vous ne le croyez ", etc. »

sonnages de ses romans, et choisissait dans la réalité ceux qui leur ressemblaient exactement. Les relations que j'avais eues avec le Parti communiste à travers l'AEAR et *Ce Soir* étaient passées par son truchement. Je ne voulais pas qu'un arbre me cachât la forêt, ni qu'un poète surréaliste me fît oublier la masse anonyme des ouvriers, qu'il prétendait défendre à sa manière. Pour lui, c'était une abstraction à laquelle il s'adressait du haut d'une estrade. Il n'avait au fond pour les individus qui la composaient que le plus total mépris. Je ne pensais pas que cela fût nécessairement impliqué dans le marxisme.

Envoyée par l'*Agence Espagne*, agence de presse des républicains espagnols, je repartis pour la Catalogne. J'étais chargée d'accompagner des journalistes étrangers, suisses et anglais. On m'avait demandé aussi de faire connaître leurs réactions. Cette besogne d'espionnage me déplaisait. Inutile de dire que je ne la remplis pas. Une fois la caravane remise aux mains des Espagnols, je me considérai comme tout à fait indépendante et chargée seulement de mon propre témoignage.

Je n'étais pas retournée à Barcelone depuis novembre 1936. Nous étions en juillet 1938. Je fus effrayée du contraste. Tout manquait. Au Majestic, où descendaient les hôtes que l'on voulait honorer, on n'avait le matin qu'une tasse d'un liquide noir, sans sucre, sans pain. La même disette présidait aux autres repas. On mourait de faim. Dans le métro s'entassait, la nuit, une foule de femmes et d'enfants qui redoutaient les bombardements. Il fallait faire des kilomètres à pied dans cette ville immense, par la lourde chaleur humide du plein été.

Je visitais des fermes collectives organisées par les anarchistes. C'étaient des hommes sympathiques, certes, mais qui, en poursuivant leurs expériences idéales, semblaient se désintéresser de la guerre. C'était là le dilemme : comment lutter sur les deux fronts, celui de la révolution et celui de la guerre ?

J'avais visité des usines, où l'on appelait maintenant les femmes à travailler à la place des hommes. Et ces admirables cours pour adultes, où, en pleine guerre, on luttait contre l'analphabétisme. Je me souviens encore de cette paysanne de trente-cinq ans, qui voulait entreprendre des études de médecine. « À quarante ans, la vie commence, me dit-elle, j'ai toujours voulu soigner les gens. Et maintenant, je serai médecin. » Qu'est-elle devenue, aujourd'hui ? Morte ? Fusillée peut-être ? Ou pourrissant vivante en prison ? Au mieux, retournée à ses moutons, avec au cœur le lancinement d'un grand désir perdu ? Ces soldats, ces ouvriers, ces paysans agissaient comme s'ils avaient eu devant eux la vie entière et l'espoir, cet *Espoir* qu'André Malraux tournait alors dans les rues de Barcelone. Mais l'espoir se rétrécissait devant eux, devant nous.

Cependant, vivant au milieu d'eux, j'envoyais à l'*Agence Espagne* des articles qui étaient des communiqués de guerre, c'est-à-dire des textes qui sous-entendaient cet espoir. Ce n'était pas mentir (je n'ai jamais écrit une ligne que je ne croie vraie et que je ne puisse contresigner encore, alors que les circonstances ont changé), mais puisque j'étais avec eux, je devais soutenir le pari désespéré de leur espoir.

Avant de quitter Paris, je m'étais entendue avec le rédacteur en chef de *Regards*, Pierre Unik [1], pour lui donner quelques articles sur la transformation économique de l'Espagne républicaine, qui était la justification éclatante de sa résistance au fascisme. En arrivant à Barcelone, je m'étais ouverte de ce projet à Ilya

1. Écrivain surréaliste qui adhère au Parti, avec Breton, Aragon et Eluard, en 1927.

Ehrenbourg [1], qui résidait alors en Espagne et qui pouvait me donner quelques conseils sur sa réalisation. C'était d'une naïveté incroyable. Quand je retournai à Paris, Pierre Unik refusa mes articles : Ilya Ehrenbourg lui en avait envoyé justement sur les sujets que je me proposais de traiter, et, n'est-ce pas, on n'allait pas refuser des « papiers » d'Ehrenbourg ? Telles sont les conditions du métier de journaliste.

***

J'étais fatiguée, amaigrie. J'allai me reposer quelque temps en montagne. Je rentrai à Paris, au moment des accords de Munich [2]. Des hommes et des femmes étaient massés le long des rues : « Qu'est-ce qu'ils attendent ? » demandai-je à un agent. « Mais le président », me répondit-il. « Quel président ? » allai-je demander, tant j'étais loin de comprendre qu'on pût acclamer Daladier pour cette victoire hitlérienne.

L'hiver 1938-1939 fut l'un des plus sombres que j'aie jamais vécus. J'anticipais sur le destin commun. De l'autre côté des Pyrénées, les républicains reculaient. La puissance de l'armée franquiste s'accroissait chaque jour par l'afflux de « volontaires » allemands et italiens. Les républicains, déchirés par les luttes de faction, affaiblis par l'élimination des éléments non staliniens, abandonnés par les démocraties occidentales, perdaient visiblement la partie. Quant à l'aide soviétique, cachée, discrète, je ne sais encore ce qu'elle fut en réalité.

J'avais perdu tout espoir dans la victoire de la répu-

1. Romancier et polémiste russe, il est correspondant à Paris des *Izvestia* entre 1923 et 1941.

2. Le 3 octobre 1938 elle note dans son journal : « La grande tourmente est passée – à quel prix ? – et pour combien de temps ? Et quelles mesures vont suivre de réaction et d'abêtissement ? »

blique espagnole ; inaugurée dans l'enthousiasme populaire, elle disparaissait dans les ruines. C'était une nouvelle Commune, qui s'écroulait sous les coups des Versaillais. Pour ceux qui espéraient en la transformation pacifique du monde capitaliste, la défaite de la république espagnole apportait un démenti sanglant à leur espoir.

Je traînais. Rien ne pouvait non plus me réussir. Quelques articles que je faisais pour *Regards* m'étaient payés deux cent cinquante francs. Sans mon père, je serais morte de faim. J'étais humiliée de mon incapacité à gagner ma vie. Le roman que j'écrivais [1] et qui ne parut que bien plus tard m'apparaissait plus comme un divertissement que comme une justification. Je ne croyais plus assez à la littérature comme une fin, pour qu'elle pût me suffire.

C'est alors qu'on me découvrit de la tuberculose pulmonaire. Cette maladie me venait si à propos que je crois parfois que je l'ai inconsciemment cherchée. J'appris ce diagnostic avec indifférence. Peut-être y trouvais-je même une certaine joie. Je n'avais plus à vouloir ni à choisir. La solution me venait du dehors : c'était celle de ne pas vivre. Je me sentais aussi d'accord avec cette négation.

Après ces jours de sécheresse, voilà que de grands orages sont venus. L'herbe a reverdi. Mais l'année s'est brisée et déjà l'automne commence. L'année a ses quarante ans, comme moi. Dans l'air, on sent cette cassure : aux collines qui se sont éloignées dans la brume, au ciel où le soleil chauffe encore, lorsqu'il n'est pas

1. Il s'agit du roman qui va devenir *Étude de femmes* (Éd. Colbert, 1945). Cf. Présentation et aussi infra, p. 100 et note.

voilé, au chant des coqs qui arrive, comme amorti, des fermes voisines.

Au long de cette rivière où je me suis promenée et baignée tant de fois, je rejoins un personnage identique : la seule différence, c'est le degré d'attente. À seize ans, j'attendais tout. À quarante, je n'attends plus que le prolongement de cet ennui inextinguible.

Le journal m'a apporté la nouvelle que Roger Vailland vient d'être arrêté en Égypte, comme communiste. Telle aurait pu être ma vie aujourd'hui même. Mais il aurait fallu qu'elle reposât encore sur le postulat d'une foi que je n'ai plus. Cette vacance, cette absence de tout, me ramènent à l'été de 1939, à la galerie de cure d'un sanatorium.

Rien ne pouvait mieux me convenir que cette vie quasi monastique. À la règle médicale, j'ajoutais une discipline personnelle de lectures et de travail alternés. J'avais fini de relire *La Montagne magique* de Thomas Mann, le jour où l'on me créa un pneumothorax [1], et je repris Spinoza. Devant le mont Blanc, qui n'était plus un obstacle qu'il faut surmonter, mais le décor d'une rêverie, il me semblait que j'étais justifiée d'abandonner le souci de vivre.

Je ne retrouvais plus rien du désespoir et de la fureur de ma première maladie. J'avais dix ans de plus, il est vrai, et l'issue n'était plus de vivre infirme, mais seulement de vivre ou de mourir, ce qui m'était indifférent.

J'étudiais quelque peu la psychologie de cette maladie, sur laquelle on a fait beaucoup de littérature. Le médecin du sanatorium me confia des dossiers d'observations faites par des phtisiologues. J'y lus qu'on était malade avec son caractère et qu'il n'y avait pas

1. Traitement de la tuberculose pulmonaire qui consiste à insuffler de l'air stérilisé dans la cavité pleurale, ce qui permet au poumon de s'affaisser et le maintient pendant quelque temps au repos et immobile.

de psychologie particulière de la tuberculose. Mais les romantiques avaient raison : une grande peine, un long rongement en favorisaient le développement, autant que le surmenage ou la misère. Cependant il me semblait qu'il y avait entre Watteau, Chopin, Katherine Mansfield, pour ne citer que ceux-là, une parenté singulière : une grande acuité de la sensibilité, une sorte de détachement du réel, un regard tourné sans cesse vers un au-delà fuyant et insaisissable. Il me paraissait au contraire impossible que Balzac, Victor Hugo ou Tolstoï eussent pu accomplir leur œuvre, puissante et massive, en étant atteints de tuberculose.

Je songeais à tout ce que j'avais laissé en bas avec tant de détachement que je ne comprenais même plus pourquoi je n'avais pas été capable de le supporter. Peut-être ce malaise constant qui m'avait toujours interdit d'accepter le réel me venait-il simplement de cette prédisposition à la tuberculose. C'était alors tout justifier d'un coup : la justice et l'injustice, l'oppresseur et la révolte de l'opprimé, et, dans cette indifférence, annuler les raisons que j'avais eues de choisir.

Pour ne pas me laisser entraîner à cette négation, je me mis à écrire, à titre d'exercice, un *Petit traité du bon usage des maladies* [1] et une série de nouvelles sur le pays d'en haut. Une fois de plus, écrire me sauvait de moi-même, me permettait de voir clair et de reprendre pied. J'étais ramenée, sans cesse, par les circonstances à cet unique moyen d'exister.

Mais écrire comporte deux étapes dissemblables et complémentaires, aussi nécessaires l'une que l'autre.

1. Il s'agit de ses *Lettres à Ariane ou Du bon usage de la maladie* (inédites). Elle envoie ces quatorze pages à Jean Paulhan chez Gallimard, qui lui répond le 24 janvier 1940 : « Je les ai lues avec plaisir mais enfin je préfère de vous des récits plus “ réels ” et plus “ nourris ”. » Il ajoute à la main : « Je les trouve un peu “ immobiles ”, un peu vaines, parfois trop “ littéraires ”. Mais deux ou trois passages y sont très émouvants. »

La première, c'est de s'installer devant une feuille de papier, de faire le vide autour de soi, de tendre à l'expression la plus directe, la plus précise de ce qui semble à ce moment, essentiel, c'est de ne laisser glisser entre la feuille de papier et soi aucun regard étranger, celui du lecteur hypothétique, à qui l'on voudrait plaire. Même en ce moment, je ne pense pas à toi (j'y suis ramenée par ce détour). Je ne cherche que ma propre nécessité et ma propre rigueur. Ensuite, le deuxième acte commence. On écrit d'abord pour soi. On n'écrit pas seulement pour soi. On écrit aussi pour avoir une réponse, pour entendre un écho, pour forcer la rencontre. Il ne s'agit pas de séduire par des artifices. Aucun homme ne se met plus à nu qu'un écrivain. Une œuvre, même la plus médiocre ou la plus déguisée, dévoile toujours entièrement son auteur. Mais entre le moment où l'on écrit et le moment où l'on peut être lu s'insinuent toutes sortes d'opérations étrangères, de caractère commercial, qui viennent fausser ce dialogue solitaire et secret, cette recherche de deux sensibilités complémentaires.

Le manuscrit, qui portait une attente, retournera peut-être au tombeau d'un tiroir. Il sera comme s'il n'avait jamais été. Cependant rien, pas même l'étouffement et le silence, ne pourrait m'enlever la joie dérisoire de ces quelques heures où je me serais recréée. C'est à quoi je songeais sur ma galerie de cure. C'est à quoi je songe encore aujourd'hui, devant cette plaine immobile, dont la moisson est rentrée et que fendent maintenant les premiers labours.

Cependant, je savais que ce repli sur moi-même, auquel me forçait la maladie, était encore un artifice et que l'histoire continuait son bout de chemin. Elle n'allait pas tarder à nous entraîner tous, de nouveau, avec elle.

*
* *

Le pacte germano-soviétique éclata comme un coup de tonnerre. Brutalement l'histoire nous rappelait que, si isolés que nous fussions, si détachés que nous le souhaitassions, on n'échappe pas à son emprise. Je fus accablée. Malgré certaines réserves, j'avais fait confiance à l'Union soviétique. Elle me paraissait être l'unique garantie réelle contre le fascisme. Ce retournement de la situation, cette collusion entre deux systèmes, qui semblaient antinomiques, me semblaient incompréhensibles.

J'étais seule sur ma galerie de cure. Je ne connaissais d'autre communiste que le laveur de vaisselle du sanatorium. Je me jetais avec fièvre (ce n'est pas une métaphore : je « faisais » réellement de la température) sur les journaux. Paul Nizan [1], Gabriel Péri [2], chargés de la politique extérieure de *Ce Soir* et de *L'Humanité*, se taisaient. Mais Aragon n'était pas homme à se laisser prendre au dépourvu. Pour ce baladin du monde oriental, rien n'était plus facile que de prouver qu'il fait jour en pleine nuit. Ce fut lui qui se chargea d'expliquer aux masses que le pacte germano-soviétique, c'était la paix.

« La politique de paix de l'URSS, écrivait-il, lorsque le monde entier sent l'imminence de la guerre, le pacte

1. Paul Nizan démissionne du Parti le 25 septembre 1939, adressant à Jacques Duclos la lettre suivante : « Je t'envoie ma démission du Parti communiste français. Ma condition présente de soldat mobilisé m'interdit d'ajouter à ces lignes le moindre commentaire. » Le Parti réagit à la démission de Nizan en l'accusant d'être un « traître » et un « espion de la police ». Nizan sera tué dans la bataille de Dunkerque le 23 mai 1940.

2. Anti-fasciste militant, Gabriel Péri, lui aussi, avait ses doutes sur le pacte. Le 18 mai 1941, Péri est arrêté, sur dénonciation, chez le frère d'un membre du Comité central arrêté deux mois auparavant. Il est fusillé par les Allemands au Mont-Valérien le 15 décembre.

de non-agression imposé à Hitler qui n'avait pas d'autre possibilité que de capituler ainsi ou de faire la guerre, c'est le triomphe de cette volonté de paix soviétique. » Et, le lendemain, avec une assurance qui confond et que d'ailleurs les événements devaient démentir les jours suivants : « Je le répète, la guerre a reculé hier ! » À *L'Humanité*, on n'avait trouvé qu'un lampiste pour faire cette besogne.

J'essayais de comprendre. Le pacte germano-soviétique ne m'apparaissait pas comme un instrument de paix, au contraire. Libre à l'est, Hitler allait pouvoir s'engager dans la guerre. L'URSS avait-elle décidé de laisser les pays capitalistes se jeter les uns sur les autres ? d'utiliser la guerre comme le meilleur moyen de créer dans le monde une situation révolutionnaire ? Mais quelle confiance garder dans un État qui n'hésitait pas à jeter l'humanité dans la catastrophe pour parvenir à ses fins ?

Cependant, on appelait les réservistes, on annonçait des mesures de défense passive et de réquisitions. Des intellectuels français d'extrême-gauche signaient un manifeste [1] condamnant la politique de duplicité de l'Union soviétique. Le Parti communiste, après plusieurs jours de silence, prenait officiellement position. Il appelait tous les communistes « à remplir leur devoir pour la défense de la démocratie, de la liberté, de la paix... » « Dans le vrai combat contre le fascisme agresseur, ajoutait-il, le Parti communiste revendique sa place au premier rang. Il appelle à l'union de la nation contre l'hitlérisme, etc. » Mais qu'est-ce que les communistes appelaient « le vrai combat » ? Quel était le sens de chaque mot ?

J'avais écrit à Léon Moussinac [2], dont j'ai toujours

1. Manifeste de l'Union des intellectuels français, signé, entre autres, par Frédéric et Irène Joliot-Curie, Paul Langevin et Victor Basch.

2. Théoricien et historien du cinéma, membre du PCF de 1924 jus-

estimé la probité intellectuelle. « Patientez, me répondit-il. Songez aux machinations de l'Angleterre et de la France contre l'URSS, à leurs atermoiements, aux refus de la Pologne d'accepter l'aide de l'Union soviétique. Attendez, pour porter un jugement, que ces faits soient mieux connus. Faites confiance à l'URSS. Ne nous quittez pas. »

Mais attendre était une solution négative. J'avais encore quelques articles qui traînaient à *Regards* ou à *Commune*. J'écrivis aux rédacteurs en chef pour leur demander de surseoir à leur publication [1].

Chaque jour l'histoire nous harcelait :

2 septembre

Hitler attaque la Pologne. (Le pacte germano-soviétique, c'est la paix !)

L'Angleterre et la France mobilisent.

4 septembre

Nous sommes en guerre avec l'Allemagne ; la Grande-Bretagne depuis hier onze heures, la France depuis dix-huit heures.

C'était comme si, sur le cadran de chaque homme qui serait tué, on avait tourné les aiguilles, hâté le temps.

De quel côté étais-je ? Je n'en savais plus rien. Alors que la guerre d'Espagne me semblait le type même de la guerre révolutionnaire, de la guerre défensive d'un

qu'à sa mort en 1964. Par rapport à sa réponse à la lettre d'Édith Thomas sur le pacte, cf. *Pages de Journal*, le 1er septembre 1939.

1. Cf. *Pages de Journal*, le 29 août 1939 : elle transcrit sa lettre à Pierre Unik, rédacteur de *Regards*, et sa lettre à Jacques Decour, rédacteur de *Commune*.

peuple contre ses oppresseurs – juste autant que peut l'être une guerre – la Seconde Guerre mondiale commençait dans un climat trouble et empoisonné. Sans doute restais-je farouchement opposée à l'hitlérisme. Mais les démocraties bourgeoises ne me paraissaient défendables que dans la mesure où elles garantissaient encore quelques libertés à la classe ouvrière. On poursuivait les communistes. On les jetait en prison, alors que le Parti communiste continuait à incarner les intérêts du prolétariat. Mais il y avait derrière lui la grande équivoque de l'Union soviétique, installée dans sa paix et dans son silence, et qui avait laissé à la guerre le champ libre pour dévaster le reste du monde.

Ce que je pensais, à vrai dire, n'avait aucune importance. J'étais une femme. Je n'étais pas mobilisable. Mais si j'avais dû être soldat, je ne sais comment je me serais comportée. J'avais plusieurs alibis qui me dispensaient de choisir. Mais ce qui compte, c'est beaucoup moins ce que l'on fait que ce que l'on pense, l'accord de soi avec soi. Si j'avais dû agir, je ne sais comment j'aurais agi. Cette incertitude m'accablait.

La guerre, l'hiver, la neige. On s'enfonce dans la guerre comme dans l'hiver et la neige. J'ai quitté la Savoie pour Arcachon : on m'y entretiendra là mon pneumo comme ailleurs et je continuerai à y mener cette vie nulle. Tout semble immobile, suspendu comme avant l'orage. La France va-t-elle continuer à vivre ainsi, protégée par sa ligne Maginot, comme l'Empire romain par ses *limes* ? Mais l'Empire romain n'a pas échappé à la destruction.

De temps en temps, une lettre me parvient. On est vite oublié dans Paris, où les amitiés ne durent qu'autant qu'elles sont utiles : je ne suis plus utile à rien depuis longtemps. Quelques lettres d'hommes qui s'ennuient sur la ligne Maginot ou ailleurs et qui sont d'ailleurs résolus à se battre, si on leur en donne l'occasion.

Je suis incapable de me souvenir de cet hiver 1939-1940. Rien ne semble s'y être passé. La forêt des Landes avec ses pins, ses ajoncs, ses chênes-lièges qui, d'un bout de l'année à l'autre, demeurent inchangés, est resté pour moi l'image immobile de cette étendue plate de temps et de silence. Dois-je dire que je m'ennuyais ? Même pas. J'étais dépossédée de moi-même, dans cet espace vide où l'ennui même n'a plus de prise. Peut-être la solitude et le silence forment-ils encore le climat où je vis le plus aisément : sans rencontre, sans souffrance, sans attente, sans dégoût. Qui aurais-je rencontré, qui pouvais-je attendre dans cette forêt où tous les pins se ressemblaient et où je retrouvais, d'un jour à l'autre, sur les pistes de sable, les traces seules de mes pas ?

Au début de mai, je retournai à Paris. Je n'y avais pas séjourné depuis le début de la guerre. La guerre était présente, dans le vide des avenues, dans l'abandon des jardins. À la place des fleurs s'ouvraient des abris souterrains. De temps en temps passaient un soldat, un officier sur son char. Une femme dit dans la rue, à côté de moi : « On invente des choses pour sauver les hommes et d'autres pour les détruire. » La nuit, sous les lampes voilées de bleu, il était difficile de trouver son chemin, impossible de découvrir la maison où l'on se rendait. Plus tard, nous nous habituâmes à ce retour aux forêts hercyniennes et si je l'écris ici, c'est seulement par fidélité à la réalité définitive des souvenirs. On aurait pu croire que tout allait continuer ainsi dans cet état d'incertitude et de suspens, qui n'était ni la guerre, ni la paix, quand la nouvelle éclata [1].

Ce ne fut d'abord qu'une alerte. L'air avait la transparence de l'aube. La cloche d'une église sonna cinq heures. Le ciel tourna à la couleur des pêches. Un avion passa, là-haut, tout seul. Une lumière jaillit dans l'air. Quelques canons dérisoires se mirent à tirer. J'entendais des voisins échanger à leur fenêtre quelques réflexions sur la défense passive. Nul ne croit jamais à sa propre mort. C'est la forme du courage la mieux partagée.

Mais déjà la Hollande, la Belgique, le Luxembourg étaient envahis. Hitler proclamait que le sort de la Nation allemande allait être décidé pour mille ans, car il savait que l'espoir de la durée donne du poids aux actes des hommes. De l'autre côté, on sortait aussi la solennité des grands mots tragiques : « Vaincre ou mourir, disait Gamelin [2], disait Darlan [3], il faut vaincre, etc. »

Une fois mise en mouvement, l'armée allemande avançait. Avec rigueur, avec méthode, elle passait les rivières, prenait les villes. On avait oublié de faire sauter les ponts de la Meuse. Mais quand on faisait sauter les ponts, l'armée allemande passait quand même. On apprenait la totale désagrégation de l'armée Corap.

Je devais subir une intervention chirurgicale. Le médecin m'en dissuada et me conseilla de quitter Paris, où, il est vrai, je n'avais rien à faire. Le 23 mai, il y

1. Les pages 86-90 sont une condensation et un remaniement de son journal. Cf. *Pages de Journal* du 11 mai au 24 juin 1940.

2. Le général Maurice Gamelin commande les forces franco-britanniques de septembre 1939 au 19 mai 1940.

3. En 1939 et 1940, François Darlan est amiral et commandant de la flotte.

avait encore des trains. J'aperçus, à la gare, quelques garçons qui avaient trouvé refuge à l'agence *Havas*, lorsque *Ce Soir* avait été supprimé. L'agence *Havas* fuyait. Ils fuyaient avec elle. Ils étaient de ceux qui se sauvent toujours de tout et survivent.

La France du Nord fuyait, la Belgique fuyait, la Normandie fuyait. Je fuyais avec eux, je ne savais trop quoi. Je fuyais la vie depuis des mois, ou la vie me fuyait. Je me trouvais donc à ma place dans cette fuite. On emportait avec soi ce qu'on avait de plus précieux, de plus indispensable : des ballots indéfinissables, des couvertures, un oiseau dans une cage, un chat en laisse. Pour ce départ que je croyais définitif, je n'emportais rien, n'ayant rien su choisir d'essentiel.

Un cheminot de Mons et sa femme ; ils sont partis sous les bombardements : « Voyez, mon manteau, c'est un éclat d'obus qui l'a arraché. J'ai eu de la chance. » En face de moi, une jeune fille s'endort et se réveille. Des avions passent au-dessus du train : « Je ne peux plus les voir sans trembler. C'est plus fort que moi, je me mets à trembler. Depuis des jours, nous ne sortions plus des caves, à Châlons. On n'avait rien à manger, la ville brûlait. » « Et la DCA ? » « La DCA, elle était partie, dès le premier jour pour le front, paraît-il. »

En gare de Bordeaux, des wagons à bestiaux viennent se ranger près de mon train. Dans la paille, des réfugiés sont assis les uns contre les autres. Ils ont ouvert la porte et je parle avec eux. « Ils nous ont mitraillés sur la route. Je me disais, ça, c'est un avion français. Je croyais voir sur ses ailes les cocardes tricolores. Et puis, il a piqué droit sur nous et il nous a mitraillés comme ça, à dix mètres. À Compiègne, ils ont tué deux enfants, tandis que des autobus venaient nous chercher sur la place. » Compiègne brûlait, Châlons brûlait, Rotterdam brûlait, Varsovie brûlait. Je songeais à ces foules toutes semblables qui, l'année passée, fuyaient de Malaga, de

Valence ou de Madrid. Je les reconnaissais. Était-ce donc le destin de cette génération de fuir la guerre et l'incendie sur les routes ?

Mon train avait quitté maintenant la grande ligne de fuite et s'enfonçait dans la forêt. Les pins continuaient leur procession éternelle. Une odeur de résine entrait par la fenêtre ouverte, comme si c'était la paix. Un gros homme vint s'installer en face de moi, du genre repu.

– Naturellement tous ces réfugiés qui viennent nous encombrer ici, ce sont des Belges.

– Non, ce sont des Français pour la plupart. Et quand ce seraient des Belges ?

– D'ailleurs, moi, je ne crois pas à ces bombardements de civils. Faut voir les choses comme elles sont. Seulement les civils sont sur les mêmes routes que les troupes. Alors on bombarde tout le monde en même temps, c'est normal.

– Pourtant, dis-je, il y a eu Guernica où l'on a bombardé, par système, les civils.

L'homme m'a regardée de travers à ce nom de Guernica.

– Je trouve ça admirable, la façon dont Hitler conduit la guerre. Regardez, depuis le commencement de son offensive, il n'est pas tombé une goutte d'eau. C'est parce qu'il s'entoure de radiesthésistes... Regardez ici, cette pagaïe, je ne devrais pas vous le dire, mais je travaille à la station radiotélégraphique, vous croyez que c'est gardé ? Deux ou trois soldats avec de vieux pétards juste bons à tirer les palombes, il suffirait de quelques parachutistes pour s'emparer de la station comme de rien. Et c'est comme ma cure à Amélie-les-Bains, voilà le second été que je ne peux pas la faire, ma cure à Amélie-les-Bains, parce que l'année dernière, je devais prendre mon congé en septembre et que c'était Munich. Toute cette eau qui se perd. Vous croyez que c'est bien arrangé tout ça ? Quelle pagaïe, quelle pagaïe !

Et le monsieur, devant mon silence, se remit à lire *Gringoire* [1].

***

J'ai poussé le portillon du jardin et une odeur de chèvrefeuille m'a envahie de la tête aux pieds. De la forêt voisine, les pins envoient leur parfum. Le ciel est d'une parfaite transparence. Comment n'être pas honteux de posséder encore ce ciel et ces parfums.

Toute la journée, je reste suspendue à la radio.

Radio française

« Nous avons abattu cent cinquante avions ennemis. Tous nos avions sont revenus à leur base. »

Radio allemande

« Nous avons abattu cent cinquante avions ennemis. Tous nos avions sont revenus à leur base. »

Radio française

« Trois cent mille hommes ont été embarqués pour l'Angleterre. »

Radio allemande

« Trois cent mille hommes de l'armée des Flandres ont été faits prisonniers. »

1. Hebdomadaire qui devient le journal préféré d'une partie de la bourgeoisie de droite à la suite du 6 février 1934. Après l'armistice, *Gringoire* sera publié en zone sud, où il continuera de paraître jusqu'au 25 mai 1944.

Ainsi pour tout. Jamais les contradictions n'ont été aussi flagrantes. Jamais le monde ne m'a paru aussi absurde.

Quand la radio allemande, installée maintenant à Bruxelles, nous dit que M. Paul Reynaud [1] représente la caste des financiers internationaux et point du tout la France des ouvriers et des paysans, la radio allemande a raison. Mais comme la victoire allemande serait aussi la défaite de cette France ouvrière et paysanne, la radio française a raison.

Quand M. Jouhaux [2] déclare, d'accord avec M. Gignoux [3], qu'il est nécessaire de lutter pour la défaite d'Hitler, M. Jouhaux a raison. Mais il a tort quand il présente la victoire de la classe ouvrière. Le clivage passe toujours entre les classes. Mais il passe aussi entre les frontières. Et c'est sans doute aujourd'hui, ce qui doit être au premier plan.

10 juin

Les Allemands ont atteint les faubourgs de Rouen. M. Bullit, ambassadeur des États-Unis, est allé déposer une rose aux pieds de la statue de Jeanne d'Arc. Mussolini déclare la guerre à la France et à l'Angleterre. Les Allemands marchent sur Vernon, franchissent la Seine sur plusieurs points.

13 juin

Paris est déclarée ville ouverte. Remettant son discours de demi-heure en demi-heure, M. Reynaud parle

1. Plusieurs fois ministre sous la IIIe République, Paul Reynaud succède à Daladier comme président du Conseil en mars 1940. Ne pouvant conjurer la défaite, il démissionne le 16 juin.
2. Dirigeant réformiste de la CGT.
3. Claude-Joseph Gignoux est rédacteur en chef puis directeur de *La Journée industrielle* et également directeur (depuis 1936) de la Confédération générale du patronat français.

à onze heures et demie : croassements lugubres de corbeaux. Si l'Amérique ne nous envoie immédiatement des milliers d'avions, c'est l'*in-pace* des grands cimetières et des camps de concentration.

Il pleut doucement sur les pins et la lune fuit entre les nuages.

14 juin

On attend la réponse de Roosevelt. Y aurait-il des troubles dans Paris ? Un gouvernement pro-hitlérien ? C'est ce que la radio laisse entendre. En ce temps d'informations rapides et de propagandes systématiques, on ne sait rien.

16 juin

Les Allemands poussent vers Gray, prenant à revers la ligne Maginot. On attend la réponse de Roosevelt. On attend un mouvement de l'URSS. Mais que lui importe la chute de Paris ? À dix-sept heures, conseil des ministres. Dix-neuf heures et demie, vingt heures et demie, le conseil des ministres continue. On ne sait rien.

17 juin

Le maréchal Pétain remplace Paul Reynaud. De graves décisions doivent être prises aujourd'hui. Onze heures et demie, rien. Les ministres délibèrent. Les Allemands sont à Châteaudun. Midi et demi. Pétain parle. Il a demandé à Hitler ses conditions d'armistice. Vingt heures et demie : la radio anglaise annonce, d'après des informateurs neutres, que les Allemands exigeraient la capitulation.

18 juin

Les Allemands sont à Orléans, la Charité-sur-Loire, Dijon, et poussent vers le Jura.

19 juin

Pour la troisième fois, la radio transmet aux populations civiles l'ordre impérieux de rester sur place. Le disque commence à s'user et M. Pomaret [1] répète d'un ton énergiquement gâteux : « La France... la France... la France... vivra. » Nous éclatons de rire. Comme tout est devenu étrange et ce rire même.

Des plénipotentiaires ont été désignés par le gouvernement français. Sept heures et demie : le gouvernement rappelle le général de Gaulle qui, hier soir, avait fait à la radio anglaise un discours invitant l'armée et l'aviation françaises à se joindre à lui.

20 juin

Chiappe [2] est chargé de représenter Paris auprès du gouvernement allemand. Déjà nous glissons à l'hitlérisme. En fait de « liberté spirituelle », nous aurons un gouvernement à la solde d'Hitler. Le jeu magistral, c'est d'avoir fait de Pétain un Seyss-Inquart [3] plus ou moins conscient.

21 juin

Entrevue d'Hitler et des plénipotentiaires à Rethondes, dans le wagon où fut signé l'armistice du 11 novembre. Le préambule du nouveau traité affirme l'innocence de l'Allemagne dans le conflit de 1914.

1. Ministre du Travail dans les cabinets Daladier et Reynaud, Charles Pomaret est ministre de l'Intérieur dans le gouvernement de Pétain entre le 16 juin et le 11 juillet 1940.

2. Préfet de police dont la destitution par le gouvernement est une des causes de l'émeute du 6 février 1934. Il est désigné par Pétain en novembre 1940 comme haut-commissaire en Syrie et au Liban mais l'avion qui le conduit à son poste est abattu près de Chypre.

3. Autrichien, partisan de l'*Anschluss*, Arthur Seyss-Inquart devient ministre sans portefeuille en 1939 et commissaire du Reich aux Pays-Bas en 1940. Il va présider aux persécutions et aux déportations.

Curieuse chose que cette recherche de la pureté chez les politiques. Le cynisme n'est pas une vertu à l'usage des peuples. La France doit renoncer à aider l'Angleterre dans sa lutte. Jusqu'où nos généraux iront-ils dans la bassesse ? Qu'appellent-ils encore leur « honneur » ? Leurs « valeurs spirituelles » ?

22 juin

Vingt heures et demie : la radio française nous met en garde contre les informations tendancieuses que pourraient nous transmettre les pays étrangers, les écouter sera bientôt un délit, bientôt un crime. La radio française (allemande) nous informera suffisamment pour le bien de notre âme.

Vingt-deux heures : la radio anglaise annonce que l'armistice a été signé avec l'Allemagne.

23 juin

Huit heures et demie : la radio française le confirme. Redressement « spirituel » de la France. Travail. Disparition de l'esprit de jouissance. Ah ! ces congés payés, jamais « ils » ne les leur pardonneront. Notre bourgeoisie fasciste est la grande victorieuse de la défaite.

De Gaulle forme en Angleterre un comité qui représentera les intérêts de la France.

La fin. Le commencement.

Comme ces personnages de *Candide* qui se retrouvent à la fin à Venise, mon père et ma mère, mon frère et ma belle-sœur se retrouvaient à Arcachon, après des odyssées diverses.

Représentant diverses tendances, de la droite à l'extrême-gauche, nous nous trouvions tous d'accord sans nous être consultés. Jamais l'unité familiale n'avait été aussi complète. Tous, nous avions réagi immédiatement contre l'armistice, contre la capitulation de Pétain, contre la nouvelle légalité appuyée sur l'invasion. Mon père envisageait de démissionner, si on lui demandait de prêter serment, ma belle-sœur d'envoyer ses fils au Canada, plutôt que de les voir élevés sous un régime hitlérien.

Mais autour de nous, les réactions étaient bien différentes. Dans cette petite ville bourgeoise, douceâtre et feutrée, on n'entendait exprimer partout que le contentement.

« Enfin, on va pouvoir " remanger " des gâteaux tous les jours », disait une grosse bourgeoise aux doigts couverts de bagues.

« Enfin, ça va être l'ordre », disaient le pharmacien, le boucher, la libraire.

D'après les décisions du traité d'armistice, les Allemands devaient occuper une bande côtière jusqu'aux Pyrénées. Ils devaient arriver le 29 juin. Je m'étais réfugiée dans la forêt pour ne pas les voir. Il me semblait que je ne pourrais pas supporter leur présence. Je ne voulais pas risquer de me trouver mêlée, même un instant, à cette foule curieuse qui les accueillerait au bord des trottoirs. Mais, le lendemain, je fus obligée de descendre dans la ville basse pour faire des courses. Ils passaient en motos, en autos, en camions, les mitrailleuses dressées vers le ciel, verts et gris comme des insectes à la dure carapace de chitine, des insectes parfaitement équipés pour la guerre.

Sur la plage, les Français continuaient à s'ébattre. Un gros homme vêtu d'une petite culotte et d'une chemise trop courte qui laissait voir son ventre blanc jouait au ballon et riait. Les nazis, l'arme à l'épaule, regardaient cet homme rire. Cette kermesse, cette joie bruyante de l'été, comme si rien ne se passait, m'écœurait. Était-ce inconscience ? Était-ce défi ? Je retournais dans la forêt, où du moins je ne voyais rien, où du moins je pouvais croire que seuls les pins, les ajoncs et le sable continuaient d'exister.

J'aurais voulu oublier l'histoire, mais je suivais cependant, attentive, tous les symptômes de notre dégradation.

Ce fut d'abord, sur les murs du syndicat d'initiative, une affiche marquée d'un tampon. « Notre ennemi, c'est le... Notre ennemi, c'est le... » Le dernier mot avait été brouillé. Enfin, je pus lire : « Notre ennemi, c'est le Juif. »

Il fallait nous endoctriner. On trouva partout, aussi bien chez les socialistes que chez les partisans d'Action française, des Français pour faire cette besogne. L'anticapitalisme devenait à la mode. À la radio, Marquet [1] nous expliquait que la démocratie et le capitalisme étaient les causes de notre défaite. On organisait « l'État français ». M. Belin [2] nous en traçait les grandes lignes. On confiait aux industriels l'organisation de l'industrie et du commerce. « Il y a sans doute, s'excusait M. Belin, le contrôle de l'État, mais on confie à ces industriels des pouvoirs exorbitants, confiés jusqu'ici seulement à l'État lui-même. » On n'avait pas eu le temps de résoudre encore les « problèmes délicats » que posaient les salariés. Sous le couvert de l'anticapitalisme, on renforçait en fait la dictature de l'argent. C'étaient aux industriels eux-mêmes qu'était réservée la direction de l'économie, sous le contrôle d'un État composé lui-même de représentants du capital. Quant aux ouvriers, bien gênants en somme, et ne figurant dans ces pre-

1. Adrien Marquet est ministre de l'Intérieur du gouvernement Pétain du 12 juillet au 6 septembre 1940.

2. Avant la guerre, René Belin était secrétaire général adjoint de la CGT. Rallié à Pétain, il est ministre du Travail et ministre de la Production industrielle à Vichy du 14 juillet au 6 septembre 1940.

miers textes que pour mémoire, ils avaient désormais le droit de travailler et de se taire. Tout cela était calqué sur le fascisme italien et sur le nazisme.

Il fallait faire des esclaves obéissants. On s'en prenait à l'instruction, à la culture. Désormais, on consacrerait beaucoup plus de temps à la gymnastique et à la formation du « caractère » qu'aux études. Les filles n'auraient plus à étudier le latin ni les mathématiques, mais seulement la puériculture et l'enseignement ménager. Dans les écoles primaires, on devait réduire les programmes d'arithmétique et de français. Partout la bourgeoisie réactionnaire triomphait. La victoire allemande lui apportait enfin sa revanche.

La France acceptait-elle ou n'acceptait-elle pas sa défaite ? Isolée comme je vivais, je n'en savais rien. Les Allemands étaient si « polis », si « corrects ».

« Ah ! comme ils sont gentils », me disait l'horlogère. Surtout celui-là, qui venait de lui acheter un cœur d'or. « Après tout, ce sont des hommes comme les autres. » Elle regardait le plafond de sa boutique d'un air enamouré. « Nous sommes bien mieux ici qu'en zone non occupée. »

Cependant quatre-vingts parlementaires avaient refusé de voter l'investiture de Pétain. Il y avait eu tout de même quatre-vingts hommes courageux. C'était plus qu'on n'espérait. Des instituteurs avaient refusé de consacrer leur premier cours aux discours du maréchal Pétain, ou en avaient « dénaturé le sens ». À la radio, M. Marquet avouait que la France n'avait pas compris. « Il y a, disait-il, ceux qui comptent sur la victoire anglaise, ceux qui, autour de la haute figure du maréchal Pétain, chef respecté de l'État français, poursuivent la politique de compromis, qui, en vingt ans, a fait perdre à la France toute sa position européenne. Il y a enfin les éléments populaires et nationaux, qui ne représentent actuellement que peu de forces, à cause du désarroi des masses ouvrières trompées, des classes moyennes étouffées et du monde agricole abandonné... »

C'était exactement ce que je voulais savoir et, dans ma solitude, je bénissais la radio et M. Marquet de ses aveux.

***

Je retrouvais l'automne, l'odeur des feuilles mortes, l'approche de l'hiver. On enfonçait dans la détresse, comme dans les feuilles mortes des platanes. Plus bas, encore un peu plus bas. Mais cette fois, ma détresse ne m'était plus personnelle. Elle rejoignait celle de mon pays. Me fallait-il cette défaite pour trouver enfin avec lui un accord ? Le 4 octobre, on nous annonça les premières mesures contre les Juifs : le recensement. J'en pleurai de colère, de honte. Peut-être un jour y aurait-il quelque chose à faire contre tout cela ? Pour la première fois depuis que j'étais tombée malade, j'entrevoyais des raisons de guérir, d'agir, de vivre.

Sous la pression de l'occupation nazie, je me sentais peu à peu devenir chauvine et cocardière. Je m'en apercevais à des signes qui m'étonnaient. La rencontre d'un soldat français portant le brassard de la Croix-Rouge, à la gare d'Arcachon, me causa une joie extravagante, dont je me reprochai aussitôt l'absurdité. Je me souviens aussi d'un Allemand qui montait devant moi la route de la ville d'hiver. Ce dos allemand, vert, massif, carré, j'aurais voulu y planter un couteau, le percer d'une balle. Vraiment, je fus homicide, ce jour-là. Je découvrais la haine. Non pas une haine intellectuelle, détachée, comme celle que je portais à l'injustice sociale, mais une haine concrète, charnelle, toute prête à s'incarner en ce « bel Aryen » blond, qui était peut-être le meilleur homme de la terre.

Je me retrouvais comme au temps de la guerre d'Espagne, sachant exactement ce que je voulais, de quel côté j'étais. Il ne restait plus rien du trouble où m'avait jetée le pacte germano-soviétique. Je ne cherche pas à justifier ces contradictions ni à m'excuser de ce qu'il avait fallu la défaite de mon pays pour comprendre à quel point j'y étais attachée. J'essayais de m'expliquer les éléments de ce sentiment nouveau. Et si j'y insiste aujourd'hui, c'est que cette analyse individuelle et quelconque éclaire, en quelque manière, les événements de l'après-guerre : les différents dosages de l'anti-fascisme, de l'attachement à l'Union soviétique et du patriotisme dans les consciences de ce temps permettent d'expliquer la rupture de la Résistance après la Libération et l'histoire de diverses républiques populaires.

Il est certain que pour moi, la résistance au nazisme passait au premier plan. Nous assistions, jour après jour, à la montée de la réaction sociale, à la disparition des conquêtes de la Révolution française, conquêtes plus théoriques que réelles, mais qui s'étaient cependant, comme une promesse, comme un espoir, imprimées dans le cœur des gens. Ce ne sont pas les trois mots d'ordre : liberté, égalité, fraternité, qu'il aurait fallu supprimer. Ce qu'il fallait, c'était leur donner un sens concret, les pousser à leur limite. Je me trouvais d'accord avec les socialistes utopistes du XIXe siècle pour qui la révolution sociale ne devait être que l'aboutissement de la Révolution de 1789. Au contraire, les mots de « travail, famille, patrie » qu'on nous donnait comme devise me semblaient des mensonges dérisoires. Le travail n'était que la confirmation de l'exploitation capitaliste, la famille, la reconnaissance de la suprématie masculine, puisqu'on envoyait les femmes « à l'église, aux enfants et à la cuisine », la patrie un mot vide de sens, puisqu'il tolérait la dictature étrangère. Je haïssais les Allemands, dans la mesure où ils propageaient l'idéologie de cet asservissement. Je haïssais les Français, de Maurras à Pétain, qui l'appliquaient.

Si j'avais été communiste, l'Union soviétique aurait représenté pour moi l'unique rempart contre le fascisme. Sa politique aurait représenté le Bien opposé au Mal, dans une sorte de manichéisme historique où la Vérité absolue est toujours d'un côté, le Mensonge de l'autre. Aucune dialectique ne m'avait paru justifier le pacte germano-soviétique, qui avait donné à la guerre sa plus grande chance. Depuis, l'URSS restait enveloppée dans son silence. Qu'attendait-elle ? Que l'Allemagne fût engagée dans l'aventure anglaise pour entrer en guerre ? Espérait-elle au contraire rester en dehors du conflit, pour être à la fin, avec toutes ses forces fraîches, l'arbitre du monde ? Je n'ai jamais pu partager la confiance inconditionnelle en l'URSS de nos staliniens. Et si j'ai adhéré au Parti communiste, je m'en expliquerai à son heure.

Un autre facteur entrait également dans la formation de l'esprit de résistance. C'était tout simplement le patriotisme. Tout enfant, pendant la guerre de 1914-1918, j'avais été élevée dans un climat très chauvin, dans un autre manichéisme : la France était pure et sans tache, l'Allemagne chargée de tous les crimes. Je m'étais défaite de ma plus belle poupée, parce qu'elle portait sur le cou sa marque d'origine, *Made in Germania*, et j'hésitais à jouer sur une plage avec une petite Suédoise, parce qu'elle était « neutre ». Ces impressions d'enfance ne s'effacent pas. Plus tard, par réaction normale de l'adolescence, j'avais repoussé tous ces vestiges de sentiment « bourgeois ». Je croyais y être parvenue assez bien. L'internationalisme prolétarien avait remplacé pour moi le nationalisme. Si j'étais française, c'était un hasard sans signification. La lutte du peuple espagnol m'avait semblé une affaire aussi personnelle que si j'étais née à Grenade ou à Barcelone. J'avais choisi d'être libre de ma classe, de mon éducation, de mon pays, solidaire seulement des fellahs d'Égypte, des campesinos du Mexique, des tisserands de Manchester, de partout dans le monde où on luttait contre l'injustice.

L'occupation de la France m'apprenait qu'un être humain ne se réduit pas à un schéma aussi simplifié. Sans doute aggravait-elle l'injustice sociale, redoublait-elle l'esclavage de la classe ouvrière, s'efforçait-elle de détruire les idéaux de liberté, d'égalité et de justice qui restaient pour moi chargés de sens. Mais quelque chose de nouveau s'ajoutait à ces abstractions. J'aimais la terre et le ciel, partout où je les avais vus. Mais je les aimais encore davantage, incarnés dans une allée de roses et de buis, quelque part entre La Fontaine, Racine [1] et Thibaut de Champagne. Était-ce là un sentiment de possession ? Je ne sais. J'aurais bien volontiers consenti à ce que cette vieille maison et son jardin fussent confisqués par un comité populaire au profit du village. Mais je ne pouvais accepter que ces roses et ces buis fussent devenus le moindre décor du grand Reich allemand. Pourtant ce jardin me restait, où je pouvais me promener comme avant, comme aujourd'hui encore, par ce jour de pré-automne. Qu'y avait-il de changé dans cette plaine, dans ces collines, dans ce ciel, dans cette rivière ? Rien et tout. Si je feignais de l'oublier un instant, je retrouvais l'instant d'après, intact, le poids de notre servitude.

Car il ne s'agissait pas seulement d'un jardin. Il y avait aussi notre langue, l'héritage de notre culture,

1. La Fontaine est né à Château-Thierry et Racine à La Ferté-Milon, des localités proches de Sainte-Aulde.

une certaine continuité. Parlais-je donc comme Maurras ? Mais il ne s'agissait pas de la même culture, ni de la même continuité. Dans la réalité française, je ne faisais pas le même choix que ceux qui, de Vichy, feignaient de nous gouverner. Ainsi, j'en revenais à mon point de départ : à une lutte idéologique. Il se trouvait que l'envahisseur imposait les thèses sociales que les nationalistes avaient toujours défendues et transformait en patriotes ces internationalistes parmi lesquels je me trouvais. Le paradoxe était évident. Mais en allant plus loin, je me posais la question : si au contraire, l'envahisseur avait imposé le communisme, ne me serais-je pas comptée parmi les collaborateurs ? J'hésitais à répondre. Oui, pensais-je honnêtement. Mais j'ajoutais aussitôt : dans la mesure où il laisserait la France subsister, où il ne lui imposerait ni sa langue, ni ses conceptions de culture, où il la laisserait accomplir sa transformation sociale selon son génie particulier.

Après ces promenades solitaires parmi les dunes, dans la grise forêt de pins, j'étais prête à entrer dans la Résistance, très lucidement et sans illusion sur les raisons complexes qui m'y incitaient.

Je revins à Paris en septembre 1941. Le médecin me dit qu'en gardant encore mon pneumothorax, je pourrais mener une vie normale. Mais qu'appelait-il une vie normale, par ce temps, c'est ce que j'aurais bien voulu lui faire préciser. Enfin, la maladie n'était plus pour moi un refuge ni un alibi. Il fallait me réintégrer dans ce monde en guerre. Et d'abord gagner ma vie. J'avais vécu depuis deux ans avec l'aide de mon père. J'avais honte d'avoir dû accepter son appui si longtemps.

J'allais voir Jean Paulhan. Je le connaissais depuis la parution de mes premiers livres, mais je ne prétendais pas le connaître. Tout en lui m'intimidait et il me semblait que je ne pourrais jamais trouver avec lui une langue commune qui nous permettrait de communiquer réellement. À peine entrée dans son bureau, j'avais envie d'être ailleurs, dans un pré par exemple, au bord d'une rivière comme celle-ci. Mais Jean Paulhan avait refusé de continuer de diriger la *NRF*, dont Drieu la Rochelle avait pris la direction. Je savais qu'il avait été arrêté par la Gestapo, lors de l'affaire du Musée de l'homme. C'étaient là des preuves qui me donnaient confiance en lui. Jean Paulhan me dit :

– Est-ce que vous ne voulez pas collaborer à la *NRF* ? à *Comœdia* [1] ?

Je le regardais, un peu surprise.

– À la *NRF* de Drieu ? Certainement pas. Pour *Comœdia*, je verrai. Je reviens de province et je ne connais pas les journaux de Paris.

Huit jours plus tard, je retournais chez Jean Paulhan. J'avais acheté *Comœdia.*

– Ne voyez-vous pas, lui dis-je, que la page littéraire n'est là que pour faire passer la politique de collaboration. Je n'écrirai pas dans les journaux nazis.

Nous en restâmes là. J'ai dit plus haut que je ne prétends pas expliquer Jean Paulhan. S'agissait-il de jouer au serpent et de voir comment je réagirais ? S'agissait-il réellement d'engager des écrivains à des collaborations qu'il refusait lui-même [2] ? Ces jeux sont

1. Hebdomadaire des « Spectacles – Concerts – Littérature – Beaux-Arts ».

2. En fait, Paulhan va écrire deux articles pour *Comœdia* en 1942 : un essai sur le romancier Duranty (14 février), fragment des *Fleurs de Tarbes* ; et un essai sur Braque (31 octobre), fragment de *Braque le Patron.* Dans ses *Carnets (1921-1944)*, Louis Guilloux rapporte, le 22 juin 1941, une conversation avec Paulhan où celui-ci développe son argument paradoxal sur la question du silence : « On dit : “ En collaborant (met-

trop complexes et trop subtils pour moi. La situation était des plus simples : les journaux étaient allemands, la radio était allemande. Il n'était pas question d'y collaborer. J'avais terminé un roman au titre balzacien : *Étude de femmes*. Je résolus de ne pas le publier [1]. Il aurait fallu l'envoyer en service de presse aux critiques qui avaient accepté de travailler dans les journaux nazis de langue française, solliciter leur avis et leur donner ainsi raison de s'être mis au service de l'envahisseur. D'autres, comme Elsa Triolet, qui publia alors *Le Cheval blanc* [2], n'eurent pas les mêmes scrupules. Mais j'étais à mon aise dans ce refus, dans cette rigueur.

Je me tournai d'un autre côté et repris quelques contacts avec les communistes. Depuis le mois de juin, l'URSS attaquée par Hitler était enfin entrée dans la guerre. La situation était pour eux aussi beaucoup plus nette. On m'affirma que les communistes n'avaient jamais collaboré avec les Allemands, que les maires communistes, remplacés en 1939 par les délégués gouvernementaux de Daladier, étaient revenus en 1940, mais qu'ils avaient été arrêtés aussitôt par la Gestapo, qu'Abetz avait tenté de prendre contact avec des rédacteurs de *L'Humanité* pour faire reparaître ce journal, mais que sa manœuvre avait échoué. J'étais prête à le croire. Aujourd'hui encore, il est malaisé de faire l'his-

tons à *Comœdia*) vous faites le jeu des Autorités Protectrices qui ne laissent paraître que ce qui les sert. Taisez-vous donc ! " Mais : Si les A.P. ont la puissance (et l'intelligence) que vous dites, comment puis-je savoir si ce n'est pas mon silence qu'elles veulent ? » [...] Cf. aussi Présentation.

1. Cf. Présentation et *Pages de Journal* le 26 avril 1940, le 11 janvier 1941, le 8 juin et le 24 juin 1942, et le 10 janvier 1944. Le 4 mai 1945 elle écrit dans son journal : « Je corrige les épreuves d'*Étude de femmes*. Commencé en 1937, achevé en 1940, passé à travers des phases diverses et revenu en somme au projet primitif déjà ébauché dans *Les Trois Jacqueline*. Ça ne me paraît pas très bon. »

2. Publié en 1943 par Denoël.

toire du Parti communiste entre septembre 1939 et juin 1941 [1]. Les documents authentiques sont difficiles à atteindre. Et ceux qui prétendent faire l'histoire de ce temps ont trop d'intérêt à la falsifier dans un sens ou dans l'autre pour être crus. La propagande et la passion faussent la vérité historique. Je reviendrai sur cette notion de vérité qui est pour moi le centre de tout.

Restait à me tirer d'affaire matériellement. J'entrai aux Archives nationales, comme « chômeuse intellectuelle ». C'était exactement la dénomination qui me convenait. Mon pneumothorax m'interdisait d'ailleurs d'être titularisée, si un poste d'archiviste venait à vaquer. Mais je ne cherchais pas plus à faire une carrière administrative qu'une carrière littéraire. J'avais trop de mépris pour cette société pour chercher à m'y faire une place. La plus infime convient toujours à l'orgueil.

Mon travail concernait des documents périmés depuis des siècles et ne servait qu'à préparer des études dérisoires. Dans ce monde absurde, cette absurdité me plaisait. J'accomplissais donc exactement les tâches dont j'étais chargée. Par souci d'être belle joueuse, j'ai l'habitude d'observer les règles du jeu que j'ai accepté, même si elles sont ridicules. J'échangeais du temps contre une rémunération précaire qui m'assurait ma liberté. J'aurais aussi bien chanté dans les rues ou

1. Il faudra encore quarante ans après la rédaction du *Témoin compromis*, et l'ouverture aux chercheurs des archives de l'Internationale communiste à Moscou en 1993, pour pouvoir faire cette histoire. On sait maintenant qu'il y eut des négociations entre Abetz et la direction du PCF, y compris Jacques Duclos, dans la période qui se situe entre l'arrivée de l'occupant et la fin du mois d'août pour la reparution de la presse communiste et la libération des militants arrêtés au cours de la drôle de guerre. Les communistes sont les plus demandeurs dans ces négociations.

vendu des pommes de terre frites. L'essentiel, c'était de ne rien faire qui pût servir à cette société.

Le grenier qui me servait de bureau donnait sur des arbres. C'est à ces arbres, je crois, que je dois d'avoir survécu, de survivre encore aujourd'hui, où je les ai retrouvés après quatre ans d'absence. Les arbres, les champs et les jardins auront tenu pour moi la place que les hommes tiennent pour les autres. Mais je croyais encore à trop de choses à ce moment-là pour me contenter de cette tour d'arbres, d'ivoire et de poussière où je m'étais enfermée. Sollicitée par des sentiments contradictoires, je m'efforçai de rejoindre la Résistance. Ce n'était pas alors si aisé.

La plupart des gens que je voyais avant la guerre étaient dispersés : prisonniers en Allemagne, réfugiés en zone sud, disparus sans laisser de trace. Ceux que je retrouvais affectaient des allures mystérieuses qui en laissaient deviner long sur leurs occupations. Mais à ma demande précise d'entrer dans la Résistance, on ne me répondait rien ou l'on me disait que je pouvais être beaucoup plus utile au-dehors. Pendant l'hiver 1941-1942, j'accomplis au hasard quelques besognes : réunir de l'argent pour des familles de déportés, faire le compte rendu d'une réunion au Vel d'Hiv sur la légion contre le bolchevisme [1]. À qui était-il destiné, je n'en savais rien. Et sans doute ces informations clandestines ne sont-elles jamais parvenues nulle part.

1. Elle garde nombre d'autres articles écrits pendant la clandestinité, dont plusieurs ne semblent pas avoir été publiés : « Littérature interdite », « Juifs », « Paris », « Littérature clandestine », « Police, Milice, Gestapo », « FTP et Maquis ». La plupart de ces articles dactylographiés sont attribués à « René Luynes ». Peut-être a-t-elle pris le nom de Luynes, un village de Touraine. Il existe aussi une rue Luynes proche de la rue Sébastien-Bottin.

J'avais retrouvé Claude Morgan [1], que je connaissais un peu avant la guerre. Nous ne nous cachions pas notre manière de penser, mais il ne me semblait pas qu'il jouât un rôle dans la Résistance. Un jour d'été, il vint me voir aux Archives nationales. On me trouvait difficilement dans mon grenier, en haut de plusieurs escaliers, au bout d'un long couloir sordide. C'était un endroit idéal pour conspirer. Qui pourrait croire que des êtres qui ont choisi la poussière du passé peuvent s'intéresser encore suffisamment à la vie pour risquer la leur en quelque manière ? Claude marchait silencieusement sur ses espadrilles (nous ménagions tous nos souliers), rapide comme un officier de chasseurs alpins, auquel il ressemblait encore à ce moment-là. Il me dit :

– Vous connaissiez Jacques Decour [2] ? On vient de le fusiller.

J'avais rencontré quelquefois Jacques Decour, quand il était rédacteur en chef de *Commune*. Je me souvenais de son visage fin, de son sourire ironique, de son intelligence déliée. Rien ne semblait prédisposer ce grand bourgeois à devenir communiste. Jacques Decour était de ceux qui font mentir malgré eux le marxisme, en y adhérant. Ce n'est pas la classe qui détermine la conscience ; le choix est libre. Mais sa mort portait témoignage pour le communisme.

– Vous connaissiez son activité ? me demanda Claude Morgan.

– Non, répondis-je.

Il m'expliqua alors que Jacques Decour avait groupé

1. Militant communiste, il sort seul le premier numéro des *Lettres françaises* dont il reste directeur dans la clandestinité et jusqu'en 1950.

2. Cf. la longue lettre qu'elle écrit à Decour au moment du pacte germano-soviétique (*Pages de Journal*, 6 septembre 1939). Avec Jean Paulhan, Jacques Decour est fondateur des *Lettres françaises*, dont il rassemblait les éléments pour le premier numéro quand il est arrêté en 1942. Decour est fusillé par les Allemands le 30 mai 1942.

des écrivains résistants et qu'ils devaient publier clandestinement un journal. Sa mort arrêtait tout. Le Parti avait donc chargé Claude Morgan de reprendre ce travail d'organisation. Mais qui faisait partie du Comité national des écrivains ? Il ne le savait pas exactement. « Jean Paulhan le sait, ajouta-t-il. Vous devriez aller le voir. Moi, il ne me connaît pas. »

***

Je me suis arrêtée pour les cent besognes absurdes de la journée. Préparer le déjeuner, aller aux Archives gagner ce déjeuner, et d'une façon plus générale, ma vie. Cette vie que j'use dans des travaux dérisoires pour pouvoir la vivre. Je n'ai l'impression d'exister, de faire ce que j'ai à faire que lorsque je suis devant une feuille de papier et que j'écris. Cette urgence m'effraie, car je suis seule à en reconnaître la nécessité. Chaque fois, j'ai l'espoir – toujours défait – que je vais cette fois-ci enfin, rompre le mur, et que je te rencontrerai de l'autre côté, creusant le mur vers moi. Il arrivera un jour sans doute où je n'aurai plus même assez d'espoir, assez d'attente pour continuer en vain à creuser. Je tremble pour ce jour-là.

Et cependant, ce matin, j'ai perdu le peu de temps que j'ai de libre à toutes sortes de diversions : changer l'eau des fleurs, par exemple, disposer trois reines-marguerites dans un verre de Venise. Curieux mouvement qui vous porte à écrire et recule en même temps le moment où l'on serait libre de commencer. Tout à l'heure, j'aurai à reprendre le *pensum* de ma journée et il sera trop tard une fois de plus, comme je m'apercevrai un jour qu'il est trop tard pour tout, et qu'il n'y a plus de jour pour recommencer. À quarante ans, je me sens disponible comme à vingt, et toujours prête à repartir, comme si je ne pouvais jamais me défaire complètement de l'adolescence.

J'allai donc voir Paulhan. Je n'ai jamais su employer de détours et devant cet homme si subtil, je me sentais plus rude et plus farouche que jamais. Paulhan avait été mêlé à l'affaire du Musée de l'homme, et, bien qu'il m'eût fait l'étrange proposition dont j'ai parlé, je pensais qu'il n'est pas de ceux qui trahissent la confiance qu'on met en eux.

Jean Paulhan faisait en effet partie du premier Comité national des écrivains, organisé par Jacques Decour. Il m'énuméra tous ceux qui y étaient entrés : Jean Blanzat [1], Charles Vildrac [2], Jean Guéhenno [3], Jacques Debû-Bridel [4], le R.P. Maydieu [5]. J'annonçai à Paulhan la visite d'Emmanuel (c'était le pseudonyme de Claude Morgan). Il ne tarda pas d'ailleurs à le quitter, jugeant ridicule et peut-être blessant d'être le seul à déguiser ainsi sa personne. Il hésita d'ailleurs, plus sans doute qu'il n'était nécessaire, parce que je ne sais trop quelle querelle d'hommes de lettres l'avait opposé jadis à Debû-Bridel. Mais c'était une époque de réconciliation. Ce

1. Pendant l'Occupation il travaille chez Gallimard, puis, brièvement, chez Colbert et Grasset avant d'être nommé au comité de lecture chez Gallimard.

2. Son livre *Lazare*, achevé en janvier 1943, est le seul, pendant l'Occupation, à parler des camps de concentration. Les Éditions de Minuit, qui considèrent que sa publication serait trop dangereuse pour l'auteur, ne le font paraître qu'après la guerre.

3. Le *Journal des années noires* de Guéhenno paraît chez Gallimard en 1947.

4. Cf. infra, p. 112. Son livre *La Résistance intellectuelle* (Julliard, 1970) comporte un témoignage capital d'Édith Thomas (pp. 54-64) que Debû-Bridel décrit comme « l'agent de liaison numéro un des *Lettres françaises* et de leur diffusion ».

5. Après la mort du père dominicain, Édith Thomas lui rend hommage dans la revue *Vie intellectuelle*, en août 1956. Le père Maydieu représente pour elle, « malgré tout ce qui séparait le message chrétien et l'interprétation marxiste du monde », celui avec qui elle pouvait évoquer ce passé, « à la fois pur et affreux, où les hommes avaient paru, un moment, meilleurs qu'ils n'étaient ».

groupe clandestin d'écrivains prenait ainsi une allure singulière parmi les mouvements de Résistance, c'est que nous y étions tous à visage découvert.

L'immeuble que j'habitais présentait un grand avantage. Il n'avait d'autre concierge que celui de la maison voisine. Ainsi, on pouvait passer sans risque d'être aperçu. C'était une circonstance exceptionnelle pour conspirer. Ce surcroît de précaution n'était sans doute pas inutile, car jamais mouvement secret ne fut moins clandestin. Par petits groupes, Mauriac avec Blanzat, Eluard avec Guillevic, Morgan avec Debû-Bridel, Paulhan avec Guéhenno, je les voyais arriver du bout de la rue, à petits pas, sans se presser, reconnaissables à ce je ne sais quoi qui fait les gens de lettres. Dans ce Paris sans transports, certains venaient à bicyclette. Elles s'entassaient dans le vestibule de la maison. En me promenant, un jour, du côté de Saint-Germain-des-Prés, je rencontrai deux ou trois écrivains qui me dirent : « Alors, nous allons chez vous jeudi pour un bridge ? » Nous fûmes ce jour-là vingt et un. C'était vraiment trop pour une réunion clandestine et je priai Claude Morgan de ne pas multiplier ses invitations. Le temps était peu propice aux meetings et je craignais toujours une visite de la Gestapo. Je ne respirais vraiment que quand tout le monde était parti, en faisant d'ailleurs beaucoup trop de bruit dans l'escalier.

De quoi parlions-nous dans ces réunions ? C'est ce dont j'ai peine à me souvenir aujourd'hui. Du prochain numéro des *Lettres françaises*, des Éditions de Minuit, de la situation politique ou des propositions d'action que Claude Morgan nous suggérait. Nous savions tous qu'elles étaient inspirées par le Parti communiste. Mais ce n'était pas alors la question.

Lorsque j'avais réussi à trouver assez de sièges (ce qui me causait parfois un grand embarras ; les plus jeunes s'asseyaient par terre), je restais silencieuse dans mon coin. Qu'est-ce qui unit tous ces gens ? me disais-je : des catholiques, comme Mauriac ou le père Maydieu, des existentialistes chrétiens, comme Gabriel Marcel, des existentialistes athées, comme Jean-Paul Sartre, des libéraux, comme Guéhenno, comme Blanzat, et encore Paulhan, Camus, tous ces hommes si divers qui, en d'autres temps, se déchireraient ? Comment se fait-il qu'ils soient assis là, tous ensemble ? Sans doute étaient-ils unis provisoirement dans une commune haine de l'envahisseur, par un commun refus d'accepter sa domination. Mais là s'arrêtaient les ressemblances. Chez certains, la haine du nazisme l'emportait sur celle des Allemands. Pour d'autres, au contraire, il ne s'agissait que d'une protestation du sentiment national. Le dosage était différent pour chacun. Mais c'étaient là des questions que nous ne soulevions pas, bien qu'elles fussent derrière nous, toutes prêtes à se manifester au grand jour.

Ce qui me paraissait important, à ce moment-là, ce qui me donnait l'impression de vivre un moment unique, dont le miracle ne se renouvellerait jamais plus, c'était la confiance que tous ces hommes se faisaient entre eux. Ils se livraient les uns aux autres, s'en remettaient totalement à autrui. Les plus blasés, les plus sceptiques, les plus désabusés, les plus méfiants faisaient en l'homme un acte de foi. Et en fait, il n'y eut pas de traîtres parmi nous. Cette affirmation peut paraître ridicule, huit ans plus tard, alors que les haines se sont étalées publiquement, que les journaux et les revues se sont remplis d'injures réciproques, que chacun est retourné à son clan. Il ne reste plus personne pour penser que ce témoignage que nous avons porté, les uns et les autres, en faveur de l'homme, une fois dans notre vie, ne peut pas être complètement gâché, même par nous. Et c'est peut-être ce souvenir qui, aujourd'hui encore, me permet de ne pas désespérer totalement.

Il y eut bien quelques éclats. Aragon régnait sur la zone sud et nous le voyions assez peu à Paris. Il vint cependant un jour, avec Elsa Triolet, à une réunion chez moi. Sa présence, son ton cassant suffirent à rompre cette unité que Claude Morgan et moi réussissions à maintenir. Il évoqua, je ne sais pourquoi, de vieilles querelles qu'il avait eues autrefois, à *Europe*, avec Guéhenno. Le ton de la discussion s'éleva, atteignit la dispute et, lorsque Aragon partit, on avait l'impression que tous les efforts que nous faisions depuis des mois étaient détruits d'un coup. Je ne veux pas aborder le fond de la question, ni savoir qui, d'Aragon ou de Guéhenno, avait raison. D'abord parce que j'ai oublié de quoi il s'agissait ; et que le motif m'en parut, sur le moment, futile et périmé depuis au moins dix ans.

Le résultat le plus clair de cette intervention d'Aragon, c'est que Guéhenno, Blanzat, Paulhan étaient prêts à quitter un groupement où ils retrouvaient, disaient-ils, « la perpétuelle mauvaise foi », le « mensonge élevé à l'état d'institution » des communistes. Claude Morgan et moi-même passâmes une semaine à les persuader de notre sincérité. J'allai trouver Guéhenno, le priai de ne pas tenir compte de la personne d'Aragon. Je lui dis que ses travers ne pouvaient être imputés au Parti, que la Résistance était une cause qui nous dépassait tous et que nous n'avions pas à y mêler nos querelles et nos antipathies, même justifiées. Guéhenno se laissa convaincre et revint avec ses amis.

Si je m'étends quelque peu sur cet incident, c'est que j'y trouve en germe les raisons qui causèrent la faillite de notre groupement, dès la Libération. Il s'agit en réalité, beaucoup moins d'une question de personne que d'une méthode sur laquelle j'aurai à revenir. Aragon est un symptôme beaucoup plus qu'un individu. S'il n'existait pas, le Parti aurait dû l'inventer. Mais à ce moment-là je pensais le contraire, je pensais ce que j'avais dit à Guéhenno, honnêtement.

Les *Lettres françaises* n'étaient pas la seule expression littéraire de la Résistance. Les Éditions de Minuit, au nom romantique, avaient publié *Le Silence de la mer* [1]. L'écho de ce petit livre paraît surprenant aujourd'hui. Il faut le situer dans le climat d'alors pour comprendre l'émotion qui nous saisit : c'était un peu de jour qui entrait, l'expression symbolique de notre refus, l'affirmation que, malgré tous les Montherlant et tous les Jouhandeau, la France que nous aimions survivait. Que cachait ce pseudonyme de Vercors ? Nous n'en savions rien. Je songeais à Marcel Arland et Paulhan (avec quelque malice), à Maurice Bedel ! J'appris ensuite que l'auteur n'avait encore rien publié et travaillait comme ouvrier, chez un menuisier de village.

Au Comité national des écrivains, Mme Desvignes venait représenter les Éditions de Minuit (j'appris assez vite sa véritable identité : Mlle Paraf), ainsi que M. Desvignes, personnage mystérieux, vêtu d'une grande cape couleur de muraille la nuit, dont je savais seulement qu'il n'était pas le mari de Mme Desvignes. À la Libération seulement, j'appris que M. Desvignes était Vercors et que Vercors était le dessinateur Jean Bruller. Cette cascade de pseudonymes cachait un secret

1. Dans un compte rendu du livre de Vercors *La Bataille du silence, souvenirs de Minuit* (Presses de la Cité, 1967), Édith Thomas note qu'elle s'amusait pendant l'Occupation à faire le « dépôt légal » des livres des Éditions de Minuit à la Bibliothèque nationale sans que M. Desvignes (Vercors) le sût, pas plus que l'administrateur général de la BN, Bernard Faÿ, celui-ci collaborateur notoire. Cf. *La Quinzaine littéraire*, le 1er juillet 1967.

qui fut bien gardé, le seul secret sans doute de la résistance littéraire.

Pierre de Lescure, qui, avec M. Desvignes, avait fondé les Éditions de Minuit, m'avait chargée, avant de quitter Paris pour la zone sud, de demander à Paul Eluard de le remplacer à la direction littéraire des Éditions de Minuit. Je servis une fois de plus d'intermédiaire et fis se rencontrer Eluard et M. Desvignes. Les divergences qui pouvaient exister entre les fondateurs des Éditions de Minuit ne me regardaient pas [1]. Je voulais échapper au grief qu'on aurait pu me faire : de chercher à m'immiscer dans des affaires où je n'avais rien à voir. Je tenais seulement à publier clandestinement les *Contes d'Auxois* [2] et des poèmes dans *L'Honneur des poètes* [3], ce qui m'apparaissait alors comme ma seule justification d'exister.

Je rencontrais souvent Eluard dans Paris, dans des bistrots, dans des jardins, au hasard de nos rendez-vous pour les éditions clandestines. Sa rencontre ne

1. Cette allusion, bien discrète et voilée, est la seule référence dans *Le Témoin compromis* aux conflits qui opposent Vercors à Pierre de Lescure. Pour une analyse approfondie de ces divergences et de leur portée, cf. Anne Simonin, *Les Éditions de Minuit (1942-1955) : le devoir d'insoumission*, IMEC, 1994.

2. Sous-titrés « transcrit du réel », et publiés par les Éditions de Minuit en décembre 1943. Plusieurs nouvelles sont inspirées d'incidents décrits dans son Journal. Le nom « Auxois » suit le précédent de « Vercors ». C'est Yvonne Paraf qui a l'idée de désigner les auteurs des Éditions de Minuit par des noms de pays de France. Dans une page qu'Édith Thomas laisse pour expliquer ses pseudonymes pendant la clandestinité (Archives nationales, 318 AP, 1), elle note qu'Auxois aurait dû être Orxois, Marigny-en-Orxois étant voisin du village de Sainte-Aulde.

3. Cette première anthologie de poètes de la Résistance, parue également aux Éditions de Minuit, en 1943 (le 14 juillet), rassemble vingt-deux poètes. Sous le nom d'« Anne », Édith Thomas y publie trois poèmes : « Tous mes amis sont morts », « Steppe » et « Tuileries ». Le général de Gaulle cite plusieurs vers de « Tuileries » dans son discours à Alger le 31 octobre 1943, dans lequel il rend hommage aux poètes et aux écrivains français de la Résistance.

me déçut jamais. Il portait en lui un extraordinaire poids de poésie, si évident qu'un jour, en face du métro Odéon, une libellule, une grande libellule bleu et vert, vint se poser sur sa main. Après avoir échangé des tracts et des papiers, dont la découverte aurait suffi à nous faire arrêter, Eluard m'entraînait chez quelques bouquinistes ou chez quelques marchands de bric-à-brac. Il avait aperçu, quelques jours plus tôt, un livre rare ou une statuette 1900 représentant une auto de bronze soulevant un nuage de bronze. Cette absurdité le réjouissait. Mais nous ne la retrouvâmes jamais et peut-être n'avait-il fait que l'imaginer.

Car il ne faudrait pas croire que nous fussions tendus à l'extrême par ces activités clandestines, qui pouvaient nous mener à la déportation et à la mort. Paulhan a écrit depuis que nous nous prenions pour des héros, que nous risquions tous de devenir des salauds et que d'ailleurs, nous le sommes devenus : « Non moins lâches et traîtres, non moins injustes que celui d'entre eux qui, sur la table de torture, livraient ses camarades *. » Eh bien ! non. Nous ne pensions pas que nous fussions des héros, pas plus que ceux qui s'étaient engagés dans la guerre d'Espagne, alors que rien ne les y obligeait que leur conscience. Dans nos heures d'interrogation, nous pensions que nous faisions ce que nous devions faire : rien de moins et rien de plus, et qu'il n'y avait là aucun héroïsme. Quant au risque de succomber à la torture et de faire des aveux qui auraient mené nos camarades à la mort, nous l'assumions avec angoisse. Car nous en connaissions la gravité et ignorions seulement les limites de notre capacité à souffrir. C'est pourquoi je n'ai jamais considéré un homme qui avait « parlé » comme un salaud, ni comme un traître. Je

* *Lettre aux directeurs de la Résistance* (le livre est publié aux Éditions de Minuit en 1951).

ne sais si Paulhan se prenait alors pour un héros. Mais je puis affirmer que ni Paul Eluard, ni moi, quand nous nous promenions dans les rues de Paris avec les manuscrits des *Lettres françaises* dans nos poches, ne songions aux statues de l'histoire, ni à l'héroïsme. Nous songions à la libellule ou à l'auto de bronze. La résistance était devenue pour nous une chose quotidienne, familière, qui rendait seulement plus proches et plus réels le prochain et la réalité. Il y avait sans doute plus de danger à vivre. Mais vivre est toujours dangereux. Nous n'étions ni des héros ni des salauds, mais des hommes et des femmes qui tentions de vivre, dans des conditions difficiles, en donnant le moins de prise possible à notre propre mépris.

Mon appartement était en outre le lieu de rendez-vous de Jacques Debû-Bridel [1] et de Pierre Villon [2]. Je me retirais dans mon bureau. Ils appartenaient l'un et l'autre au Comité national de la Résistance [3]. Je considérais que je n'avais pas à assister à leurs entrevues et qu'il était préférable d'ignorer les activités auxquelles on n'était pas directement mêlé. Ainsi le risque de « parler », en cas d'arrestation, était-il réduit au minimum. C'est encore chez moi que je fis rencontrer

1. À la fois gaulliste, anglophile et compagnon de route des communistes, il fait partie du Conseil national de la Résistance en tant que représentant de la Fédération républicaine.

2. Ancien agent du Komintern et homme de confiance de Jacques Duclos, Pierre Villon est chef du Front national pour la zone nord, et vice-président du Conseil national de la Résistance.

3. Il s'agit plutôt du Conseil national de la Résistance, qui réunit tous les mouvements de la Résistance. Fondé le 27 mai 1943, il est présidé par Jean Moulin puis, après son arrestation le 21 juin, par Georges Bidault.

Pierre Villon et un officier du général Giraud [1], parachuté de Londres, et qui voulait entrer en rapport avec l'état-major des Francs-Tireurs-Partisans [2]. Ainsi, je m'efforçais de créer le plus de contacts possibles entre les divers mouvements de Résistance, de quelques nuances qu'il fussent. Le « Front national » n'était pas pour moi un vain mot. Je pensais agir ainsi en communiste.

J'avais en effet donné mon adhésion au Parti communiste, en septembre 1942. Si je tiens à préciser cette date, c'est que *L'Humanité* (17 décembre 1949) [3] écrivit, par la suite, que j'avais adhéré au Parti dans une « période de facilité ». Je considère aujourd'hui que cette adhésion fut la plus grande erreur de ma vie et que j'aurais beaucoup mieux fait de rester dans l'état intermédiaire de « sympathisant », où j'avais été jusque-là. Mais les raisons de cette erreur demeurent encore aujourd'hui très valables. Je dois seulement les situer dans une époque périmée depuis dix ans. Cette aventure n'a rien de singulier. Elle fut celle de beaucoup d'autres. C'est pourquoi je ne crois pas inutile d'en rappeler les raisons.

Si je n'avais pas adhéré au Parti avant la guerre, c'est que j'avais toujours fait un certain nombre de réserves ; l'usage de méthodes, que, dans le domaine de la presse et de la littérature, j'attribuais, en grande partie, à la personnalité d'Aragon, l'absence complète

1. Coprésident du Comité français de libération nationale avec de Gaulle. Il refuse d'abord à de Gaulle l'entrée en Afrique du Nord mais doit s'effacer devant l'évidence de son autorité comme chef politique (1943).

2. Organisation militaire du Front national, constituée le 28 mars 1942.

3. Cf. infra, p. 218.

de scrupules, dans l'information et dans l'utilisation des faits, scandalisaient ce côté d'honnêteté puritaine et chartiste qui est la seule valeur à laquelle je sois restée constamment attachée. Le marxisme me paraissait une méthode d'explication et de transformation du monde qui excluait précisément toute falsification. J'admettais que les politiciens, qui défendent la cause du capitalisme, fussent obligés de mentir pour défendre la politique indéfendable du profit individuel. Je n'admettais pas que les communistes dussent mentir pour défendre la cause de la libération du prolétariat et finalement, de l'homme. D'autre part, je ne savais trop jusqu'à quel point le Parti était « aux ordres » de Moscou. Il y avait là une ambiguïté qui m'avait toujours inquiétée, dans la mesure où je m'expliquais mal les procès de 1936, ou les revirements du pacte germano-soviétique. Je ne voulais pas, en tant que communiste, devoir les justifier un jour, ni m'en sentir, comme on dit en droit, solidairement responsable.

Mais les choses me semblaient avoir changé. C'est là que gît l'erreur fondamentale. La dissolution du Komintern semblait relâcher les liens qui unissaient à Moscou les différents partis communistes. La guerre obligeait à tenir compte des situations particulières de chaque pays. La constitution, en France, du Front national [1] avait eu pour résultat de rompre l'isolement du Parti communiste, de l'unir à ceux qui étaient résolus à lutter contre les occupants. Le Parti communiste m'apparaissait comme l'élément le plus actif de la Résistance, et restait à mes yeux le seul espoir de la classe ouvrière pour l'avènement d'un monde sans injustice. Je pensais que les conditions historiques qui découleraient de la Résistance dans chaque pays don-

1. Organisation unitaire de la Résistance, créée par les communistes le 15 mai 1941.

neraient à l'après-guerre un tout autre visage et que chaque parti communiste, formé et durci par la lutte clandestine, aurait droit enfin à son autonomie. D'ailleurs, l'issue même de la lutte était trop incertaine pour qu'on pût prévoir cet avenir. Le présent seul importait.

L'adhésion au Parti communiste revêtait en outre un caractère sentimental. Un grand nombre de mes camarades avaient été fusillés. Il me semblait qu'on devait serrer les rangs, dépasser les petites réserves individuelles. Ce n'était plus du moins le temps des baladins, ni des parades de foire. L'affaire était sévère, cette fois, et comportait assez de risques pour qu'on pût s'y engager totalement. C'est ce que, par la suite, *L'Humanité*, rappelant mon adhésion, appela « un temps de facilité ». Il suffit de s'entendre sur les mots.

Je m'ouvris de mon projet à Claude Morgan. Il me dit qu'il allait faire le nécessaire. L'adhésion, en 1942, à un parti clandestin, n'était pas chose aisée. Quelques semaines plus tard, il me donna rendez-vous à la station de métro Dauphine. À peine fûmes-nous arrivés qu'un garçon, le chapeau rabattu sur le front, surgit de je ne sais où. Morgan ne nous présenta pas : le garçon savait qui j'étais, et moi, je savais qu'il était chargé, par le Parti, de « la vérification des cadres ». Je n'ai jamais appris son nom et je serais incapable de le reconnaître aujourd'hui. Morgan nous laissa.

Le garçon et moi nous enfonçâmes dans le bois de Boulogne. C'était aux environs de cinq heures de l'après-midi, en septembre. Les arbres jaunissaient, le sous-bois était, par places, ensoleillé, et j'éprouvais à cette promenade clandestine une joie que ne m'aurait donnée aucune autre, du genre sentimental. Il me semblait que tous les débats intérieurs, toutes les hésitations, tous les doutes, qui, depuis près de dix ans, avaient surgi à chaque tournant, étaient enfin dépassés, rejetés derrière moi, comme une peau morte. Il me semblait que le temps de l'engagement total, de l'obéissance sans conteste, de la discipline acceptée, était enfin venu pour moi : j'allais devenir une militante et rien de plus. J'éprouvais ce sentiment que donne la simplicité intérieure. Ou plutôt je m'imaginais que je l'éprouvais. J'allais m'apercevoir que rien n'était changé et que je garderais toujours une position inconfortable de doute critique.

Est-ce une question de nature ? de formation intellectuelle ? de classe sociale ? Je ne sais. Peut-être aussi la volonté de ne s'en rapporter finalement qu'à sa propre conscience dans la conduite de sa vie est-elle valable en soi ? Mais à ce moment-là, je songeais au contraire. D'accord avec le marxisme considéré dans ses grandes lignes, comme une méthode et non comme une foi, persuadée que le Parti communiste était le seul moyen efficace de transformation sociale, j'étais résolue à l'obéissance. Je ne pensais pas qu'elle me conduirait à des déchirements.

Nous nous promenions donc, le garçon inconnu et moi, à travers les sentiers dorés du Bois. La lumière faisait sortir des fourrés des coins d'herbe d'un vert éclatant. Le garçon me disait : « En ce qui vous concerne, toutes les questions que je vais vous poser ne sont que des formalités. Nous vous connaissons de longue date et nous avons confiance en vous. » Puis il commença un interrogatoire d'identité. Il s'agissait de me cerner, de savoir si, dans mon entourage immédiat, personne ne pouvait agir contre le Parti. Il me demanda si j'étais mariée. Je lui répondis négativement. Puis je vis qu'il ne savait pas trop comment formuler la question suivante. Je vins à son aide et lui dis que je n'avais pas d'amant. Mon père venait de mourir : donc pas d'influence paternelle à redouter. Je me découvris bien un cousin, qui était à Vichy. Mais on n'est pas responsable de tous ses cousins. Bref, on pouvait être tout à fait tranquille : j'étais de ces êtres qui ne relèvent que d'eux-mêmes. Puis nous eûmes, à bâtons rompus, une conversation sur le marxisme. Il s'avéra que j'en avais une connaissance suffisante. J'entrais dans une religion pour la seconde fois.

J'étais complètement perdue dans le Bois quand nous arrivâmes à la lisière, du côté de Neuilly. Nous nous dîmes au revoir et le garçon s'enfonça de nouveau sous les arbres, le chapeau enfoncé sur les yeux. Je ne l'ai plus jamais revu. Telles étaient, en 1942, les formalités de l'entrée dans le Parti communiste. Inutile de dire que l'on ne vous délivrait aucune carte.

Rien ne fut changé à mes occupations. J'aurais souhaité qu'on me confiât des tâches qui m'auraient mêlée plus directement à l'action. Mais Pierre Villon, qui représentait le Parti communiste dans toutes les organisations du Front national, me répondit que j'étais plus utile au Comité national des écrivains, que mon appartement était un lieu commode de rendez-vous et qu'il valait mieux ne pas multiplier les risques inutilement.

Cependant, quelques mois plus tard, Villon me demanda de faire aussi partie de l'Union des femmes françaises, groupement de femmes résistantes, rattaché au Front national. Je ne voulais rien refuser des tâches que le Parti voulait bien alors me confier. Mais celle-là ne me convenait guère. Je ne suis pas de ces femmes qui méprisent les autres femmes, comme on en rencontre trop souvent chez les « intellectuelles ». Au contraire. Mais les femmes me paraissent avoir maintenant la possibilité de montrer ce qu'elles peuvent accomplir dans tous les domaines. Sans doute des barrages subsistent-ils, une certaine misogynie dans le travail se trouve-t-elle chez les hommes qui se l'avouent le moins. À mérite égal, à fonction égale, la femme médecin, avocat, écrivain, ingénieur est souvent considérée comme inférieure par ses confrères masculins. Ainsi les critiques littéraires aiment à grouper les romans de femmes pour en rendre compte, comme s'il y avait une littérature féminine et une littérature masculine, alors qu'il y a seulement une bonne et une mauvaise littérature, quel que soit le sexe de l'auteur. C'est évidemment plus facile.

Mais les revendications du « féminisme » de nos grands-mères sont aujourd'hui dépassées. Elles n'ont plus d'objet. Il reste simplement aux femmes à prouver ce qu'elles peuvent faire, en accomplissant patiemment, quotidiennement, au coude à coude avec les hommes, les métiers qu'elles ont choisis, et à s'efforcer d'y exceller. Si les hommes et les femmes sont incommunicables les uns aux autres, en ce qui concerne leur affectivité, il n'en reste pas moins vrai que, dans la vie de société, ils doivent travailler en commun, aux mêmes tâches. Un groupement de femmes, dans la Résistance, me paraissait inutile et périmé. C'était pour moi une étape dépassée [1] et je ne voyais pas comment je pourrais être utile à une organisation dont les préoccupations, en tant que femme, précisément, m'étaient étrangères. Là encore, il devait y avoir au départ un malentendu qu'il m'était difficile d'éclaircir. Je n'aurais guère été comprise et l'on aurait porté ces réticences au compte de mon « individualisme bourgeois » ou de ma « suffisance intellectuelle ». D'ailleurs, ce qui importait, c'était

1. Dix ans plus tard, elle verra d'un autre œil ce dépassement du féminisme. Dans *Les Pétroleuses* (Gallimard, 1963), elle parle du « féminisme, aujourd'hui *considéré* comme dépassé » (c'est nous qui soulignons). « C'est là, ajoute-t-elle, un moyen d'escamoter les problèmes qu'il posait, et qui sont encore bien loin d'être résolus. »

de contribuer le plus possible à la Résistance. Tant pis si ce qu'on me demandait allait à l'encontre de mes goûts. J'aurais préféré faire partie d'une équipe de saboteurs de voies ferrées, mais je devais me méfier de mon « romantisme révolutionnaire ». Si le Parti avait besoin de moi pour mener auprès des femmes l'action quotidienne du pot-au-feu, je devais l'accepter d'autant plus que cela m'était plus difficile et ne me donnait aucune satisfaction. J'acceptai donc de rencontrer une militante de l'Union des femmes françaises, par discipline et sans aucun enthousiasme.

Un jour, on sonna à ma porte. J'allai ouvrir. Je me trouvai en face d'une jeune militante du Parti, Claudine Michaut [1], que j'avais connue avant la guerre. J'eus un cri de joie : « Je me demandais parfois ce que tu étais devenue et si tu avais été déportée avec Danièle Casanova [2]. » Nous refîmes connaissance. C'était une fille ravissante, dont le visage angélique dissimulait une énergie et une volonté implacables. Je ne voudrais pas que les divergences que j'eus par la suite me rendent injuste envers toutes ces braves femmes. Braves, sans aucun doute : n'hésitant pas à parcourir Paris à bicyclette, leurs sacoches bourrées de tracts, ne reculant devant aucun barrage de police, dévouées au Parti jusqu'à la mort. Elle m'expliqua ce qu'on attendait de moi : je devais faire partie du comité directeur de

1. Mariée à un communiste, Victor Michaut, en premières noces, elle épouse après la guerre Laurent Casanova, veuf de Danièle et un des plus hauts dirigeants du Parti. Nommée première secrétaire générale de l'Union des femmes françaises en 1944, elle le restera jusqu'à la chute de son mari en 1961.

2. Jeune dentiste militante, dirigeante avant la guerre, avec Jeannette Vermeersch, de l'Union des jeunes filles de France. Elle est arrêtée en 1942 puis déportée à Auschwitz où elle meurt du typhus en 1944. Elle deviendra l'objet d'un culte dans les rangs des communistes qui iront jusqu'à la comparer à Jeanne d'Arc. Édith Thomas consacre à Danièle Casanova un article passionné dans le premier numéro de *Femmes françaises* après la Libération.

l'Union des femmes françaises et serais plus particulièrement chargée de la rédaction et de l'impression de son journal clandestin.

L'état-major de l'Union des femmes françaises était composé, outre Claudine et moi, de Maria Rabaté, que j'avais rencontrée aussi avant la guerre, et de deux autres femmes dont je ne connaissais que des prénoms. C'étaient Françoise Leclerc et Élizabeth de la Bourdonnaye.

On tenait particulièrement à Françoise Leclerc, car elle était catholique et prouvait, par son exemple, que catholiques et communistes peuvent collaborer étroitement. Elle appartenait, en outre, à la grande bourgeoisie industrielle et était liée avec tout Paris. Le Parti a toujours eu une tendresse particulière pour les grands bourgeois qui veulent bien flirter avec lui. Malgré son anonymat, Françoise Leclerc était donc utile à plus d'un titre. Élizabeth de la Bourdonnaye était une femme loyale et énergique, envers qui j'éprouvai tout de suite une grande sympathie. Mais elle était trop intelligente pour se transformer en instrument inconscient. Composé de cette manière, le comité directeur de l'Union des femmes françaises représentait assez bien les éléments divers qui se retrouvaient momentanément dans la Résistance. Nous nous réunissions dans les endroits les plus inattendus : à l'hôpital des Enfants malades, où travaillait Élizabeth de la Bourdonnaye, aux petites écoles Charles Péguy, où Françoise Leclerc avait ses entrées. Chez moi, parfois. Mais je ne tenais pas trop à y multiplier les rendez-vous. Nous préparions le plan sanitaire de l'insurrection, établissions des liaisons avec les médecins et les infirmières résistants, cherchions à exploiter le mécontentement des femmes au sujet du ravitaillement et à les amener ainsi à des mouvements de protestation contre Vichy et l'occupant. J'étais donc chargée de rédiger des tracts « aux ménagères » et d'assurer la parution du journal clandestin *Femmes françaises*. Je me souviens particulièrement d'un tract, ou d'un article, dont Claudine Michaut et Maria Rabaté n'étaient pas satisfaites. L'une à ma droite, l'autre à ma gauche me faisaient récrire le texte mot à mot. Nous arrivâmes ainsi à une rédaction informe et d'une platitude désespérante, qui, je dois en convenir, les satisfit pleinement. Mais dès ce moment-là, je compris que je n'acceptais cette contrainte que parce que c'était la guerre et que je ne serais pas capable de la supporter après la Libération. Cependant, d'une façon générale, nous étions assez unies. D'ailleurs, la composition du comité directeur, formé de trois communistes et de deux sans-parti, devait assurer au Parti communiste la direction effective d'un mouvement qui se rattachait au Front national.

Il y avait longtemps que j'avais le désir de prendre contact avec le groupement militaire des Francs-Tireurs-Partisans, de me mêler à la vie des maquis. C'était un point de vue de chartiste et pas si éloigné des études sur les « religionnaires fugitifs [1] » que je poursuivais, à ce moment-là, aux Archives nationales. Mais les vivants sont plus difficiles à atteindre que les morts des siècles passés. Il avait fallu préparer lon-

1. Une de ses tâches est d'inventorier la masse immense des documents sur les « religionnaires fugitifs » aux XVIIe et XVIIIe siècles. Les Allemands venaient de renvoyer ce fonds aux Archives, après l'avoir expédié en Allemagne pour y chercher les preuves « aryennes » des familles descendant de protestants français. Les inventaires existants ne lui permettaient pas de vérifier si les Allemands en avaient soustrait des documents, mais elle se plonge dans cet inventaire avec « une sorte de ferveur rude et intense » : « Rien ne me semblait alors plus proche de notre vie que celles de ces proscrits volontaires. » Cf. son article dans le journal protestant *Réforme*, 5 février 1949.

guement ce voyage. Ce projet était en suspens depuis plusieurs mois, quand il sembla enfin, au printemps de 1944, se réaliser.

Aragon, qui repartait pour Lyon, devait prévenir Georges Sadoul [1] de mon arrivée. Celui-ci devait me mettre en rapport avec les Francs-Tireurs-Partisans de zone sud.

Je commençai par régler la question de mon absence. Je prévins de mon projet M. Georges Bourgin [2], conservateur aux Archives nationales, dont la sympathie pour la Résistance m'était connue : « Après tout, me dit-il, c'est aussi de l'histoire. » Il me recommanda seulement d'être prudente. Pour l'administration, j'étais malade et je fournis un certificat délivré par un médecin résistant.

Tout réglé de ce côté, je m'apprêtais à partir. Mais Elsa Triolet préparait, elle aussi, des articles sur le même sujet et je n'étais pas sûre qu'elle ne cherchât le moyen d'être seule à les faire. Les gens étaient entrés dans la Résistance avec leurs poids de défauts et de vertus : petitesses et grandeurs, mesquineries et générosités mêlées. Avant de partir, je dis à Claude Morgan : « Si Sadoul n'a pu être prévenu et ne m'attend pas à la gare, où pourrais-je le rejoindre ? » « Je n'en sais rien », me répondit Morgan. Et comme j'insistais : « Voici l'adresse de sa "boîte aux lettres". Dans la Résistance, il s'appelle Gautherot. »

Bien m'en prit de ma prudence. Personne ne m'attendait à la gare de Perrache. Après une nuit harassante de chemin de fer, je me trouvais, sur le pavé de

1. Surréaliste devenu communiste comme son ami Aragon, il est critique de cinéma. Son reportage sur le maquis paraît dans les *Lettres françaises* clandestines n° 16, mai 1944.

2. Georges Bourgin devient directeur des Archives nationales en 1944 et se consacre à la sauvegarde des archives relatives à la Seconde Guerre mondiale.

Lyon, le 1er mai 1944, sans autre recours que la mystérieuse « boîte à lettres » du non moins mystérieux Gautherot. J'entrais dans le roman policier de la Résistance, et si je le raconte aujourd'hui, c'est qu'il me paraît caractéristique de cette étrange époque d'illégalité.

Ce premier mai, au matin, Lyon était désert comme un dimanche. Pétain avait fait de la fête du Travail, pour laquelle les ouvriers s'étaient jadis battus, un jour de fête légal et chômé. C'était une preuve de plus de cette falsification où l'on appelait révolution nationale la domination de l'étranger, et socialisme la dictature de la classe la plus réactionnaire.

J'allais à l'adresse que m'avait donnée Claude Morgan. C'était une imprimerie et elle était fermée. La concierge m'aperçut et me demanda ce que je voulais. Je lui répondis qu'un de mes cousins devait m'attendre à la gare, qu'il ne s'y trouvait pas et m'avait donné son adresse ici. La concierge me demanda son nom. Celui de Gautherot ne l'éclaira pas. Mais c'était une femme romanesque. Elle pensait que c'était une affaire de cœur (son sourire équivoque, quand elle prononça le mot « cousin », en disait long) et résolut de m'aider. « Vous pouvez toujours téléphoner au directeur de l'imprimerie, me dit-elle. Il saura peut-être où joindre votre *cousin*. Voici son numéro de téléphone. Vous pouvez lui téléphoner d'ici. »

Je me trouvais prise dans un dilemme. Si je ne téléphonais pas, la concierge me trouverait suspecte. Si je téléphonais, je risquais de tomber sur quelqu'un qui ignorerait le nom de Gautherot et l'usage qu'on faisait de son imprimerie. Il fallait choisir. Je résolus de téléphoner.

Au nom du cousin Gautherot, il y eut au bout du fil, une voix angoissée. Je respirai : du moins le connaissait-on.

– Il ne lui est rien arrivé ?

– Mais non. Nous nous sommes seulement manqués à la gare.

– Eh bien ! Venez nous voir. Et l'on me donna une adresse.

Je pris le tramway pour Villeurbanne. Je n'étais pas sûre de n'avoir pas manqué à toutes les règles de prudence, en m'entêtant à rattraper ainsi ce rendez-vous. Mais je tenais (pour une fois) à exécuter mon projet et dans ce cas, les difficultés sont plutôt faites pour me stimuler. Ce qui me manque toujours le plus, c'est le désir d'accomplir quelque chose.

En haut d'une sorte de gratte-ciel, je trouvais un couple charmant. Je racontai encore une fois mon histoire de *cousin*, à laquelle je vis qu'ils ne croyaient pas plus que la concierge. Mais eux du moins savaient qu'il s'agissait de la Résistance et ils ne me questionnèrent pas.

– L'ennui, c'est que Gautherot passe tous les quinze jours environ pour chercher son courrier, qu'il est venu hier et que nous ne savons pas où il habite.

– Il y aurait peut-être un moyen de l'atteindre, dit la jeune femme. Il écrit dans *Confluences* [1] (une revue qui paraissait en zone sud), on saura peut-être, à la rédaction, où l'on peut le toucher.

– C'est que je ne puis rester longtemps à Lyon, dis-je.

Je songeais aux Archives et qu'une grippe, même avec complications, ne peut durer indéfiniment. J'aurais dû imaginer une pneumonie, un érésipèle, une rechute de tuberculose. Une grippe, c'était trop modeste pour un voyage chez les Francs-Tireurs-Partisans.

La jeune femme me demanda où j'avais l'intention de loger et me proposa le divan de leur salle à manger.

1. *Confluences* paraît entre juillet 1941 et 1947.

Comme je ne voulais pas la déranger et que mes papiers étaient en règle, je répondis que je pouvais descendre à l'hôtel.

– Ce n'est pas très facile, me dit la jeune femme, car tous les hôtels sont bondés.

Toutefois, un peintre de leurs amis descendait, quand il venait à Lyon, dans un petit hôtel du quai de la Bibliothèque. Peut-être trouverais-je, venant de sa part, à m'y loger. Sinon, je reviendrais chez eux. Puis elle m'offrit de prendre un bain. Après une nuit de chemin de fer et les ennuis de la matinée, ce bain acheva de me réconforter.

Je repartis donc, mon sac alpin sur le dos, pour le quai de la Bibliothèque. Après les archives, les bibliothèques, songeais-je. C'est bien là le fond de ma vie, et c'était un présage plutôt favorable. L'hôtel était de modeste apparence. J'entrai, montai un étage. Une grosse femme aux cheveux gris était assise au bureau. Elle parut étonnée de ma demande. Quand je lui donnai le nom du peintre, son visage s'éclaira. « Il est à Lyon ? » me demanda-t-elle. « Je n'en sais rien », répondis-je. « Je pense qu'il va venir », ajoutai-je vivement, car j'avais vu son visage se renfrogner. « J'aurai une chambre, me dit-elle. Mais pas avant huit heures ce soir. J'ai besoin de toutes mes chambres dans la journée. » Que ce fût un hôtel de passe ne me laissait aucun doute. Mais je n'en étais pas à cela près.

Je traînai dans Lyon toute la journée. La ville avait un air de dimanche. Mais les uniformes verts, qu'on rencontrait nombreux, faisaient qu'on n'oubliait jamais l'Occupation, qu'on n'oubliait jamais la guerre. C'était la troisième fois que je venais à Lyon. Je l'avais toujours vu sous la brume. Ce jour-là, il était plein d'un soleil incontestable. Et pourtant c'était toujours la même ville grise, sinistre, sans espoir. Sûrement, me disais-je, on ne mettra pas la main sur Georges Sadoul et je n'aurai qu'à rentrer à Paris comme je suis venue. Quelle équipée ridicule ! Mon vieil amour-propre de reporter reparaissait. J'étais, de plus, harassée de mon voyage et de cette promenade sans but dans la ville. Je ne voulais pas m'attarder dans les cafés pour ne pas m'y faire remarquer par la police. Les jardins sont rares, pelés, misérables. L'après-midi je téléphonai à mes hôtes de la matinée que j'aurais une chambre pour la nuit dans l'hôtel qu'ils m'avaient indiqué. Ils n'avaient pas retrouvé Gautherot.

Je rentrai vers huit heures dans mon hôtel de passe. On m'y donna une chambre fort propre, dont la porte, heureusement, fermait à clef. Je me couchai de bonne heure, résolue à repartir le lendemain, et je commençais à m'endormir, quand l'on frappa à ma porte.

– Qui est là ?

– Gautherot.

Aucun ami de cœur ne fut accueilli avec tant de joie.

– Vous passez la nuit, monsieur ? cria la tôlière.

Ensemble, nous répondîmes en riant :

– Non, madame.

– Vous avez de la chance, me dit Sadoul.

Il était passé par hasard à *Confluences*, où ses amis lui avaient laissé un message. Il leur avait téléphoné et c'est ainsi qu'il m'avait retrouvée dans cet hôtel borgne. Nous prîmes rendez-vous pour le lendemain, dans un endroit qui s'appelle *Les Trois Artichauts*.

– Je vous y ferai rencontrer des FTP, me dit-il.

J'avais enfin retrouvé le bout du peloton de laine et je m'endormis paisiblement.

Quand je me réveillai, il faisait réellement beau. Une brume légère et bleue montait des fleuves et enveloppait les maisons de Lyon, comme une voilette dérobe les traits vieillissants d'une femme un peu fanée. Lyon paraissait ainsi presque souriant. Ou est-ce moi qui avait changé depuis la veille ? Je partis allègrement à la recherche de ces *Trois Artichauts.* C'était, au-delà de Fourmies, un endroit assez désert et presque campagnard, d'où l'on apercevait Lyon tout entier : ses maisons, ses usines, ses églises et ses fleuves. On pouvait s'accouder longuement au mur de la terrasse et passer pour une promeneuse romantique et peu pressée. Sadoul arriva avec un jeune homme pâle et une jeune femme enceinte. C'était elle qui allait me conduire à Valence, d'où je gagnerais le maquis [1]. Nous nous retrouvâmes à la gare, le lendemain.

Le train filait vers le sud. Déjà se dressaient les premiers cyprès. Le Rhône scintillait entre les cailloux blancs. Au loin, des montagnes roses, grises et bleues, de la couleur des plantes sèches. La jeune femme m'avait dit de l'appeler Claude *. C'est tout le nom que j'ai su d'elle et pourtant elle me parlait avec confiance, comme à quelqu'un qu'on connaît depuis longtemps : de son mari d'abord, des mois qu'il avait passés en prison, de son évasion, au moment où on allait l'envoyer en Allemagne.

– Après ses vingt mois de prison, il a recommencé comme avant. Je l'aide autant que je le peux. Un couple passe plus inaperçu qu'un homme seul. Quand on me voit, chargée d'un lourd cabas, qui pourrait croire que

1. Une version condensée et modifiée de ces récits (pp. 127-136) paraît dans « J'ai visité le maquis », *Femmes françaises*, n° 2 et n° 3, les 21 et 28 septembre 1944.

* Pour ce voyage au maquis, je n'userai que de pseudonymes. Je n'ai jamais su la véritable identité de mes interlocuteurs.

je porte des armes ? Mais bientôt, il faudra que je m'arrête.

Et puis, songeant tout haut, aux mêmes choses pour la centième fois, elle disait :

– Et l'enfant que j'attends, comment va-t-il naître ? Il ne peut pas avoir d'état civil. Le déclarer à la mairie, comme né de père et de mère inconnus, cela me ferait trop de peine. J'irai dans une clinique, dont le médecin est avec nous. On ne déclarera la naissance du petit que plus tard, quand on pourra de nouveau vivre au grand jour.

J'en ai tellement assez de ne pas vivre au grand jour, reprenait-elle, de toujours dissimuler, de toujours mentir. J'ai été très malade. Les gens chez qui j'habitais m'ont soignée comme leur fille et pourtant je n'ai jamais pu leur dire qui j'étais. Cela me faisait mal de ne pas même leur confier mon vrai nom...

Le fleuve scintillait entre ses cailloux blancs. Aux haltes, on entendait les rossignols chanter dans les vergers. Il y avait partout une odeur d'acacias et de lilas. Du même ton uni et doux, Claude contait la geste de l'Occupation :

– À Vernoux, les miliciens et la Gestapo ont arrêté dix personnes, dont un gamin qui n'avait pas seize ans ; à Saint-Étienne de Vallée-Française, les Allemands ont massacré sept habitants. À Nîmes, les Allemands ont pendu des hommes aux arcades du chemin de fer ; dans le Vercors, ils ont incendié plusieurs villages.

Les coqs chantaient dans les basses-cours. Les pinsons reprenaient de gare en gare leur chant ininterrompu.

De sa voix douce et tranquille, Claude disait :

– Vous avez entendu parler de la chambre de torture de la Gestapo, à Lyon ? Des cigarettes allumées qu'on appuie sur les mains, sur les seins des femmes ? Des aiguilles sous les ongles ? des fils de fer serrés autour du cou ? Du casque pneumatique qui écrase les crânes ? Des ceintures électriques qui rendent fou ? Du supplice de la baignoire ? Et ceux qu'ils envoient en Allemagne et dont on n'a plus de nouvelles, qu'est-ce qu'ils en font ?

Et toujours, de gare en gare, le même pinson et le même rossignol, et cette douce voix de femme enceinte faite pour parler du printemps, de la paix et de la vie.

***

À Valence, c'était la foire. La ville était pleine de soleil, de poussière et de bruit. Par moments, on pouvait oublier, malgré la pauvreté des étalages, que c'étaient la guerre et l'Occupation. Puis passaient deux soldats allemands, qui nous ramenaient à notre vie secrète. Claude me conduisit chez une épicière où l'un des chefs FTP de la région prenait ses repas. Il devait y venir le lendemain.

Je reconduisis, à la gare, Claude, qui repartait pour Lyon. Sur le quai, nous nous embrassâmes, comme deux amies qui se connaîtraient depuis longtemps. C'était là sans doute le seul réconfort de ces temps déchirés : les barrières entre les êtres tombaient pour n'en garder que l'essentiel ; une sorte de fraternité élémentaire, qui allait moins à l'individu (à une certaine profondeur, il échappe toujours) qu'à l'homme ou à la femme engagés dans une action qui les dépassait. Jamais je n'ai compris aussi profondément qu'alors la valeur du mot « camarade ».

Je n'ai pas revu Claude. Sadoul m'a dit ensuite qu'il ne savait pas ce qu'elle était devenue. Peu importe aujourd'hui : nous ne nous reconnaîtrions plus. Car nous n'étions pas des individus, mais les signes d'une fraternité immédiate, profonde et pourtant sans lendemain.

***

Dans l'arrière-boutique de l'épicière, je rencontrai le capitaine FTP. Intellectuel ? Ouvrier ? Il était difficile de le définir. Il me mit, en quelques mots précis, au courant de la situation militaire de la Résistance. Il glissa d'ailleurs rapidement sur l'antagonisme entre les Francs-Tireurs-Partisans et l'Armée secrète.

– Il arrive au contraire, me dit-il, que nous collaborions étroitement. Cela dépend des circonstances locales. Mais il est évident qu'à Alger ou à Londres, on se défie de nous. Nous pensons, en effet, qu'il n'y a pas à attendre le débarquement des Américains pour agir, et que nous devons entretenir sans cesse, par la guérilla, un état de panique chez les Allemands. Cela ne va pas sans difficultés. Il nous faut sans cesse lutter contre les éléments anarchistes qui se sont glissés parmi nous et qui cherchent à profiter d'une situation pleine d'équivoques. Le vol et le pillage sont chez nous punis de mort. Il nous arrive même parfois de collaborer avec les gendarmes pour rechercher les gangsters qui prétendent agir en notre nom. Nous nous efforçons d'entraver la circulation et le ravitaillement des Allemands sans causer de préjudices à la population française. Mais les Allemands le savent et cherchent à déjouer nos plans. Ainsi, un jour, nous avons appris qu'on allait faire passer un train de voyageurs avant le train d'Allemands, que nous attendions. L'un d'entre nous est allé enlever le plastic qui était déjà déposé sur la voie. Il a manqué y laisser sa vie. Le train arrivait. Les Allemands ont intérêt à soulever l'opinion française contre nous : vous savez, ceux qui voudraient bien se voir libérer des Allemands mais qui entendent bien n'y courir aucun risque.

***

Le lendemain, je poursuivis, avec un jeune lieutenant FTP, mon voyage.

Le train encore. Mais il quitte la grande ligne, cahote, s'arrête à des haltes, repart, grimpe, s'enfonce en soufflant dans les montagnes. Peu de terre pour ces villages pauvres. Mais les toits de tuiles roses sont couverts de glycine. Nous descendons à une petite gare. Jusqu'à Saint-Benoît-du-Désert, il y a bien dix kilomètres. Gentiment, mon compagnon a pris mon sac sur son dos. Nous montons dans une odeur de foin. Le garçon me parle un peu de lui : assez pour que je sache qu'il était ouvrier, à Nîmes. Puis il a passé quelques mois dans un camp de jeunesse.

– C'était la vie de caserne, bête et vide. On nous faisait casser des cailloux neuf heures par jour. Tout ce qu'on devrait garder de ces camps par la suite, c'est le cadre où on les a installés : en pleine montagne ; quand on sort d'un atelier comme moi, on trouve ça merveilleux. Seulement, il faudrait donner un sens à tout cela, un contenu. Plus tard, quand on pourra bâtir la vie...

Il a dit « bâtir la vie ». Nous nous taisons. Je pense à cette expression qui implique toute une conception du monde, toute une foi. Seulement le bruit de nos souliers ferrés sur les cailloux de la route, l'odeur des foins. À quel détour ce garçon, qui est sorti de l'école primaire à quatorze ans, s'est-il mis à me parler de Pascal ?

– Je ne comprends pas cette angoisse, me dit-il. Peut-être parce que je suis ignorant. Nous avons à rendre la terre habitable, est-ce que cela ne suffit pas ? Il y a des catholiques avec nous. Et ce que nous voulons n'est peut-être pas très différent de ce qu'ils veulent. Peut-être pourrons-nous continuer ainsi à marcher ensemble plus tard. Ensemble. Avec toi.

Je le crois alors. Comme je voudrais être sûre que je le croirai aussi plus tard. Mais pour l'instant nous sommes sur cette route, avec le bruit de nos souliers ferrés, l'odeur des foins, et maintenant aussi l'odeur des buis, l'odeur froide des ruisseaux et ces rossignols qui ne cessent de chanter dans le silence. Le chemin monte en lacet et c'est bien le désert, comme au temps de saint Benoît. Maintenant, nous apercevons le village sur une pointe, un de ces villages de montagne qui ont la couleur de la terre, rouge, gris et ocre, comme la terre même. Des cyprès entourent l'église : un clocher grand comme un pigeonnier, sur un porche.

– C'est là-haut ?

– Oui, c'est là-haut.

Je crois bien que c'est à ce moment-là que Bertrand me dit étrangement :

– Tu ne peux pas savoir l'effort qu'il faut faire sur soi pour tuer un homme, même lorsqu'on sait qu'il est l'ennemi de tout ce que nous voulons. Tu ne peux pas savoir l'effroyable exigence de soi qu'il faut dans l'acte de tuer un homme...

Le poste de commandement est installé chez le garde forestier. La maison domine la route. Sur la cheminée, une bible de famille (nous sommes en vieux pays protestant) et un grand vase plein de campanules et de digitales. J'essaie de cerner ces hommes inconnus, d'esquisser pour moi leurs visages qui forment à eux tous le visage abstrait de la Résistance.

Le garde forestier a une femme, un enfant. Il les a

envoyés chez des parents, parce que c'était trop dangereux de les garder ici, où la Gestapo et les miliciens peuvent survenir d'un moment à l'autre. Ce garçon blond, flegmatique, c'est un Alsacien, aspirant dans l'armée française, d'origine bourgeoise certainement. Il a préféré les Francs-Tireurs-Partisans à l'Armée secrète, parce que, dit-il, on combat les Allemands sans attendre et que la liberté viendra d'abord de nous-mêmes. En Alsace, ses biens ont été confisqués. Pendant l'autre guerre, la maison de ses parents avait brûlé. Ainsi, de génération en génération, se perpétue le drame absurde des frontières. Frantz a rejoint ces hommes venus d'autres régions, d'autres classes sociales : « Peu importe l'ancienne hiérarchie de l'armée, me dit-il. Ici, ce sont les plus aptes à cette étrange guerre secrète qui commandent. Je ne me sens pas humilié de combattre sous les ordres d'hommes qui, dans l'armée régulière, n'auraient été que des soldats. »

Nous montons dans une auto. Il y a au fond une mitraillette. Chacun a son revolver (sauf moi : je ne saurais d'ailleurs m'en servir et ne ferai jamais que mon métier de témoin). Mais je ressens un curieux plaisir à voir ces armes. J'en ai vu trop longtemps aux mains des autres.

L'auto roule à travers les montagnes sèches, dont Saint-Benoît-du-Désert semble la capitale. Nous allons, me dit-on, au camp de la Flèche noire. Ce nom me fait sourire. Suis-je avec des enfants qui jouent aux sauvages ? Mais le jeu est terriblement sérieux. Frantz a vu mon sourire :

– Ce n'est pas nous qui lui avons donné ce nom romanesque. C'est une curieuse histoire. Je vais vous la raconter, car ces histoires-là, qui donc pourra, par la suite, les conserver ? Non pas les documents officiels, non pas la grande histoire solennelle qui, d'un côté ou de l'autre, risquera fort de tout brouiller. Et nous, si nous vivons encore, nous aurons tout oublié, tout transposé dans le souvenir. Ce camp de la Flèche noire avait été créé dans la Côte d'or par un ancien sous-officier de l'armée coloniale. Il se prétendait d'ailleurs lieutenant de spahis. Vous voyez le genre : beaucoup de bagout, beaucoup de panache, un entraîneur d'hommes incontestablement, et très brave. Mais un aventurier qui ne cherchait dans l'illégalité que l'aventure. De repli en repli, il arriva dans cette région où il se fit passer pour FTP. Un jour, il entra dans un bureau de tabac et, revolver au poing, exigea de la buraliste une somme de dix mille francs. Nous ne pouvions tolérer qu'un homme qui prétendait être des nôtres usât contre les Français de ces procédés de gangsters. La lutte commença alors entre le lieutenant et nous. Le camp se scinda en deux. D'un côté, les partisans personnels du lieutenant. De l'autre côté, des gars qui se sont engagés pour combattre les Allemands et non pour dévaliser les vieilles femmes. Le lieutenant, qui se sentait menacé, s'enfuit un beau jour. Il nous a fallu remonter alors un dur courant, transformer ce camp en formation régulière, je veux dire le soumettre à la discipline paradoxale de l'illégalité.

Nous avons laissé l'auto sur un chemin de traverse et nous suivons maintenant un sentier, à peine tracé, parmi les lavandes et les buis. En avant, un homme marche, armé d'une mitraillette. Nous sommes entrés dans la région du maquis, où déjà la terre n'appartient plus aux Allemands. On me montre au loin un pré vert au milieu de la sécheresse, quelques arbres en fleurs, qui abritent une maison : c'est le camp.

Il y a là une trentaine de garçons âgés de dix-huit à vingt-cinq ans, presque tous réfractaires au Service du travail obligatoire, des gamins qui ne veulent pas construire le mur de l'Atlantique, ni travailler en usine pour les Allemands. D'autres venus là seulement par choix et par courage. Et aussi parce qu'à vingt ans, on aime encore jouer aux *outlaws*.

– Cet attrait est indéniable, me dit Thierry, un homme d'une cinquantaine d'années peut-être, qui dirige le camp. En voici un exemple. Dernièrement, une femme d'un village voisin est venue me voir. C'est une veuve qui tient une petite épicerie. Elle m'a prié d'empêcher son fils de venir nous rejoindre : « Qu'est-ce que je ferais sans lui, s'il venait vous retrouver là-haut ? » J'ai expliqué au gars qu'il devait rester au village, que nous avions d'ailleurs besoin de gens sûrs dans la vallée, mais que nous ferions appel à lui pour un coup dur.

Un peu plus tard, Thierry me parla de lui (toujours ce besoin que j'ai de déterminer ces hommes, de les situer dans ce monde qu'ils ont abandonné par libre choix, pour l'aventure).

– Je me suis marié. J'ai eu tort. Un militant ne devrait pas se marier. Ma femme me disait : « Pourquoi sors-tu encore ce soir ? Tu peux bien te faire remplacer par un copain ? Nous laisser passer une soirée ensemble, un dimanche tranquille, chez nous. » Elle me disait : « Tu as ta maison, ton jardin, tu gagnes bien ta vie, tu auras une retraite. Nous pourrions être heureux. Alors pourquoi toutes ces histoires ? » J'essayais de lui expliquer ce désir d'avoir un but qui dépasse sa propre vie. Mais elle ne voulait pas comprendre.

La guerre arrivée, Thierry fut fait prisonnier en 1940. Il s'évada. Il aurait pu se dire : « Je n'ai plus l'âge de tout cela. Que les jeunes me remplacent. » Mais il se remit à militer dans les rangs du Parti communiste et je le retrouve là, dans le maquis, vieux déjà.

– C'est grâce à lui, me dit Frantz, que nous avons réussi à transformer ce camp, au prix d'une implacable discipline. L'un des nôtres avait été blessé dans un coup de main. Des paysans l'ont soigné. Il est parti en leur volant une couverture. Nous avons reporté la couverture, mais le gars, nous l'avons fusillé. Cela vous paraît disproportionné avec ce larcin ? Mais qu'y pouvons-nous ? Nous ne pouvons tolérer le vol et le pillage [1]. Cet hiver, le camp, menacé par la Gestapo et les miliciens, a dû se replier six fois. À la fin, nous nous étions réfugiés dans les grottes. Il faisait si froid que nos souliers se brisaient, quand nous les mettions. J'ai vu des gars pleurer de froid...

Je livre tout cela, comme je l'ai vu, pêle-mêle, en reprenant des notes écrites il y a plus de huit années [2]. La Résistance est devenue maintenant une sorte de mythe, un sujet d'exaltation pour les uns, d'horreur pour les autres. Le climat s'est modifié au point que certains rougissent d'en avoir fait partie. Pour moi, je n'ai pas changé. Il y a certaines mains que je ne serrerai jamais, certains hommes à côté de qui je ne me trouverai jamais. Si la Résistance a commis des crimes (et elle en a commis), il faut se souvenir des conditions dans lesquelles elle s'exerçait : la guerre est à elle seule un crime. Les résistants répondaient à la guerre par la guerre. Dans la balance de meurtres, de violences et de dénis de l'homme, les incendies d'Oradour et du Vercors, les camps d'Auschwitz et de Bergen-Belsen, les massacres en masse d'enfants juifs, les expériences pseudo-scientifiques des médecins nazis pèseront plus lourd que tout le reste.

1. Une version condensée de ce récit de Frantz, ainsi que l'autre récit de « procédés de gangsters » (p. 134), se trouve dans *Femmes françaises* n° 3, 28 septembre 1944.

2. Ces notes sont en fait le manuscrit de trente-huit pages dactylographiées qu'elle intitule « Voyage au maquis », rédigé en mai 1944. Archives nationales, 318AP, 1. Cf. Présentation et note, p. 16.

Je n'allais pas limiter mon exploration du maquis à une seule région. Maintenant que j'avais saisi le bout du peloton de fil, mon voyage se déroulait avec la régularité de l'agence Cook. J'étais entrée dans ce monde de l'illégalité, sous-jacent à l'autre et organisé aussi bien (mieux souvent) que la société officielle, soumise à Vichy et aux Allemands, dans laquelle vivaient, tant bien que mal, les trois quarts des Français.

Nous descendîmes sur Avignon. Un vent fou courait par la ville, soulevait la poussière, arrachait dans les jardins les roses, les lilas, les soucis, les iris, les seringas, toute cette scandaleuse profusion du printemps méridional. Enfin, après avoir traversé le Rhône, en nous tenant au parapet, nous entrâmes dans une maison. Le vent resta dehors, derrière un rideau de paille. Sur le fourneau chantonnait une bouilloire. Une petite fille dodue et bronzée faisait ses devoirs. C'était l'image paisible du bonheur domestique. Avec un cordial accent, Mme Albarède nous dit :

– Mon mari ne va pas tarder à rentrer. Vous allez souper avec nous.

Avant que M. Albarède n'ait ouvert la bouche, on sent se résumer en lui toute la tradition du Midi : ce nez busqué, ce menton accentué, cet air assuré de *pater familias* lui donnent une majesté de patricien romain. Mais plus aimé chez lui que redouté : on le voit aux caresses de sa petite fille qui, délaissant son cahier, a grimpé sur ses genoux.

Tout d'abord, il veut me faire faire le tour du propriétaire, me présenter son jardin, où le vent fou continue à danser : ses fleurs, ses figuiers, ses ruches, ses lapins. Après l'image du bonheur domestique, c'est, à cette limite d'Avignon, le bonheur des champs qu'il évoque. Bien que M. Albarède soit aussi employé de chemin de fer, on se croirait au temps de Virgile. Mais il dit, sautant par-dessus les siècles, où j'ai un peu trop coutume de m'installer :

– J'élève des lapins et je cultive mon jardin pour le cas où je serais obligé de prendre un jour le maquis. Ma fille et ma femme auraient au moins de quoi manger quelque temps, jusqu'à ce qu'arrive cette sacrée Libération.

Et, à table, parce qu'il est d'un pays loquace et charmant, qu'il aime à conter de bonnes histoires et en rire le premier, c'est toute la geste des FTP d'une petite ville qu'il me retrace, avec une bonne humeur et un accent inimitables, comme ces histoires de chasse dans les garrigues, en un autre temps.

– Un jour, on nous avait indiqué un endroit, où, paraît-il, il y avait des armes cachées. Vous savez, il y a des gens qui collectionnent les panoplies, au lieu de s'en servir tout de suite. De sorte que les armes sont d'un côté et les hommes de l'autre et qu'il faut bien que les hommes fassent les premiers pas pour les rencontrer. Les armes, c'est un peu comme les belles filles. Elles ne viennent pas toutes seules, si l'on ne va pas les chercher.

Et il regarde sa femme du coin de l'œil. Mais elle sourit d'un air paisible.

– Nous entrons donc dans le jardin, par-dessus le mur. D'abord nous repérons l'endroit qu'on nous avait indiqué. On nous avait dit : entre trois oliviers, près d'une fontaine. Bon. Voilà les trois oliviers et voilà la fontaine. Il n'y avait pas à se tromper. Et nous nous mettons à piocher. Piocheras, piocheras-tu. Rien. Alors nous nous disons : « C'est sans doute un peu plus loin. » Et je te fouille, et je te tourne, et je te retourne. De temps en temps, une pioche heurtait une pierre. On se disait : « Cette fois, ça y est. » Mais ce n'était qu'une pierre. On a pioché comme ça toute la nuit. Pour rien.

J'imagine la tête de la bonne femme, quand elle aura trouvé, au matin, son jardin tout labouré.

Alors il part d'un grand éclat de rire et la petite fille rit sous cape, en mangeant sa purée. Mais le voilà lancé. Une autre histoire si vous voulez.

– Une fois, nous avions décidé de faire sauter en même temps la maison de la Milice et celle de la Légion des volontaires français contre le bolchevisme. Coup double. Comme c'est aux deux extrémités de la ville, nous nous étions partagés en deux équipes. Nous avions mis nos montres à la même heure, pour que les bombes éclatent en même temps. Nous, nous étions chargés de la LVF. Mais voilà-t-il pas que deux amoureux s'embrassaient juste devant la porte ! Nous restions là, tous les quatre, à attendre qu'ils aient fini. On se disait : « Sûrement, on va les gêner et ils s'en iront ailleurs. » Vé ! c'est que nous ne les dérangions pas du tout. Alors nous nous mettons à passer et à repasser autour d'eux, en faisant tout haut des réflexions sur leur compte, et salées, je vous prie de le croire. Mais eux, c'était comme s'ils étaient seuls sous la lune. L'heure tournait. Je me disais : « Les autres vont faire leur coup et, alors, si l'on nous trouve, nous, avec nos bombes sous le bras, on aura l'air fin. Et des bombes, ça ne se laisse pas tout de même comme ça, n'importe où. » Tout à coup, voilà qu'on entend l'explosion à l'autre bout de la ville. « Ça y est, me dis-je, c'est la Milice qui saute ! » Les volets claquent, les portes s'ouvrent, les gens sortent de chez eux et se mettent à courir. Les amoureux se rendent compte qu'il se passe tout de même quelque chose et ils vont s'embrasser un peu plus loin. Alors nous avons pu déposer nos bombes. C'était au tour des amoureux de nous regarder cette fois. Et puis, si vous les aviez vus courir. Ils couraient encore plus vite que nous.

*
* *

Le train encore. Maintenant, c'est le vieux pays cévenol, aux montagnes usées couvertes de châtaigniers et de pins. Au-dessus des prairies et des rochers, la forêt reprend sur les plateaux. Un vieux pays, où l'on a lutté pendant des siècles, contre la montagne, contre la terre dure, contre les dragons du roi, qui voulaient obliger les hommes à changer de foi. On quitte la gare de Genolhac. On marche pendant des heures sur la route qui mène aux déserts.

À Vialas, nous trouvons l'instituteur chez lui, retenu à la chambre par une sciatique imaginaire. Mais la nuit, il fait vingt kilomètres en montagne. Quand il était enfant, et jouait à l'explorateur, il avait découvert une grotte. Maintenant la grotte lui sert d'abri. Il y a porté une machine à écrire et tous les tampons nécessaires pour fabriquer de faux papiers. C'est qu'il y a beaucoup de réfractaires, dans ces montagnes. L'un d'eux justement se trouve là. L'instituteur lui remet sa fausse carte d'identité. Le magister reparaît :

– Apprends-la bien par cœur, dit-il.

Puis il s'occupe de nous :

– Conduis-les chez les Montbel, dit-il à sa femme. Ils y passeront la nuit. Et l'on viendra du camp les chercher demain matin.

Il s'excuse de ne pouvoir nous accompagner lui-même. « À cause de cette sciatique », ajoute-t-il en souriant. Et il se lève péniblement, traînant la jambe jusqu'à la porte, « pour ne pas oublier », dit-il.

Nous traversons le village. Tous, dans ce pays, le boucher, l'épicier, le maire, l'instituteur, les gendarmes sont des complices du maquis. La résistance est ici un air qui court depuis toujours et que chacun respire dès son enfance. Nous nous arrêtons chez le boulanger. Le torse nu dans son fournil, c'est un homme taciturne, sévère, comme son pays.

– Bien sûr que je les aide, ces petits, bougonne-t-il. Un moment, je n'avais pas assez de pain pour tout le monde. Mais je n'ai pas diminué leur ration à eux. Tant pis pour les autres, les civils.

Et après cet effort d'éloquence, le boulanger retombe dans son mutisme.

Le sentier passe à travers des prés de narcisses et d'ancolies où l'eau ruisselle. Nous arrivons à un hameau. La femme de l'instituteur frappe à une porte : « Nous pourrions aussi bien frapper à une autre. Tous hébergent tour à tour les gens qui vont au maquis. »

Je sens un peu de défiance chez ces paysans. Puis, franchement, la femme :

– Nous n'aimons pas à indiquer le chemin du camp à des gens que nous ne connaissons pas.

– Nous ne vous le demandons pas, dis-je. On viendra nous chercher demain.

Ce plafond bas, ce feu sous la hotte noire, cette marmite ventrue à la crémaillère n'ont pas dû changer depuis le temps des Camisards. Guère davantage, ces hommes et ces femmes brunis, maigres, comme taillés à coups de serpe dans les châtaigniers de leurs montagnes. Une jeune fille rentre, poussant ses brebis. Elle laisse derrière elle la porte ouverte sur le ciel vert de la prairie. (On entend l'eau ruisseler dans la fontaine.)

Pendant le souper de pommes de terre et de laitage, elle dit :

– Il y a des jours, comme aujourd'hui, où personne ne vient de là-haut. Comme on s'ennuie alors ! Comme on s'ennuie. Je me demande comment on faisait pour vivre avant.

Cette jeune fille, ces brebis, ces glycines en fleur, cette eau qui court dans les prés et le demi-aveu de ce cœur ingénu, tout cela compose une pastorale si classique que j'ose à peine la décrire. On m'accusera d'une convention oubliée. Tant pis. La convention noire en est une autre. Et pourquoi ne pas saisir au vol un passage de joie et de paix dans ces temps de déchirements et de violence.

Pendant la nuit, le chef de camp est descendu. Tout s'est éclairé dans l'esprit de nos hôtes : nous ne sommes pas des espions. Et quand je leur demande timidement – parce que nous sommes ici dans un âge si patriarcal que j'ai peur de blesser ces braves gens – combien je leur dois pour la nuit et au moins pour les repas, la femme me répond avec une dignité du XVIe siècle :

– C'est ici l'hospitalité du maquis qui commence, madame.

Alors, plus causante que la veille, elle me parle de ces garçons qu'on peut bien aider, puisqu'ils viennent leur donner un coup de main, quand on a besoin d'eux pour les foins et les châtaignes.

Nous reprenons la route sous la conduite de Pierre, le chef de camp. Il doit s'arrêter à la gendarmerie.

– Nous ne faisons pas d'opération sans prévenir le brigadier, qui est avec nous, me dit-il. Comme par hasard, il envoie ses gendarmes ailleurs. Car il y a les « bons » et les « mauvais » gendarmes. Le brigadier donne à Pierre ce conseil :

– Il faut tout de même que vous posiez un vieux gazomètre sur votre voiture. Il n'y a plus que vous et nous qui roulions à l'essence, c'est un peu trop voyant, les gars !

– Les affaires de tickets d'alimentation, ici, se traitent aussi à l'amiable, me dit Pierre. Jusqu'ici, nous avions négligé une petite commune qui n'a pas cent habitants. Cela ne valait pas le dérangement. Mais le maire nous a fait savoir qu'il nous attendait. Nous l'aurions vexé, si nous n'étions pas allés le cambrioler, cet homme. Il nous invita à déjeuner. Puis, bien après notre départ, il prévint la gendarmerie de nos forfaits.

Nous suivons maintenant le chemin royal, que l'intendant de la province fit tracer jadis pour lutter contre les Camisards. Mais malgré les villages rasés, les fermes incendiées, les hommes envoyés aux galères, la foi resta ancrée au cœur de ces paysans. Des tombes isolées au milieu des champs, ces cimetières encerclés de hauts murs, en pleine montagne, l'attestent encore farouchement. Ces paysans, aujourd'hui, sont bien restés de la même race [1].

On a quitté le chemin dallé de larges pierres pour monter tout droit à travers les rochers. Derrière nous, les montagnes s'affaissent, en découvrant d'autres jusqu'à l'horizon. Des Alpes aux Pyrénées, la France semble d'ici une grande forteresse.

Une quarantaine de garçons sont attablés dans la grande salle de la ferme, devant un repas de châtaignes bouillies, de pâtes et de fromage. Les meubles, repoussés contre les murs, sont astiqués, brillants, intacts. De grandes branches de sapin sont coulées sur les boiseries.

– On a commémoré l'anniversaire de la Commune, de l'Armée Rouge. C'est pourquoi vous voyez ces branches de sapin. Il va falloir quitter tout cela. Les Allemands et les miliciens se massent dans les villages voisins. Nous allons donc nous replier une fois de plus. Mais, en cette saison, ça n'a pas d'importance. Nous avons déjà envoyé un détachement bivouaquer au-dessus, dans les bois.

Pierre est un grand garçon tranquille et blond : un

1. Une version condensée de ce récit, pp. 140-143, sous le titre « Un seul et même peuple », paraît dans *Les Lettres françaises* clandestines, n° 17, juin 1944.

instituteur du Nord. Il a créé ce camp avec un typographe parisien.

– Au début, me dit-il, nous étions seuls. Et puis d'autres garçons sont venus nous rejoindre peu à peu.

Je voudrais m'attarder à chacun d'eux, connaître leur pays, leur enfance, leur métier, leur mère, leur femme, leurs enfants, tout ce qui forme le halo de chaque être, en fait un être unique, irremplaçable, qui n'a jamais été avant lui et ne sera jamais plus après. Ce mineur d'Alès et cet étudiant en Sorbonne, cet ébéniste qui est venu de l'Armée secrète, parce qu'il voulait trouver une vie plus fraternelle, une lutte plus directe, cet étudiant indochinois, dont le visage insolite de Bouddha se détache curieusement sur ceux de ses camarades, ce mineur sarrois qui s'est réfugié jadis en France, lors du plébiscite, et est venu se battre aux côtés des Français contre l'oppresseur de son pays.

L'après-midi, nous montons vers la forêt. C'est vraiment le maquis que l'on traverse : broussailles courtes et serrées, où il est difficile de se frayer un chemin. La vie est réduite au bivouac sous la tente, auprès d'un feu de bois.

En astiquant son fusil, un garçon tout jeune me dit :

– Ah ! vous êtes de Paris ? Je vous en prie, dites-moi comment on vit là-bas, à Aubervilliers, à Montreuil ? On n'a pas de nouvelles. Par moments, on n'en peut plus.

Je suis rentrée à la ferme. Dans un coin de la cuisine, mange, seul, un prisonnier. Il me jette un regard de détresse. C'est un milicien qui sera exécuté cette nuit. Je sais qu'on m'a donné la chambre qu'il occupait. C'est comme si ma visite au camp l'avait dépossédé de la dernière chose qui lui appartenait encore, avait hâté de quelques heures sa mort. Je me sens solidairement responsable de cette exécution. La vérité de cet homme vivant, qui tout à l'heure sera mort, me fait horreur.

Ce n'est pas nous qui avons choisi la guerre et nous la faisons sans l'aimer.

C'est la dernière nuit au camp. Nuit d'alerte. On craint l'arrivée des miliciens et des Allemands. La garde a été doublée. J'entends, autour de la maison, les sentinelles qui font leur ronde. Le vent siffle. Au-delà des pas et du vent, il n'y a plus que l'eau d'une source et sur des lieues de désert, le silence et la lune. Roulée dans une couverture grise, j'essaie de m'endormir. Je revois tous ces visages. Je ne veux retenir d'eux que le courage et la pureté, qui laissent peut-être à l'homme l'espoir d'être finalement sauvé.

J'étais allée en zone sud à la recherche des maquis. En effet, il y avait rarement, en zone nord, des camps de Francs-Tireurs-Partisans. Le terrain ne s'y prêtait pas. Peu de forêts, pas de montagnes, peu de villages ou de fermes coupés des routes : des concentrations militaires auraient été vite dépistées et réduites. Les garçons qui avaient rejoint les FTP, restaient donc isolés et ne se réunissaient que pour des coups de main. La résistance militaire prenait donc ici un tout autre aspect.

Je reçus un jour de ma mère une lettre obscure à laquelle je ne compris rien. Je trouvai chez elle un jeune garçon de vingt ans, qui attendait de faux papiers pour passer dans la clandestinité. À vrai dire, le garçon se cachait fort mal et tout le village apprit très vite que ma mère avait chez elle « un ami de son fils », qui avait besoin de se reposer au grand air. Personne ne fut dupe de cette explication et le maire, rien moins que résistant d'ailleurs, vint nous dire :

– Il vaudrait mieux que ce garçon ne demeure pas trop longtemps chez vous. Tout le monde en parle. Je vous préviendrai si vous devez avoir la visite des gendarmes. En attendant, dites-moi si vous avez besoin de tickets d'alimentation.

Ma mère refusa, remercia et dit que tout était parfaitement en règle. Mais quelques jours plus tard, on trouva pour son hôte une autre « planque ».

Ce mot fait partie maintenant du langage de la Résistance, langage qui méritera sans doute un jour une étude approfondie. Car tout milieu fermé invente son jargon. « Planque », « piquer » (voler) et l'affreux « contacter » dateront des années quarante. En contrepartie, je ne peux plus rencontrer le mot « sélection » dans un catalogue d'horticulteur, sans qu'il me rappelle atrocement les chambres à gaz hitlériennes.

***

J'aimais à me retrouver dans ce pays où les rapports des hommes, du ciel et de la terre restaient en apparence inchangés. Des salades dans un jardin potager, des poules qui picoraient dans un champ, le blé qui verdissait dans la plaine donnaient une impression de sécurité élémentaire. Se retremper dans un village apportait alors un double réconfort : celui que je reçois toujours des arbres, des champs, de la rivière et qui se place, comme une fugue de Bach, sur le plan de l'éternité, et celui, beaucoup plus terre à terre, que l'on ne mourrait pas de faim le lendemain matin.

Je me promenais donc par les collines de chez moi. Les arbres avaient encore cet aspect individuel du printemps, où les verts, les jaunes sont différents pour les tilleuls, les acacias, ou les chênes qui s'en revêtent, se reconnaissent ainsi à des lieux de distance sur les côteaux et vous font signe. Les sous-bois s'éclairaient de soleil, de jacinthes et d'anémones et j'aurais voulu croire que tout s'arrêtait à ce rai de soleil dans un sous-bois. Mais lourdement passaient des escadrilles d'avions, dont le vrombissement couvrait le bourdonnement des abeilles. Je m'arrêtais au croisement d'un sentier. Allais-je revenir par les friches, à mi-colline, ou redescendre vers la vallée ? Ce fut ce chemin que je pris, pensant m'arrêter en route chez un vieux paysan, que je n'avais pas vu depuis les vacances dernières. Il n'était pas là, mais sa femme, sur le pas de la porte, triait des haricots.

– Mon mari ne va pas tarder à rentrer, dit-elle.

Et elle se remit au travail, tandis que nous bavardions de choses et d'autres. Son fils les avait quittés. Il ne voulait pas aller travailler en Allemagne et il était passé dans la clandestinité. Elle continuait à trier ses haricots, au battement de l'horloge. Son mari revint. Dans cette région de petite propriété rurale, c'est le seul paysan communiste que je connaisse. Il me demanda ce qu'on disait à Paris de la guerre, si l'on croyait que le débarquement aurait lieu bientôt.

J'avais encore une longue course à faire pour rentrer à la maison et je me levai pour partir. Derrière moi, j'entendis le mari et la femme chuchoter doucement. Puis la femme me dit en souriant :

– Voulez-vous voir mes hordes sibériennes ?

Je ne comprenais pas.

– Mais oui, répondis-je, à tout hasard.

Ils me firent traverser une cour, puis une remise où se trouvaient des moutons. Ils écartèrent quelques bottes de paille et démasquèrent une porte.

– Attendez-moi, me dit la femme.

Je l'entendis monter un escalier. Puis un bruit confus de voix. Elle m'appela.

– Vous pouvez monter, me cria-t-elle.

Son mari me suivait.

***

C'était une chambre installée hâtivement dans un grenier. Mais on voyait qu'on s'était efforcé de la meubler du mieux qu'on avait pu : deux lits, un buffet, une toilette dans un coin. Deux hommes se levèrent quand j'entrai, s'inclinèrent très bas, avec une raideur militaire.

– Ce sont des prisonniers russes évadés, me dit le paysan.

J'ignore le russe. Eux-mêmes ne balbutiaient que quelques mots français.

– Depuis un mois qu'ils sont ici, ils ont commencé à apprendre le français. Je leur donne des leçons, quand j'ai le temps, me dit la femme. Malheureusement, je n'en ai pas beaucoup, avec tout ce travail que j'ai à la ferme. Et puis, il ne faudrait pas que je vienne ici trop souvent. Les voisins finiraient par s'en apercevoir. C'est pourquoi j'ai mis les moutons dans la remise : pour avoir le prétexte d'y aller plusieurs fois par jour.

Les deux Russes écoutaient de toutes leurs oreilles. On sentait l'effort qu'ils faisaient pour comprendre.

Nous nous regardions. L'un était grand, beau et blond, avec des yeux bridés très bleus. L'autre, petit, brun, frisé, au regard vif : tous deux nets, rasés, précis. J'étais tout de même un peu surprise de voir ces deux hommes, l'un de Sibérie, l'autre de la Volga, dans ce village de Seine-et-Marne.

– Comment sont-ils arrivés chez vous ?

– Ils se sont enfuis du camp où ils étaient prisonniers. Des gendarmes les ont arrêtés sur la route et ils les ont conduits chez nous, parce qu'ils savent que nous sommes communistes.

La femme s'efforçait de leur expliquer qui j'étais. Elle cherchait des mots dans un petit dictionnaire, les leur montrait :

– C'est la première fois, depuis qu'ils sont ici, que nous laissons monter quelqu'un auprès d'eux.

Je me sentais émue de cette confiance. Quelque chose était en train de se créer, que je ne saurais définir, quelque chose qui n'existe plus, qui n'est plus qu'un souvenir, et que j'essaie en vain de faire surgir de cette page vide. C'est peut-être là ce qu'on appelle la communion.

Plus tard, après la Libération, je retournai voir le paysan et sa femme. Elle me raconta comment elle avait conduit les deux Russes, cachés dans une voiture de paille, jusqu'au lavoir où ils devaient retrouver les FTP. Elle avait dû traverser tout le village, passer sous les yeux des Allemands qui gardaient le tunnel du chemin de fer, recommencer deux fois le voyage, car le premier rendez-vous avait été manqué. C'était une femme courageuse.

– Et les deux Russes ? dis-je.

– L'un d'eux, Nicolas, le petit brun, a été tué dans les combats de la Libération. L'autre est retourné en URSS, je crois.

Je la sentais réticente. J'insistai.

– Il s'était mis à faire du marché noir, à se « débrouiller ». Le monde capitaliste l'avait perverti... conclut cette pieuse femme, qui, aujourd'hui, me tournerait le dos.

Je ne voulais voir alors que le courage et la pureté. Mais dans l'histoire, tout se trouve toujours étroitement mêlé. Au cours de mon voyage dans les maquis de zone sud, j'avais appris qu'un milicien avait été torturé. J'avais rencontré l'un des témoins, l'un des acteurs peut-être. C'était un homme fruste, un ouvrier de Marseille, assassiné depuis par la Gestapo. Il m'avait dit :

– Le gars n'a pas parlé et cela nous a montré que les miliciens aussi peuvent avoir du cran, qu'ils ne sont pas tous, en tant qu'hommes, des salauds. Quant à ceux d'entre nous qui ont fait cela, qui ont donné des ordres pour cela, ils se sont avilis.

Ce fut le terme même qu'il employa.

J'avais patiemment poursuivi mon enquête, selon la meilleure méthode chartiste. Le fait était patent, prouvé. Mais je me méfiais de ma réaction de « femme », d'« intellectuel » et de mon indignation : si nous nous rendions coupables des mêmes crimes que les nazis, alors pourquoi combattions-nous ? Fallait-il vraiment désespérer de l'homme ? Admettre que, pour le sauver finalement, tous les moyens étaient bons ? Accepter d'utiliser des méthodes que nous n'avions pas choisies et qui nous avaient été imposées par l'adversaire ? Nous laisser contaminer par lui ?

Me méfiant de moi-même et de la secrète préférence qui m'incline toujours à faire passer l'éthique avant la politique, je parlai de cette question avec des camarades rencontrés dans les maquis. Ces hommes simples pour la plupart, ces ouvriers, ces paysans, s'indignèrent de ces procédés autant que moi-même. C'était le peuple résistant de France qui parlait par leurs bouches, la voix des « masses ». Un seul fit exception. C'était précisément un « responsable ».

Puisque le Parti communiste prétendait défendre les intérêts du peuple, être l'émanation de sa volonté, je pensai naïvement qu'il était de mon devoir d'informateur de lui faire connaître l'opinion même des combattants. Dès mon retour à Paris, je fis un rapport. Je me refusai au ton de l'indignation, j'évitai les considérations d'ordre moral, qui me préoccupaient pourtant avant tout : si l'on prétendait défendre la cause de l'homme, avait-on le droit d'employer des méthodes qui le déshonorent et qu'on condamnait chez l'adversaire ? Dans quelle mesure les moyens réagissent-ils sur les fins et les déterminent-ils ? Quel monde ferions-nous si nous employions pour parvenir à la victoire l'avilissement de cet être humain que reste l'adversaire, l'avilissement de nous-mêmes ? J'évitai ces questions. Je restai platement dans le domaine de l'utilité, de l'efficacité. La torture était-elle utile ? efficace ? Un milicien qui résistait apportait une preuve en faveur de l'ennemi. Si des faits de ce genre étaient connus au-dehors (et on pouvait être sûr qu'ils le seraient), ils soulèveraient contre nous une indignation légitime, nous aliéneraient les sympathies, dont nous avions besoin. On prenait des mesures sévères contre le vol et le pillage, je demandais qu'on en prît également contre ceux qui avaient osé, au nom des Francs-Tireurs-Partisans, user de ces procédés que nous reprochions justement aux nazis.

Je donnai mon rapport à un responsable du Parti *. Son visage tressaillit. Il me regarda avec une sorte de haine. Je n'oublierai jamais le regard qu'il me jeta derrière ses lunettes. Il froissa le rapport rageusement et le jeta dans la corbeille à papier :

– Il n'y a pas de morale absolue, dit-il.

De ce jour-là date pour moi la fissure [1].

Cependant, la Libération approchait. Le 6 juin, on apprit que les Américains avaient débarqué. Ce second front que nous attendions depuis si longtemps, était enfin établi. Il l'était chez nous. Nous savions ce que cela comportait de morts et de ruines. Nous acceptions

* J'ai effacé son nom. Je ne voudrais pas que la police prît ici un prétexte pour un jour le poursuivre. Nous sommes en un temps où rien n'est sûr.

1. C'est la première fois qu'elle fait allusion à cet incident, comme à celui du maquis. Elle va le reprendre dans un article contre la torture par l'armée française en Algérie (*La Commune*, juin 1957). Cf. aussi note, p. 172.

tout cela et même notre propre mort : non pas seulement celle du voisin qu'il est toujours plus facile d'envisager sereinement. Cependant certains, qui avaient fait preuve, jusque-là, de la plus grande sympathie théorique pour les Alliés, commençaient à critiquer une tactique qui les mettait directement en cause. Ils faisaient les stratèges : pourquoi n'avait-on pas créé un second front en Scandinavie par exemple, ou dans les Balkans ? C'eût été beaucoup plus intelligent. Bref, n'importe où, mais pas chez nous.

J'allai voir ma mère au milieu de juin. Les trains étaient plus bondés que jamais, s'arrêtaient longuement dans les gares ou en plein champ. On racontait que celui de la veille avait mis douze heures pour faire cent kilomètres. Une sorte de prophète à demi aveugle (il avait une canne blanche) vaticinait : « Le sang coulerait, les ruines allaient s'accumuler. Tout serait brûlé dans les campagnes, jusqu'à la dernière ferme, jusqu'à la dernière pierre. Les forces conjuguées du capitalisme, de la juiverie internationale et du bolchevisme allaient venir à bout de toutes nos valeurs spirituelles. Notre Maréchal avait bien essayé de renvoyer les gens à la messe, mais il était trop tard. Le sang allait couler, les ruines », etc. C'était une mélopée interminable. Les gens l'écoutaient en se regardant du coin de l'œil. Certains ricanaient, mais prudemment, car on ne savait pas si ce prophète n'était pas payé par la Gestapo.

J'aurais pu rester à la campagne, auprès de ma mère. Les champs de trèfle et de luzerne bleuissaient, le vent argentait les avoines. Le potager était plein de pois, de fraises et de roses. Mais il ne me semblait pas que je pusse vivre la fin de la guerre ailleurs qu'à Paris. Si peu utile que je fusse, cela m'aurait semblé une désertion.

À Paris, les femmes se chamaillaient devant les magasins vides. Certaines passaient leur temps, à bicyclette, sur les routes de banlieue pour rapporter des salades et des carottes. On vendait le beurre vingt-cinq à trente francs le kilo dans l'ouest, huit cents francs ou mille à Paris. Il me restait assez de nouilles et de haricots secs pour soutenir un siège. Un jour que j'avais envie de verdure, je trouvai du persil dans une voiture de quatre-saisons. Personne ne faisait la queue pour du persil. C'était vraiment une aubaine.

Au marché aux Oiseaux, on écoulait les stocks de millet et de chènevis : ces graines sont comestibles aussi pour les hommes, paraît-il. On essayait en cachette d'attraper les pigeons des squares. Jamais on n'avait vu, le long de la Seine, tant de pêcheurs à la ligne. Dans cette forêt de pierre et d'asphalte, la chasse et la pêche redevenaient des occupations essentielles, comme au temps des cavernes.

Mais tout cela n'était que l'apparence. Derrière, l'insurrection se préparait. Le 14 juillet en fut le préambule, la première manifestation éclatante de notre espoir. Je traversais de bonne heure, la place du Panthéon. C'était un matin d'été, à Paris, lourd et un peu brumeux. Deux enfants me tendirent des bouquets tricolores un peu fanés :

– C'est pour manger, me dirent-ils.

Ce rappel de la faim me serra le cœur. Je continuai ma promenade. Suivant un secret mot d'ordre, Paris s'était pavoisé : qui pouvait empêcher un fleuriste d'avoir choisi, ce jour-là, des delphiniums, des lys, des roses rouges pour orner sa vitrine ? Ou cette modiste, d'avoir trouvé, Dieu sait où, ces pailles et ces feutres bleus, blancs et rouges ? Ou, dans la rue Mouffetard, cette ménagère de faire sécher à sa fenêtre, justement ce jour-là, un bleu de travail, un torchon et une écharpe rouge ?

Dans l'après-midi, ce fut un éclatement de joie dans les rues. Le soleil s'était levé sur la ville et les femmes se promenaient en légères robes d'été. Elles aussi s'étaient ingéniées à mélanger les trois couleurs : une jupe bleue, un corsage blanc, une ceinture rouge, ou cette femme en grand deuil, qui portait un ruban tricolore au cou. Je me serais bien moquée de moi-même, si l'on m'avait dit qu'un jour je deviendrais aussi cocardière, que j'attacherais un jour tant d'importance à la puérilité des symboles.

Derrière se préparait l'insurrection. De ces préparatifs, je connaissais seulement ceux qui concernaient les organisations clandestines dont je faisais partie. Au Comité national des écrivains, Claude Morgan nous avait parlé des milices patriotiques : les hommes qui n'avaient pas encore rejoint les Forces françaises de l'intérieur (Armée secrète et Francs-Tireurs-Partisans) pouvaient s'y engager. Un certain nombre d'entre nous répondirent à cet appel. De son côté, l'Union des femmes françaises s'occupait plus particulièrement du côté sanitaire de l'insurrection. Nous avions réussi à faire coudre des sacs pour les pansements et les médicaments, jusqu'au fond des couvents, par des religieuses cloîtrées. Des infirmières et des médecins étaient déjà mobilisés pour organiser les postes de secours.

On vivait avec l'intensité de ceux qui savent que tout va se jouer pour eux – le pile ou face de la vie et de la mort – dans les semaines qui suivent. J'avais pris mes vacances, de sorte que je n'allais plus, fort légalement, aux Archives nationales. J'avais ainsi tout mon temps pour vivre ces instants exceptionnels. Et finalement, c'est surtout des jardins abandonnés, des feuilles sèches et craquantes sous les pieds, dans les allées du Luxembourg, que je me souviens aujourd'hui. Peut-être les plus beaux monuments du monde, les événements historiques les plus bouleversants aboutissent-ils pour moi, en fin de compte, à un jeu de soleil entre des branches ou à la pérennité des nuages.

À cause des pannes d'électricité, il était difficile de prendre la radio. En ces temps de propagande contradictoire si bien organisée, il fallait se contenter de nouvelles chuchotées par des gens qui se prétendaient bien renseignés. Herriot [1] avait négocié la reddition de Paris aux Américains ; les services civils allemands évacuaient la capitale ; deux divisions allemandes, spécialistes des combats de rue, avaient été amenées à Paris en toute hâte ; la Wehrmacht voulait abandonner Paris, mais la Gestapo s'y opposait ; Paris allait être déclarée ville ouverte ; les derniers Allemands partiraient le 17 août à minuit et se replieraient au-delà de Soissons, etc. Une certitude, en tout cas, c'est que l'armée allemande fuyait sous nos yeux. Leurs autos, leurs camions étaient pavoisés de feuillage, non pas pour fêter une victoire, mais pour dissimuler leur fuite sur les routes bombardées. Comme dans Shakespeare, la forêt était en marche. Mais c'était une forêt qui fuyait. Dans les allées du Luxembourg, les enfants ne jouaient plus aux bombardements. Sur leurs trottinettes couvertes de feuilles tombées, ils jouaient à ce moment que nous attendions tous depuis quatre ans : au départ des Allemands.

Mais dans cette tragédie, l'acte de Paris n'était pas encore joué, et nous ne savions pas comment il le serait. Sans doute vaut-il mieux ici que je recherche mes notes plutôt que de recourir à ma mémoire. Car je ne me souviens plus que d'un sentiment complexe de tension, d'attente, d'angoisse et de joie : la certitude que, quoi qu'il advînt, nous étions arrivés au bout d'une vie intolérable.

1. Chef du Parti radical socialiste, Édouard Herriot est président de la Chambre des députés entre 1936 et 1940. Il donne son accord le 16 juin à la désignation de Pétain comme président du Conseil, mais s'abstient lors du vote lui octroyant les pouvoirs constituants le 10 juillet. Néanmoins Herriot ne rompt avec Pétain qu'en 1942.

18 août[1]

Les Allemands sont-ils réellement partis ? Ce matin, la cabane alpestre qu'ils avaient bâtie sur le toit d'une maison de la rue Saint-Jacques semble fermée. Maintenant c'est contre les Américains qu'il faudra sans doute se battre, contre le retour d'une république étriquée et combinarde, dont Herriot est pour moi le symbole. J'imagine très bien un accord entre les Allemands et les Américains, dirigé cette fois contre l'URSS. Et le tour serait joué, le capitalisme une fois de plus sauvé et nos morts perdus.

Les Allemands sont encore là. Mais ils s'en vont. Des autos roulent, mitraillettes pointées, comme hier un camion de miliciens. Paris est calme. Sur un mur, une affiche : Liberté, Égalité, Fraternité, République française, annonce que les comités de libération sont seuls habilités à assurer l'ordre et l'administration du département de la Seine. Pour la première fois, la Résistance se manifeste au grand jour.

Il y a eu, cette nuit, me dit-on, quelques bagarres. Place Médicis, un jeune Allemand gardait des bagages. Des Parisiens, curieux et goguenards, l'entouraient (si Paris retrouve son impertinence, cela va bien). L'Allemand prit peur et tira en l'air. C'est alors que des hommes en civil tirèrent sur la foule.

1. Cf. *Pages de Journal*. Les notations pour ces journées, du 18 jusqu'au 23 août (pp. 156-165), sont reprises de son journal. Édith Thomas s'en était déjà servie comme base pour son livre, *La Libération de Paris* (Éd. Mellottée, 1945), dans lequel elle suit l'insurrection en détail au jour le jour, avec plans et photos. Pour la plupart elle laisse intactes les rumeurs et les contradictions du moment. Dans *Le Témoin compromis* il y a quelques phrases modifiées par souci de clarté ou de style. Elle ajoute quelques anecdotes qui, vraisemblablement par prudence, ne se trouvent pas dans le Journal ; d'autres parce qu'elle les trouve intéressantes. Mais il y a aussi un changement d'importance qui signale plutôt une auto-censure d'attitudes qui ont changé après l'épuration. Cf. infra, p. 169, et Présentation, *Pages de Journal*.

Toute la journée, on entend des explosions lointaines. Vers sept heures, un haut-parleur annonce que le couvre-feu aura lieu, cette nuit, de vingt et une heures à six heures. C'est pour laisser, dit-on, le reste de l'armée allemande s'écouler vers Soissons. Les Allemands emmèneraient Pétain, Laval et son équipe. Le pouvoir doit être pris par des commissaires provisoires, en attendant le gouvernement d'Alger.

J'ai dit que je recopiais des notes. Il faut donc que j'ajoute aussi cette petite phrase qui, glissée ce jour-là, me surprend moi-même aujourd'hui. Mais le souvenir a tendance à simplifier, à schématiser, peinturlurer brutalement les choses en rouge et noir. C'est finalement une grisaille que je trouve en ce 18 août 1944, où je ne voudrais voir qu'un engagement sans réserve dans l'action. « Je ne suis pas faite pour ce métier d'aboyeur de tréteaux et de joueur de grosse caisse qui va maintenant être le nôtre. » Que faire de ce chant à bouche fermée, si solitaire au fond, dans ce tumulte ? Même dans la victoire, je ne suis pas de ceux qui atteignent à la plénitude de la joie.

19 août

La nuit a été pleine de coups de mitrailleuse et d'explosions. Je regarde par la fenêtre. Un Allemand monte la garde devant le garage, en face de chez moi. Je les croyais tous partis cette nuit. Qu'est-ce que cela signifie ?

On attend les Américains.

– Regardez, me dit la crémière, on voit d'ici le drapeau flotter sur l'Hôtel de Ville.

La brave femme a les yeux pleins de larmes. Moi aussi. Rue Saint-Jacques, de petits groupes se sont formés, parlant avec animation. Personne n'a l'air de songer qu'il faudra sans doute se battre. À midi, les rues grouillent de monde, comme celles d'un grand village, un jour de foire. On ne voit plus d'autos ni de camions allemands. Le boulevard Saint-Germain appartient à la foule. On entend, de temps en temps, des coups de mitrailleuse. Les gens ne bougent pas, comme si la guerre était déjà finie pour eux.

Cependant, le matin, pour la première fois, les chefs militaires de la Résistance s'étaient réunis. Finies les règles précises et prudentes de la clandestinité, on passait à la lutte ouverte : les forces de la Résistance doivent patrouiller ouvertement dans Paris, les bâtiments publics, les usines, les gares doivent être occupés. Vers treize heures, on apprend, par des agents de la défense passive, que le couvre-feu est à quatorze heures. C'est sans doute pour isoler les combattants du reste de la population. Une double légalité coexiste. Il faut choisir celle à laquelle on obéit. Je décide de ne pas tenir compte d'un ordre qui émane encore des fonctionnaires de Vichy.

Je vais donc me promener. Le contraste avec la matinée est complet. Après un grouillement de jour de fête, Paris a l'air d'une ville déserte. À l'abri de leur porte, tout prêts à se réfugier prudemment chez eux, les gens bavardent. De temps en temps passe un groupe de jeunes hommes : des gars de la Résistance sans doute. Quelques coups de mitrailleuse ici et là, mais point dans les rues où je suis. J'ai toujours été de ces reporters qui font fuir l'événement. Ce qui m'importe, c'est ce qui dure. On m'a dit : « Vous ne pourrez pas traverser la Seine. » Par le pont du Carrousel, je passe la Seine, tranquillement. Deux grands garçons s'y baignent. C'est peut-être leur façon d'affirmer leur liberté que de se baigner dans la Seine, le 19 août 1944. C'est peut-être aussi affirmer leur mépris de ces événements historiques auxquels ils refusent de se mêler. C'est peut-être aussi simplement parce qu'ils ont trop chaud.

Sur la place de la Concorde pendent encore les drapeaux à croix gammée. Mais sur Notre-Dame, la préfecture de Police, l'Hôtel de Ville, flotte déjà le drapeau tricolore. Toujours le partage symbolique des deux légalités.

Là-bas, les Allemands attaquent. La préfecture de Police, la place Saint-Michel, le palais de Justice forment un camp retranché qu'occupent les FFI [1]. Un tank passe. Puis un homme vêtu d'une chemise et d'un pantalon de toile, revolver au poing, puis une patrouille allemande, bottée, casquée, mitraillettes pointées. Quel rapport y a-t-il entre cet homme isolé, à demi nu, et ces parfaits insectes de guerre ? Le combat paraît fou. Mais il est des moments où la folie est le seul moyen que les hommes aient trouvé d'être raisonnables. Ce sont les fous qui ont eu raison depuis quatre ans.

Je passe à mon tour, invisible et silencieuse sur mes semelles de corde, faisant mon métier de témoin engagé et rendu déjà à sa solitude.

Le soir, une de mes amies, Hélène F., me téléphone. Le téléphone est encore un lien dans cette ville désorganisée. Elle voit la préfecture de sa fenêtre et me dit qu'un incendie y a éclaté.

Les Américains seraient à Bezons et à Argenteuil. Qu'attendent-ils ?

À onze heures, le ciel est rouge vers le nord. Quelqu'un crie dans la rue : « C'est la préfecture qui brûle. »

1. Les Forces françaises de l'intérieur, créées par le Comité français de libération nationale dans le but de conférer aux résistants le statut juridique du soldat.

20 août

Au matin, je téléphone à Hélène F. : « La préfecture tient, m'assure-t-elle. Le drapeau tricolore flotte toujours sur le toit. »

C'est une journée d'incertitude. Le colonel Rol * a lancé l'appel : « Tous au combat. » Mais, d'un autre côté, on a négocié une trêve avec les Allemands, par l'intermédiaire de l'ambassadeur de Suède. Une partie de la Résistance s'y opposerait. Tout cela est, pour le moment, contradictoire, obscur. Ce n'est qu'ensuite que l'on pourra faire la lumière sur ces incertitudes. On me dit qu'on a occupé les mairies. Le professeur Wallon [1], commissaire provisoire à l'Éducation nationale, me fait savoir que le ministère est occupé et que je pourrai y aller dans l'après-midi pour prendre mes fonctions d'attachée à son cabinet. Le bruit court que les Allemands vont bombarder Paris.

Mais où sont les Américains ?

Cet après-midi, un autre coup de téléphone du ministère de l'Éducation nationale. Non, le commissaire provisoire n'a pas encore pris son poste et l'on n'a pas besoin de moi pour le moment. Mais « Tout va bien ».

Puisque on n'a pas besoin de moi, je reprends ma promenade dans Paris.

À trois heures, on colle sur les murs une affiche dactylographiée :

Au nom du gouvernement provisoire de la République et du Conseil national de la Résistance, la popu-

* Chef régional des FFI.

1. Henri Wallon (1879-1962) est l'auteur d'importants travaux sur le développement de l'enfant (*L'Évolution psychologique de l'enfant*, 1941) et, avec Paul Langevin, d'un projet de réforme de l'enseignement. Membre du Parti communiste, il est nommé en 1944 ministre de l'Éducation nationale du gouvernement provisoire. Dans *Femmes françaises*, le 5 et le 12 octobre 1944, Édith Thomas publie un entretien avec lui, consacré à ses idées sur une politique de l'enfance.

lation ne doit plus considérer les Allemands comme des ennemis, jusqu'à l'évacuation de Paris. En contrepartie, les Allemands se sont, paraît-il, engagés à ne point attaquer les édifices publics qui sont aux mains de la Résistance.

Qu'est-ce que cela veut dire ?

À trois heures et quart, les Allemands mitraillent ferme le boulevard Saint-Germain. Dans la rue, les gens :

– J'ai vu des tanks et des canons anti-chars qui s'en vont vers l'avenue d'Orléans, à la rencontre des Américains.

Ou :

– Cet armistice, ce n'est qu'une manœuvre des Allemands. Avec eux, on peut s'attendre à tout.

À mon retour, un coup de téléphone :

– Nos amis sont navrés. Je vous raconterai cela demain.

Je ne comprends plus le « Tout va bien » du ministère de l'Éducation nationale. Que les événements historiques sont donc embrouillés à vivre et comme l'on comprend Fabrice sur le champ de bataille de Waterloo !

Et tout à coup, c'est l'automne, avec la réalité des feuilles sèches dans les allées du Luxembourg. Je songe aux buis et aux rosiers de mon jardin, à cette plaine, à ces collines qui sont pour moi, finalement, l'unique certitude à laquelle je puisse atteindre. Dès qu'il s'agit des hommes, tout se brouille. Le drame, c'est qu'on ne puisse se situer hors de leur histoire.

21 août

On me dit, ce matin, que l'armistice a été dénoncé par les Allemands, qu'ils ont arrêté des membres de la délégation d'Alger. Les SS occuperaient les Tuileries.

Les Américains seraient à Château-Thierry et encercleraient Paris. Château-Thierry me ramène à mes collines. Peut-être sont-elles maintenant libérées, alors qu'ici nous attendons encore notre libération.

Journée excessivement confuse. J'apprends maintenant que le délégué d'Alger a été arrêté par erreur, sans que les Allemands aient su sa véritable identité, et qu'ils l'ont relâché quelques heures plus tard. On continue à se mitrailler dans les rues.

Cette fois, le professeur Wallon me demande d'aller au ministère. La porte est gardée par des FFI en armes [1]. Je rencontre, dans la cour, un professeur socialiste qui n'a jamais imaginé une telle aventure.

– Êtes-vous bien sûre que c'est légal, ce que nous faisons là ? me demande-t-il en montant l'escalier du ministre.

Je me mets à rire, tant ce rappel de la légalité me semble, en ces circonstances, saugrenu.

– Quelle légalité ? dis-je. Celle de Vichy ? Vous ne l'avez jamais acceptée. Nous sommes ici en accord avec le gouvernement d'Alger et nous lui céderons la place, quand il arrivera avec ses équipes. Tout cela est parfaitement « légal ».

Mais il est certain que ces FFI, armés de mitraillettes, donnent à ce paisible ministère une allure révolutionnaire tout à fait inquiétante pour un historien de la Révolution.

La porte franchie, on entre d'ailleurs chez le ministre comme dans un moulin. Disparus les huissiers. Deux dactylos bénévoles tapent dans un coin on ne sait quoi. Des ordres sont exécutés, qui n'ont été donnés par personne, tels que la fermeture des cantines d'enfants. Des services sont occupés par des gens surgis on ne

1. La plus grande partie de ce qui suit pour le 21 août n'est pas dans le Journal.

sait d'où et que personne n'a mandatés. J'occupe le bureau de mon ancien professeur d'histoire au lycée Victor Duruy (sa carte est restée sur la porte) qui a été attachée au cabinet d'Abel Bonnard [1]. Par ce biais, inattendu, je retrouve subitement mon enfance. D'un coup d'œil, je fais le point, comme l'on se jette un regard dans une glace. Mlle Maurel appartenait à l'Action française. Moi pas. Tout est en ordre.

De petits brochets en eau trouble circulent de bureau en bureau, pour trouver une proie, un « job » de plus ou moins d'importance. Des résistants de la dernière heure surgissent avec des états de service étonnants.

Les premiers journaux de la Libération sortent.

Mais où sont les Américains ?

22 août

On construit partout des barricades. Des tanks tirent rue Soufflot. Quand on les aperçoit, la rue se vide à l'instant. Les Allemands ont attaqué la mairie du Ve, où l'on avait enfermé des prisonniers. Bernard Faÿ [2] rôde autour de la Bibliothèque nationale. Ma femme de ménage me dit :

– Vous allez être contente de moi. J'ai fait du café pour les garçons qui construisent une barricade, rue Claude-Bernard. On tirait sur eux des fenêtres. Il y en avait un avec une mitraillette, sur un toit. On n'a pas pu le trouver.

1. Ministre de l'Éducation nationale et de la Jeunesse de 1942 à 1944, Abel Bonnard participe à un comité créé par les Allemands et Vichy pour expédier des volontaires français dans les rangs de l'armée allemande. Exclu en 1945 de l'Académie française, il s'exile cette même année en Espagne.

2. Nommé administrateur général de la Bibliothèque nationale sous Pétain pour remplacer Julien Cain (cf. supra p. 60), Bernard Faÿ est grand spécialiste des francs-maçons du XVIIIe siècle et anti-maçonnique fanatique. Agent de renseignements pour la Gestapo, il est condamné après la Libération aux travaux forcés à perpétuité.

Le soir, la nuit, on entend le canon dans le lointain. Sont-ce, cette fois, les Américains ? Vers trois heures du matin, je téléphone au journal *Front national.*

– Oui, ce sont eux probablement, me dit un camarade. Par ordre du Comité national de la Résistance, allez vous coucher.

23 août

J'ai rendez-vous à *Front national*, qui s'est installé dans l'immeuble de *Paris-Soir*. Je pars par la rue Saint-Jacques. La rue Soufflot est barrée par une barricade. Derrière, un garçon à plat ventre, armé d'une mitraillette, interdit de passer. On tire aussi du côté du Sénat. Je rebrousse chemin. Avec une prudence de Sioux, je gagne de porte en porte le boulevard Saint-Michel. On me demande des nouvelles de la rue précédente, comme si je revenais d'un long voyage. Par la rue d'Assas, je me dirige vers la Seine et la traverse sans encombre. Un tank brûle sur le quai.

Place du Théâtre-Français, rue Richelieu, des barricades. Trois tanks arrivent par la rue des Petits-Champs, tirent dans les rues subitement désertes, brisent les vitres, écorniflent les maisons. Puis, ils ronflent et s'en vont. J'arrive rue du Louvre, en évitant les tanks, qui rôdent toujours dans le quartier. Ils ont, en passant, renversé une barricade. Un grand garçon romantique, la chemise ouverte sur la poitrine, une ceinture rouge à la taille, ordonne aux hommes qui passent de l'aider à relever la barricade. Un beau modèle pour Delacroix. Quelques passants s'exécutent, avec une évidente mauvaise grâce et un visage apeuré : petits-bourgeois craintifs qui pensent que ce règlement de compte entre les Allemands et la Résistance ne les concerne pas. Le quartier est en état d'alerte, à cause des tanks, et les FFI m'ont interdit l'entrée de *Front national.* J'entre dans une pharmacie, où je demande l'autorisation de téléphoner à la direction du journal. En attendant la communication, je surprends des propos de ce genre :

– Que voulez-vous, « ils » tirent sur les Allemands, alors que les Allemands se défendent, c'est juste.

– Et les voilà maintenant qui font des barricades.

– Tout cela, si vous voulez mon avis, c'est de la bouillie pour les chats.

Ici, la peur est blême, couleur des flacons de cette officine. L'impression me poursuit qu'une grande partie de la population, sans être hostile à la Résistance, aurait préféré que la Libération de Paris fût l'œuvre des Américains : une armée remplaçant une armée, voilà l'ordre. Mais ces jeunes hommes en chemise ouverte, en espadrilles, armés de revolvers et de mitraillettes, ravivent chez ces bourgeois la peur ancestrale des révolutions. J'ai hâte de retrouver, à *Front national*, la joie fiévreuse de mes camarades.

24 août [1]

Temps maussade et pluie. C'est déjà l'automne. Dans mon jardin, les dahlias et les asters doivent commencer à fleurir. Cette année, à cause de tous ces événements historiques, je ne les verrai pas. Il faut choisir ce qu'on veut.

La radio de Londres nous annonce que nous sommes libérés. Elle fait bien de nous l'apprendre, car nous ne le savions pas. Fort de cette garantie, on commence, dans certains quartiers, à défaire les barricades. Mais comme les Allemands et les FFI, qui n'ont pas pris la radio de Londres, continuent à se battre, on reconstruit

1. Cette notation dans son Journal est très courte. Le texte du 24 août est pris en partie de son livre *La Libération de Paris* (cf. supra, p. 156).

les barricades l'après-midi : sacs de sable, lits métalliques, plaques de fer des arbres, un enfant traîne une petite voiture qu'on juche sur le tout. Qui donc, d'une révolution à l'autre, garde la tradition des barricades ?

Des voitures FFI filent, mitraillettes aux fenêtres. On se bat, dit-on, à la Porte d'Orléans. Paul Eluard me téléphone : les Américains seraient à la Croix de Berny et entreront à Paris le lendemain matin. Un peu plus tard, l'un de mes amis, Albert T. me téléphone de Meudon :

– Les Allemands refluent. Les Américains sont déjà arrivés rue de la République. J'entends les acclamations. Attends...

Je raccroche.

En voilà un de libéré avant nous. Vers minuit, on sonne à ma porte. La Gestapo ? Mais non. Je suis absurde. Il n'y a plus de Gestapo. J'ouvre. C'est l'une de mes voisines, qui, dans son émotion, s'est trompée d'étage.

– Les Allemands vont faire sauter le Sénat et tout le quartier.

– Ah ! dis-je, et que faut-il faire ?

– Ouvrez toujours les fenêtres, me répond-elle.

Ainsi je partirai, les fenêtres ouvertes, pour l'éternité. C'est un bon conseil.

*
* *

J'allais continuer à me rappeler ces jours où j'ai approché de très près ce que les autres appellent sans doute le bonheur. Mais j'apprends aujourd'hui la mort de Paul Eluard [1] et cela me fait revivre si intensément ces jours où nos vies furent mêlées dans une action commune que je tiens à revenir encore en arrière. J'ai

1. Paul Eluard meurt le 18 novembre 1952.

dit que nous nous rencontrions souvent pour des publications littéraires clandestines. Paul Eluard m'aidait aussi à faire imprimer les tracts de l'Union des femmes françaises. Un jour, il me donna rendez-vous près de la place d'Italie, au coin d'une rue. Il devait venir avec un imprimeur qui apporterait des recueils de poèmes clandestins que j'avais réunis pour l'Union des femmes françaises. De mon côté, je devais venir avec un triporteur. Malheureusement, nous n'en trouvâmes pas. Et j'arrivai avec deux femmes à bicyclette. Impossible d'emporter des ballots sur des porte-bagages. On les déposa sous une porte cochère et je restai en faction à les garder jusqu'à ce qu'on vînt les chercher. C'était absurde mais nécessaire. Mais avec Paul Eluard, l'absurdité disparaissait. Comme dans ses poèmes il ne restait plus qu'une étroite alliance de la nécessité et de la poésie.

Je ne peux pas penser à Paul Eluard, en ces années, sans rapprocher son souvenir de celui de Nusch, sa femme. Avec ses yeux verts, ses cheveux noirs, son teint pâle, sa transparence, elle semblait immatérielle. Personne ne ressembla jamais autant qu'elle à une fée, mais une fée qui reprisait les chaussettes et tenait le ménage de son poète avec une méticulosité de petite-bourgeoise. Cet accord si rare de la grâce et du quotidien, c'était encore un miracle de la poésie.

Et maintenant, Nusch est morte, Paul Eluard est mort et ces jours d'autrefois ne revivent plus que dans ces souvenirs. C'est une façon de vous dire adieu, Paul, aujourd'hui : je ne peux pas participer à l'hommage que vous rendent *Les Lettres françaises*, puisque j'ai quitté le Parti. Et pourtant je suis allée à la maison de la Pensée française, où votre cercueil était déposé. Je me suis arrêtée un instant devant vous, bien que pour moi, il n'y ait plus rien, dès l'instant où l'intelligence s'arrête et qu'il me semble beaucoup plus urgent de relire « Liberté » pour vous rendre hommage.

Il n'y avait que des visages connus, des visages qui font partie de tout un morceau de ma vie, fini, fichu, rejeté dans un passé déjà mérovingien, mais auquel je serai forcée de revenir, si je mène jusqu'au bout cette histoire qui, à mesure que je l'écris, me m'appartient déjà plus.

***

25 août [1]

Les Allemands ont dû renoncer à faire sauter Paris, car je me réveille aujourd'hui sur cette terre. Dans la rue, j'entends des cris :

– Ils arrivent ! Ils arrivent !

On se précipite vers le boulevard Saint-Michel. Mais c'est par la rue Saint-Jacques, la grande route des pèlerins de Compostelle, qu'ils arrivent. Tout l'immeuble est dans la rue. Les bonnes en blouse. Les dames en robes de chambre ou déjà habillées pour la messe. Ma pieuse voisine, d'âge fort mûr, s'est agrémentée de rubans tricolores, piqués jusque dans ses cheveux.

Ils arrivent, noirs, bronzés, poussiéreux, magnifiques, sur des chars qui s'appellent « Porte d'Orléans », « La Chapelle », « Place de la Madeleine », « Franche-Comté », ils arrivent du fond du désert. D'où viennent donc toutes ces fleurs ? On dirait que les glaïeuls, les reines-marguerites ont poussé ce matin sur l'asphalte. Un vieux monsieur, professeur à la Sorbonne, agite puérilement un petit drapeau.

1. Cf. *Pages de Journal* à cette date où elle copie l'article qu'elle écrit pour le journal communiste *Front national* (et dont elle se sert également pour *La Libération de Paris*). La version dans *Le Témoin compromis* est condensée et modifiée.

– Bravo ! Vive de Gaulle ! Vive la France !

Un tank arrive, qui s'appelle « Paris ». Sur le capot d'un camion, un lapin vivant. Sur un autre, la photographie d'Hitler, avec un seul mot de commentaire : « Merde ».

Tout à coup, sur cette joie unanime, où chacun se perd et se retrouve confondu, passe une rafale de balles.

– On tire des toits, crie-t-on. Attention !

Il y a comme l'hésitation d'un repli vers les portes. Mais la foule revient tout de suite se masser au bord des trottoirs, décidée à jouer elle aussi son rôle dans cette journée. Les blindés se sont arrêtés un moment, puis repartent. La chasse aux tireurs des toits a commencé.

Autour de Notre-Dame, se sont massés les tanks et les camions. Les conversations se nouent. Les cœurs aussi. Je veux gagner la rue de Rivoli. Des agents m'arrêtent.

– On prépare l'attaque.

Je sors une vieille carte de reporter à *Ce Soir* d'avant 1939.

– Passez, mais à vos risques et périls.

Un tank brûle dans les Tuileries. Le canon tonne. Sur la place de la Concorde, le ministère de la Marine brûle. Et la foule se promène, dans ses vêtements du dimanche, mêlée aux FFI et aux soldats de Leclerc. Passe un camion plein d'officiers allemands, raides et blêmes. On siffle. Quelqu'un crie : *« Schwein. »* Je contourne une mare de sang caillé. Plus loin, c'est un mort qu'on emporte.

Et toujours la même acclamation pour un camion, pour un blindé :

– Bravo ! Bravo ! Vive de Gaulle ! Vive la France !

Boulevard Saint-Germain, on a rasé la tête d'une femme. La foule la suit en hurlant, la lyncherait, je crois, si les FFI ne la protégeaient. Ce visage fou de femme rasée suffirait à me faire prendre la victoire en horreur. Je me dis qu'une tête rasée vaut mieux qu'une tête promenée au bout d'une pique, le symbole de la vengeance plutôt que la vengeance elle-même. Mais c'est parce que je suis bien décidée à me consoler de tout aujourd'hui [1].

Le colonel Fabien [2] avec ses FFI et les blindés du général Leclerc [3] attaquent ensemble le Luxembourg. Il est interdit de circuler autour du jardin et je dois faire un long détour par le boulevard Raspail et le boulevard Montparnasse. Je voudrais bien savoir combien j'ai fait de kilomètres à pied, depuis ce matin !

En face de la Closerie des Lilas, un officier, près de son char, me dit :

– Cela m'embêterait terriblement d'avoir à démolir le Sénat. Mais les Américains n'auront pas tant de scrupules.

On apprend la reddition de Von Choltitz.

26 août

Je descends à Notre-Dame pour voir le défilé des vainqueurs [4]. Arrivée boulevard Saint-Germain, j'aper-

1. Ce qu'elle écrit tout de suite après l'événement pour *Front national*, transcrit en entier dans son Journal et ensuite dans son livre *La Libération de Paris* (1945), ne laisse pas deviner cette réaction : « Boulevard Saint-Germain, c'est une collaboratrice [mot entre guillemets dans *La Libération de Paris*] dont on a rasé la tête et que la foule suit en hurlant. Les FTP, facteur d'ordre, la protègent. Sans eux, le peuple la lyncherait. » Les trois phrases qui suivent dans *Le Témoin compromis* ne se trouvent pas dans les versions précédentes. À la place, il y a, dans le Journal, une citation de Michelet à propos du 14 juillet 1789 et un commentaire lyrique : « Oui, le peuple de Paris prouve aujourd'hui encore qu'il est toujours bien celui qui prit la Bastille. »
2. Militant communiste qui abat l'aspirant de la *Kriegsmarine* Mozer à la station de métro Barbès le 21 août 1941, le premier attentat de ce genre. Plus tard il commande un groupe FTP.
3. Commandant des Forces françaises libres en Afrique équatoriale française. Débarqué en Normandie en 1944, le général Leclerc entre à Paris à la tête de la deuxième division blindée.
4. Dans son *Journal* c'est « le défilé de De Gaulle ».

çois la foule qui remonte en courant. Je me réfugie sous un porche. Des FFI, des soldats, des agents de police cherchent à repérer les tireurs. Quelqu'un qui revient de Notre-Dame me dit qu'au moment où de Gaulle arrivait, des salves ont éclaté dans la cathédrale. Il y a eu des blessés, des morts. Des femmes ont été piétinées.

27 août

Cette nuit, deux alertes. Je descends, pour la première fois de la guerre, dans un abri. Les gens redoutent les V 1, mais font preuve, dans l'ensemble, d'une dignité parfaite. Pas une plainte, pas un regret. C'est la joie d'être délivré qui domine, quel que soit le prix de cette libération.

Quelque chose est fini, quelque chose commence, dans un éternel balancement. Le moment est là, que nous avions tant attendu. Que sera-t-il ?

Le Parti m'avait chargée de la direction du journal *Femmes françaises*. Le professeur Wallon m'avait attachée à son cabinet. J'avais été nommée, de plus, à toutes sortes de comités, de commissions et de conseils. J'étais extraordinairement occupée. Mais je ne croyais pas assez à toutes ces activités pour qu'elles ne m'ennuyassent pas.

Heureusement, mes fonctions auprès du commissaire provisoire à l'Éducation nationale durèrent fort peu : l'équipe d'Alger arriva, à laquelle nous fûmes heureux, je crois, de céder la place. Je sortis du ministère comme j'y étais entrée : contractuelle aux Archives nationales. J'envoyais d'ailleurs ma démission, pensant (à tort) que je pourrais désormais gagner ma vie de ma plume.

La tâche que le Parti m'avait confiée – la direction d'un journal de femmes – était certainement celle pour laquelle je me sentais le moins de dispositions. Mais je voulais jouer le jeu et le jouais. Dans cette confusion de la Libération, on m'avait chargée de sortir un journal : il sortit. Mais je n'avais aucune expérience. J'allais mendier des mises en page auprès de Louis Parrot [1] ou de George Adam [2]. Tout le monde alors avait la disposition d'une voiture. Mais j'étais toujours aussi sotte. J'allais à pied à l'imprimerie de la rue du Louvre, je restais au marbre toute la journée et revenais le soir à pied. Je serai toujours du côté des piétons.

Quand j'eus sorti quelques numéros imprimés, le Parti me demanda de faire le journal en héliogravure. Il me fallait apprendre un métier nouveau : le journal sortit en héliogravure. Toute cette technique improvisée et vaincue me paraît aujourd'hui tenir du miracle.

Mais j'avais bien d'autres difficultés ; et beaucoup plus graves. Car elles relevaient de questions sur lesquelles rien ne m'aurait fait transiger.

Tandis que nous, les vertueuses dames du comité directeur de l'Union des femmes françaises, nous discutions, au premier étage de l'immeuble du Front national, de toutes sortes de problèmes généreux, on torturait un milicien dans les caves. J'avais déjà fait, comme je l'ai dit, une vaine tentative à ce sujet. Je m'adressai cette fois à un membre du comité directeur du Front national, qui n'était pas du Parti [3].

1. Critique littéraire des *Lettres françaises* après la guerre et auteur de *L'Intelligence en guerre* (La Jeune Parque, 1945).

2. Grâce à George Adam, les *Lettres françaises* clandestines sortirent imprimées à partir du 10 octobre 1943. Jusqu'à ce numéro, elles étaient ronéotypées.

3. Dans son article contre la torture en Algérie écrit en 1957 (cf. supra p. 151, note), elle indique qu'elle s'est adressée à un membre influent du Front national qui « lui, se prétendit chrétien » et qui répondit de la même façon que le responsable politique communiste. Mais

– Voici, lui dis-je, ce qui s'est passé. Vous en êtes responsable, comme les autres.

Il eut l'air gêné, détourna la conversation. De lui non plus je ne pouvais rien attendre. Est-ce que la gangrène nazie nous avait tous infectés ? Arrivés à l'épuisement de nos forces, indignés de tout ce que nous apprenions peu à peu (par recoupement de témoignages, j'avais, dès septembre, fait un article sur la mort des enfants juifs dans les chambres à gaz), avions-nous laissé peu à peu se corrompre en nous les raisons mêmes que nous avions eues de combattre ? Mais alors, quel sens allions-nous donner à la victoire ? À ce moment-là, je n'ai entendu d'ailleurs parler qu'une fois de torture. Mais il y avait désormais une ombre tragique sur tout ce que je pouvais entreprendre : tout me semblait désormais faussé, à moitié vrai seulement. La joie intacte de la Libération n'avait duré pour moi que quelques jours.

Je me débattais dans d'autres difficultés. Les perpétuelles revendications des « ménagères » sur lesquelles se basait la politique de *Femmes françaises* m'exaspéraient. Sans doute était-il nécessaire d'en parler. Mais, puisque nous prétendions atteindre des catégories de femmes très diverses, je pensais qu'il était nécessaire d'élever parfois le débat au-dessus du prix des pommes de terre et des carottes. Maria Rabaté, Claudine Michaut (Chomat : elle avait repris son nom de jeune fille) me rebattaient les oreilles de *Marie-Claire.* Il fallait que je fisse *Marie-Claire.* Avec des scrupules de chartiste, je dépouillai la collection de ce journal. Chiffres en main, je m'efforçai de prouver que dans un journal de seize pages, je ne pouvais consacrer dix pages, d'ailleurs fort belles, aux potirons, aux cham-

il s'agit dans son récit (*La Commune*, juin 1957) d'un seul incident, dans le maquis.

pignons, aux confitures. J'avais fait appel à des écrivains de talent, comme Dominique Aury ou Clara Malraux [1], sans exiger d'elles de bulletin de confession, puisque, en principe, l'Union des femmes françaises [2] faisait appel à toutes les femmes résistantes. Mais cela ne faisait pas l'affaire de mes militantes, qui voulaient placer leur propre salade. Quelle médiocrité ! Je devenais une institutrice chargée de corriger les fautes d'orthographe et de syntaxe.

On m'adjoignit une moucharde, chargée de rapporter toutes mes paroles. Jamais je n'avais travaillé dans une telle atmosphère de médiocrité, de suspicion et de mensonge.

Le conflit devint aigu à propos du numéro de Noël. J'avais envie de donner à mes lectrices, pour qui l'art se réduisait à l'almanach des Postes et Télégraphes, une reproduction qu'elles pussent accrocher chez elles, à côté des portraits de Thorez et de Staline. Je choisis une Vierge à l'enfant de l'art français primitif. Je n'y attachais point de sentiment religieux, pensant qu'une femme et son enfant peuvent toucher toutes les femmes. D'ailleurs il y avait des catholiques parmi nous et nous pratiquions la politique de la main tendue. Ce fut un beau scandale et je battis en retraite.

Pour ce même numéro, j'avais demandé à quelques dessinateurs de traiter un sujet qui correspondait au moment : le Noël dans les camps. Il s'agissait de rappeler à ceux qui auraient pu l'oublier que la guerre continuait et qu'il y avait encore des milliers d'hommes et de femmes prisonniers en Allemagne. On me fournit

1. Dominique Aury écrit une série d'articles au sujet de « La lutte des femmes pour le droit de vote » : en France pendant la période révolutionnaire, en Angleterre et en Amérique au XXe siècle. Clara Malraux apporte sa contribution avec un conte, « La fausse épreuve ». Toutes les deux donnent également des comptes rendus de romans.

2. L'UFF, qui n'est plus liée au PCF, est la seule organisation féminine née dans la Résistance qui existe encore aujourd'hui.

plusieurs projets. J'en choisis un, d'une facture assez moderne. Claudine Chomat, secrétaire de l'Union des femmes françaises, retint le plus pompier, le plus médiocre. Comme elle était la femme de Laurent Casanova et croyait avoir ainsi la vérité infuse, elle en fit aussi une affaire politique : j'avais choisi le projet qui n'avait pas de « contenu ». C'était un mensonge, puisque, à ma demande, tous ces dessins traitaient le même thème. Je partis cette fois en claquant la porte.

J'envoyai au Comité central une lettre où je donnais toutes les raisons de ma démission : mensonges, mouchardages, mauvaise foi. On me convoqua au 44 [1], comme nous disions. Je comparus devant un tribunal composé de Léon Mauvais [2] et de Jeannette Weermersch [3] dont le siège était fait. On me demanda des explications. Je les donnai et confirmai mon désir de quitter ce travail. On me pria de récrire une lettre de démission, où je donnerais le prétexte de ma santé pour expliquer mon départ. Il ne fallait pas qu'on apprît au-dehors ces querelles entre membres du Parti. Je m'inclinai. Mais ces méthodes me paraissaient détestables. Le Parti me semblait assez fort pour souffrir l'expression de la vérité : ces histoires de bonnes femmes ne me semblaient mettre en péril ni la valeur du marxisme, ni l'efficacité du Parti.

Sur le moment, je refusai de tirer de ces anecdotes aucune conclusion. Je pensais qu'il s'agissait là d'une opération mal orientée au départ, que ces braves femmes et moi n'avions pas les mêmes préoccupations et que je n'avais pas de place parmi elles.

Cependant l'archevêché de Paris avait mis ses ouailles en garde contre ce « journal perfide et diaboliquement

1. 44 rue Le Pelletier, siège du PCF.
2. Membre du bureau politique du Parti.
3. Femme de Maurice Thorez et dirigeante de l'Union des femmes françaises.

fait ». Cette opinion me semblait un compliment remarquable. Je regrettai seulement que le Parti ne la partageât pas.

***

Quelques mois après la Libération, je me retrouvai donc sans travail. Claude Bellanger me proposa d'entrer comme grand reporter au *Parisien libéré* [1] :

– Il est inadmissible que vous vous trouviez sur le sable après l'action que vous avez menée dans la Résistance, me dit-il.

Je le remerciai de se souvenir encore de cela. Mais je ne voulais pas m'engager sans l'accord du Parti. Jacques Duclos [2] me répondit que c'était là une question de « conscience personnelle ». Il ne me proposa pas de travailler dans un journal communiste. La Résistance formait encore à mes yeux, à ce moment-là, une unité vivace. Je ne me trouvais pas déshonorée de collaborer à un journal dont les directeurs étaient des résistants, même d'une autre obédience que moi. J'acceptai.

Parmi ces multiples occupations « honorifiques », j'avais été élue membre du comité directeur du Comité national des écrivains. Dès la Libération, des dissensions éclatèrent entre les membres du Comité qui se réunissaient clandestinement sous l'Occupation. Le

1. Né dans les combats de la Libération, *Le Parisien libéré* est fondé par des résistants de la première heure, dont Claude Bellanger, journaliste et auteur de l'*Histoire générale de la presse française* (PUF, 1975) et de *La Presse clandestine (1940-1944)* [A. Colin, 1961].

2. Dirigeant du Parti communiste français, deuxième après Maurice Thorez.

conflit surgit tout de suite au sujet de la liste noire des écrivains collaborateurs [1].

Comme on a écrit beaucoup d'erreurs, fait beaucoup de polémiques à ce sujet, je tiens à remettre, ici, les choses au point : simplement pour que la vérité existe quelque part, même si elle ne doit être lue par personne. J'en suis arrivée à ce point que je n'écris plus que par exercice spirituel et par nécessité intérieure. Ce manuscrit pourra toujours aller rejoindre les vieux papiers des Archives, à côté des diplômes mérovingiens. Peu importe.

Cette liste noire avait un seul but : donner les noms des écrivains collaborateurs avec lesquels, nous, écrivains de la Résistance, nous ne voulions pas voisiner. Il ne s'agissait donc pas d'une mesure juridique et nous n'empêchions nullement les collaborateurs de publier leurs œuvres. Cette interdiction ne pouvait relever que d'une décision judiciaire. Simplement, nous disions que nous ne voulions pas nous rencontrer avec un certain nombre de gens, même sur le plan de notre métier. Mais comme les éditeurs avaient, pour la plupart, collaboré pendant la guerre avec les Allemands, ils voulurent témoigner un peu tardivement de leur patriotisme et évitèrent de publier les écrivains dont ils avaient diffusé les ouvrages pendant la guerre. La justice d'ailleurs s'en mêla.

Paulhan et ses amis avaient quitté le CNE pour

1. Il y a plusieurs versions de cette liste et du texte qui l'accompagne. D'après le texte de la Charte du Comité national des écrivains, repris dans *Les Lettres françaises*, n° 21, le 16 septembre 1944, avec une liste de 94 écrivains « visés par cette mesure », les membres du CNE se sont engagés à « refuser toute collaboration aux journaux, revues, recueils, collections, etc., qui publieraient un écrivain dont l'attitude ou les écrits pendant l'Occupation ont apporté une aide morale ou matérielle à l'oppresseur ». Les problèmes posés par cette formulation sont multiples, d'autant que presque tous les éditeurs se sont compromis avec l'occupant.

protester contre cet ostracisme. Cela les regarde. Quant à moi, bien que j'aie quitté le CNE [1] depuis des années, je reste fidèle à l'engagement que j'ai pris, il y a des gens à côté de qui je ne veux pas me trouver, parce que je les méprise : cela ne gêne que moi. Mais j'ai fait le pari de tenir l'intenable.

Cette liste noire fut d'ailleurs établie avec la plus grande légèreté et chacun voulut sauver ses amis : Eluard plaida pour Cocteau, Elsa Triolet et Aragon pour Maurice Chevalier !

D'un autre côté affluèrent un grand nombre d'écrivains qui sortaient d'on ne sait où et qui auraient été bien en peine d'apporter des preuves de résistance. Ainsi, au bout de quelques mois, le CNE s'était complètement renouvelé : ceux qui en faisaient partie pendant l'Occupation l'avaient quitté. D'autres venaient, qui n'avaient connu ni nos inquiétudes, ni nos joies, ni notre travail clandestin. Le CNE avait bien gardé son nom. Mais c'était déjà une imposture, puisqu'il ne correspondait plus à ce qu'il avait été. La lutte commune, menée par des hommes aussi différents qu'Eluard ou Mauriac, Morgan ou Paulhan, Gabriel Marcel ou Debû-Bridel, n'avait créé aucun lien durable entre eux. De ces jours où l'homme faisait confiance à l'homme, il ne restait que des injures, du mépris, et la cendre des choses brûlées et mortes.

Le nouveau CNE n'était plus guère qu'un tremplin publicitaire pour Aragon et Elsa Triolet. La guerre avait passé, la Résistance avait passé, des villes s'étaient écroulées, des millions d'hommes et de femmes étaient morts sous les bombes et dans les camps, mais les baladins du monde oriental se retrouvaient à leur poste. Rien n'était changé. Leurs tambours et leurs grosses caisses n'avaient pas été crevés.

1. Édith Thomas quitte le CNE en 1947.

Les ventes de livres du CNE faisaient grand tapage. Sous la démagogie des mots, un grand mépris « du peuple ». Une réflexion d'Elsa Triolet l'illustra assez bien. Il devait y avoir ce jour-là une grève des transports. Je téléphonai à Elsa pour lui demander si, dans ces conditions, il ne serait pas préférable de remettre la vente.

– Ah ! me répondit-elle, c'est impossible. Le président de la République doit venir l'inaugurer. D'ailleurs tous les gros acheteurs ont des voitures.

Cependant, au CNE, Aragon régnait. Il s'agissait comme toujours d'« utiliser » les sympathisants, de les entraîner plus loin qu'ils ne le voulaient, de les compromettre autant que possible. Un exemple encore, car je crois que les « petits faits vrais », comme eût dit Stendhal, sont plus éloquents que de grands discours : Jean Paulhan, qui commençait à mener son action personnelle contre la Résistance, venait de publier *De la Paille et du grain* [1]. Le comité directeur prit parti contre ce livre dans une motion que nous signâmes à l'unanimité. Mais en même temps que ce texte, Aragon faisait publier dans *Les Lettres françaises* des échos [2] d'une extrême perfidie, qui nous engageaient tous beaucoup plus loin et que nous ne connaissions pas. Je protestai auprès d'Aragon, à la fois comme membre du Parti communiste et du comité directeur du CNE. De telles méthodes me paraissaient inadmissibles et je

1. La première publication, par les *Cahiers de la Pléiade*, date de 1947.

2. Elle fait allusion à un article du 14 février 1947, non signé mais présenté implicitement comme ayant été rédigé par le comité directeur du CNE, dont elle fait encore partie. Dans une lettre à Paulhan en réponse à cet article, elle écrit : « Je ne voudrais pas que vous croyiez que je suis " solidairement responsable ", comme disent les juristes en leur jargon, de l'article des *L.F.* " Un cas Jean Paulhan ". Ce texte ne nous avait pas été soumis et il porte la marque d'Aragon. Je lui écris d'ailleurs pour lui dire ce que j'en pense, ainsi que de la méthode employée. » (Archives Jean Paulhan, lettre sans date.)

ne voyais pas pourquoi le Parti, *qui avait raison*, devait utiliser des procédés qui auraient été nécessaires dans le cas seulement où il aurait eu tort. Je m'entretenais encore dans une illusion : Aragon portait en lui des vestiges de surréalisme, il était incapable de distinguer le vrai du faux, il avait au plus haut degré la vanité des gens de lettres, mais après tout, il n'était pas le Parti et il n'y avait pas lieu de lui imputer les erreurs personnelles de ses membres. Ainsi pour les croyants, un mauvais prêtre ne met pas en cause la religion.

Il aurait été, d'ailleurs, de notre devoir d'informer le Comité central du Parti, composé en grande partie d'ouvriers et non d'intellectuels, des difficultés inhérentes au métier d'artiste ou d'écrivain. Car le communisme n'est pas seulement une position politique, une méthode de transformation économique et sociale, il est aussi une explication du monde et tend à englober toutes les activités de l'esprit humain. Il me paraissait donc que les intellectuels du Parti avaient leur mot à dire dans l'élaboration d'une doctrine qui n'est pas donnée une fois pour toutes dans Marx, Engels, Lénine, Staline et les Prophètes, mais qui doit se renouveler chaque jour dans la vie et dans l'action.

Quelques écrivains du Parti avaient été invités à dîner par Maurice Thorez [1] et Jacques Duclos. C'était pendant l'hiver 1944-1945 : les communistes participaient au gouvernement et, laissant de côté la lutte de classes, préconisaient alors une politique d'union nationale et de production. Maurice Thorez nous dit :

– Vous avez tous écrit pour la Résistance, vous devriez maintenant écrire le roman de la reconstruction.

1. Maurice Thorez est secrétaire général du Parti communiste français de 1930 jusqu'à sa mort en 1964. En octobre 1939 il abandonne son régiment et se réfugie en URSS avec sa compagne Jeannette Vermeersch. Amnistié en 1944, il est ministre d'État (1945-1946) puis vice-président du Conseil (1946-1947).

Un silence de respect, ou de mort, accueillit ces paroles. Il me semblait que c'était là une occasion inespérée d'ouvrir le débat sur les rapports de la propagande et de l'œuvre d'art. Je me décidai à parler :

– Mais un roman ne s'écrit pas comme un article ou un tract. Il faut y songer longuement, se mettre à l'écrire quand il est mûr. Tout cela demande du temps, comme pour faire pousser une plante. Il faut bien compter... mettons un an au mieux. D'ici là, la ligne politique du Parti peut avoir changé dix fois. Bien sûr, un écrivain communiste ne peut situer son œuvre que dans une perspective communiste, mais, pour des raisons de technique, il ne peut pas suivre de trop près les fluctuations de la politique.

J'espérais que l'un de nous, au moins, allait soutenir avec plus d'autorité que la mienne, une position qui avait pour elle le sens commun, que nous allions expliquer à cet ancien mineur, à cet ancien boulanger (dont j'admire profondément la culture qu'ils ont acquise par eux-mêmes) les exigences du métier d'écrivain. La revendication de la liberté n'est ici que la reconnaissance des impératifs intérieurs sans lesquels il ne saurait être question d'œuvre d'art.

Mais Aragon me coupa sèchement la parole :

– Stendhal a écrit *La Chartreuse de Parme* en quinze jours. (Ce qui d'ailleurs est faux.)

L'affaire était classée. Le grand écrivain du Parti avait parlé, et dans un sens qui donnait raison au secrétaire général, comme il se doit. Personne d'ailleurs, pas plus Aragon qu'un autre, n'écrivit le roman de la reconstruction. Mais j'avais saisi sur le vif cette servilité des membres du Parti à l'égard de leurs dirigeants, servilité à laquelle rien, apparemment, ne les obligeait et dont ils portaient, me semblait-il, toute la responsabilité. Je résolus donc de continuer dans la voie que je m'étais tracée et de dire franchement aux dirigeants du Parti les erreurs qu'ils me semblaient commettre en ce qui concernait les choses de mon état.

Cependant, Jdanov [1], à Moscou, préconisait le « réalisme socialiste ». Nous devions gloser et défendre le réalisme socialiste. Cézanne n'était plus, comme au temps d'Hitler, un produit de la décomposition judéo-maçonnique, il était devenu l'expression de la décadence bourgeoise. Une femme, conseiller culturel des ministres de l'URSS, vint nous faire une conférence contre l'École de Paris.

– Ah ! me disait un camarade (qui est resté du Parti et que je ne nommerai pas pour cette raison), qu'« ils » nous apprennent à faire la révolution, mais pas à faire de la peinture ! Cela me prend là ! Et il me montrait son cou, comme si on l'avait étranglé.

Je ne sais comment s'en tirait Picasso qu'on encensait à Paris, dans le Parti même, tandis qu'on l'excommuniait à Moscou.

Lyssenko et Mitchourine inventaient une nouvelle génétique qui contredisait les lois de Mendel. N'étant pas biologiste, je ne saurais avoir, sans ridicule, une opinion sur la querelle. Mais il me semblait impensable que les biologistes communistes, qui avaient travaillé toute leur vie d'après les hypothèses mendéliennes, les avaient vérifiées (ou pensaient les avoir vérifiées), fussent obligés brusquement d'adopter d'autres directives, parce que Moscou en avait ainsi décidé. Je le dis à Laurent Casanova [2], grand maître des intellectuels. Mis au pied du mur et sans témoin, il n'osa pas me contredire. Mais à une réunion, salle Wagram, le professeur

1. André Aleksandrovitch Jdanov (1896-1948). Membre du Politburo, il dirige la politique culturelle de l'ère stalinienne, imposant ses diktats aux artistes dans toutes disciplines.

2. Ancien secrétaire de Maurice Thorez, Laurent Casanova est le principal commissaire stalinien de la culture en France après la guerre. Il est membre du comité central et du bureau politique de 1945 à 1961, date à laquelle il sera écarté du pouvoir.

Marcel Prenant [1] fut violemment pris à partie. Il était là, sur l'estrade, très rouge et silencieux. Ce fut lui qui lut, à la fin, une résolution sur la paix. Si on ne lui demandait pas de faire l'aveu de ses « erreurs » scientifiques, du moins prouvait-il ainsi qu'il restait fidèle à la politique du Parti. À la fin, je lui glissai :

– Je ne suis pas d'accord avec cette affaire Lyssenko.

– Moi non plus, me répondit-il.

Peut-être ai-je tort d'écrire cela ici. Je ne voudrais pas « compromettre » Marcel Prenant. Mais après tout, mon témoignage, en ce qui concerne le Parti, n'a aucune importance, puisque je suis une vipère lubrique, vendue, comme chacun le sait, aux Américains.

Cependant, Laurent Casanova m'avait demandé un rapport. Je le lui envoyai, bien que je ne crusse déjà plus beaucoup à son efficacité. Mais je voulais jouer le jeu jusqu'au bout, honnêtement, et puisque j'étais encore membre du Parti, utiliser cette possibilité de critique qui m'était laissée. Je recopie ici ce texte.

« Vous m'avez demandé de vous envoyer une note sur les lois de la création esthétique. C'est là le fond de la question et il serait peut-être utile d'interroger un grand nombre d'écrivains et d'artistes du Parti à ce sujet. Il y a là une matière neuve, du point de vue marxiste, et je pense que les conclusions qu'on en pourrait tirer permettraient peut-être de résoudre véritablement les problèmes délicats des rapports de la politique et de l'esthétique. Je suis persuadée qu'une enquête menée chez les intellectuels du Parti ne pourrait être que profitable pour tout le monde et suscep-

1. Professeur à la faculté des Sciences de Paris, chef d'état-major des FTP, et membre du comité central du Parti, Marcel Prenant part en URSS pour satisfaire ses doutes sur « la science prolétarienne » mais après un long entretien avec Lyssenko, se retrouve encore moins convaincu.

tible de faire cesser ce malaise dont nous souffrons pour la plupart, indubitablement.

Voici, en tout cas, quelques notes qu'il faudrait reprendre et développer, mais qui permettraient peut-être d'ouvrir le débat.

Un roman, un poème ne se font pas comme un article. Le métier d'écrivain a ses lois comme tout autre métier. La création esthétique n'est pas seulement le résultat d'une activité consciente. Elle fait appel à la sensibilité, à l'affectivité, à cette vie secrète, unique pour chacun, et qui s'est peu à peu stratifiée. Le romancier d'origine bourgeoise, par exemple (je ne parle pas de ceux d'origine prolétarienne, dont je ne connais pas les problèmes), a, derrière lui, toute une expérience tirée de la bourgeoisie, qui démontre à ses yeux la valeur du communisme, puisqu'il a donné son adhésion au Parti, mais qui le tire et le limite. Or, l'écrivain ne saurait refuser les ressources de sa sensibilité singulière sans refuser d'être romancier ou poète, c'est-à-dire refuser son propre destin. On voit par là que le problème de la création esthétique n'est pas si simple qu'on le voudrait. Un écrivain communiste, issu de la bourgeoisie, sentira peut-être plus profondément la décadence de la classe dont il vient et qu'il rejette, que la montée victorieuse d'une classe à laquelle il a donné d'ailleurs toute son adhésion. Ces contradictions intérieures, il ne peut les résoudre que pratiquement et par son œuvre personnelle.

Cette œuvre correspondra-t-elle précisément aux exigences de la lutte du Parti, à un moment donné ? Ce n'est pas évident. Mais elle correspondra certainement au procès historique qui s'étend sur des années, et d'autant plus qu'elle sera plus authentique.

Or, le Parti semble encourager trop souvent des livres pleins de bonnes intentions, mais d'une valeur médiocre, parce que l'auteur s'est refusé, par zèle, à admettre les conditions nécessaires de sa création, de son métier. D'où des schémas trop rapides, extérieurs, des images découpées dans du carton, sans épaisseur et sans vertu. Cette littérature de patronage ne saurait atteindre son but. Un romancier, qui prétend décrire la réalité tout entière, ne doit pas plus laisser de côté la lutte politique, qui est l'histoire de notre temps, que les conditions physiques, économiques et psychologiques de ses personnages : cette psychologie que les romanciers d'aujourd'hui, marxistes ou non, jugent négligeable, comme si chaque individu n'était plus qu'une informe nébuleuse, une chenille processionnaire. C'est tourner le dos à cet " humanisme ", qui devrait être le nôtre. L'imagerie d'Épinal est un péril que nous devons redouter par-dessus tout.

Je n'oppose pas, vous le voyez, je ne sais trop quelle liberté de l'artiste ou de l'écrivain aux nécessités de la lutte politique, mais les lois nécessaires de la création (qu'il faudrait cerner et définir de plus près) aux lois nécessaires de l'action politique. L'artiste est lui aussi déterminé par son origine, son milieu, ses conditions d'existence, etc. Il ne fait pas ce qu'il veut, mais ce qu'il peut et aboutit bien souvent là où il ne croyait pas aller. L'un d'entre nous vous a dit une fois qu'un poème se conduisait comme une automobile. Ce n'est pas vrai pour tous (en admettant que ce soit vrai pour quelques-uns). Il y a toujours une marge d'imprévisible et cet imprévisible relève précisément de ce qu'il y a de plus nécessaire dans l'œuvre d'art.

À quoi s'ajoute la distance qui sépare actuellement le peuple des " intellectuels ". Je le regrette profondément et j'ai toujours souhaité que l'appartenance au Parti communiste fût pour les intellectuels l'occasion de contacts plus profonds, plus réels avec la classe ouvrière. Et pas seulement sur le plan politique.

Mais dans l'état actuel de monde, nous apparaissons

comme les dépositaires d'une culture dont la masse du peuple reste privée. Cette culture, c'est à nous de la conserver, de la prolonger, de la maintenir, de la transmettre au prolétariat triomphant. Si Van Gogh n'est pas accessible du premier coup, est-ce une raison pour condamner Van Gogh ? Si Prokofiev, si Chostakovitch ne sont pas encore accessibles actuellement, est-ce une raison pour leur demander de composer de la musique comme il y a soixante-dix ans, Borodine ou Moussorgski, dans d'autres conditions historiques ? Delacroix a été incompris. Les impressionnistes aussi. Tous les novateurs l'ont été. Cinquante ans plus tard, on voyait, on entendait comme eux. Le piège de la littérature et de l'art dirigés, c'est l'académisme, cette négation de la révolution. Chaque société a l'art et la littérature qu'elle mérite. Les réduire à la fonction de communiqués de guerre ne saurait atteindre le but poursuivi.

Je crois en tout cas qu'il serait de l'intérêt même du Parti communiste de débattre au grand jour de ces problèmes et de ne pas donner l'impression que le marxisme est une somme théologique, alors qu'il est une méthode d'investigation. »

Inutile de dire que ce rapport resta sans réponse. Les thuriféraires, qui donnent toujours raison au personnel politique, l'emportaient.

Après ces années d'occupation, qui nous avaient tenus enfermés, on éprouvait le besoin physique de sortir de France. La première frontière franchie – la première frontière de la Libération – fut pour moi celle de la Suisse. On entrait brusquement dans un monde étonnant. Je ne pourrai oublier de longtemps cette joie puérile que j'eus à prendre à Valorbe un vrai petit déjeuner, avec de vrais petits pains blancs, avec du vrai beurre, à acheter librement un paquet de cigarettes. Genève était éblouissante. Ses magasins pleins de vêtements, de chaussures, de pâtisseries appartenaient à un monde féerique, dont nous n'imaginions plus l'existence. Échappée à deux guerres, la Suisse nous donnait l'image d'un morceau de terre privilégiée, sur lequel la folie des hommes n'avait pas eu de prise. La propreté, la paix, la joie éclataient partout. La Suisse avait bonne conscience et nous recevait avec sollicitude, comme des parents pauvres, malades et fous.

– Et qu'allez-vous faire de votre Maréchal (ou de votre vieux Maréchal) ? me demanda-t-on, dès Genève, avec des larmes dans la voix.

La question devait m'être posée tant de fois – de Lausanne à Berne, de Bâle à Lugano – que je vis tout de suite à quel point il serait difficile de nous faire comprendre de ces bourgeois heureux. Nous de la Résistance, nous apparaissions comme des insoumis, des révolutionnaires, des buveurs de sang, des hommes au couteau entre les dents. Je répondais que le Maréchal méritait bien une corde pour le pendre et qu'il eût été préférable que nous n'eussions pas eu plus de gouvernement que la Hollande. Mais que d'ailleurs tout laissait croire que Pétain mourrait de sa belle mort. Nous trouvions beaucoup plus de compréhension chez les Suisses de langue allemande : ceux-ci s'étaient sentis beaucoup plus directement menacés par le pangermanisme que les habitants des autres cantons. Au bout de quinze jours, j'en avais par-dessus la tête de ces lacs et de ces palaces, de ces décors pour gens heureux.

Je n'étais pas d'ailleurs absolument convaincue, en quittant la Suisse, de la réalité de ce bonheur qui s'étalait partout. J'avais appris que des journaliers du canton de Berne recevaient des salaires si dérisoires qu'ils ne pouvaient se marier, faute d'argent pour s'établir. Et je savais aussi que tous ces biens terrestres que l'on voyait aux vitrines, restaient pour beaucoup inaccessibles. N'importe. Le fait d'avoir évité deux guerres rendait ces déshérités beaucoup plus heureux que le plus heureux d'entre nous.

Ce voyage avait été une parenthèse agréable. Mais j'avais hâte de retrouver ce monde crasseux et dément dont je faisais partie. Le reste est trahison.

La folie et l'horreur se précisaient chaque jour davantage. C'était le moment où revenaient les premiers prisonniers libérés des camps nazis. Il nous fallait apprendre à croire l'incroyable, à connaître l'inconnaissable. Ceux qui sont revenus ont fait le récit de leur martyre. Ce n'est pas à ceux qui, comme moi, y ont échappé, de le récrire encore une fois. Nous nous trouvons en face du sacré, en face du Mal absolu. Et l'on voudrait pouvoir se taire. Mais le mal s'est infiltré en nous, le mal reste en nous comme un cancer. C'est une maladie dont on ne se remet jamais complètement et dont on finit par mourir.

Tuer ses ennemis, fusiller Decour ou Péri sont des actes qui font partie de cette abomination qu'on appelle la guerre. Mais il s'agissait là d'autre chose, de quelque chose que nous ne comprenions pas. Nous étions en face d'un mystère qui échappait à la raison. Le Mal était devenu une méthode, le sadisme une technique, l'avilissement une fin en soi. Cette froideur scientifique mise au service d'une société délirante, qui avait pour but la destruction morale et physique des hommes, me jetait dans l'abîme. Sans doute y avait-il des brutes et des sadiques partout. Mais on avait trouvé des médecins, de prétendus hommes de science, pour mener ces expériences que l'on nous décrivait. J'essayais de me raccrocher à quelque chose, à n'importe quoi. Je faisais même du racisme. Jusque-là, j'avais toujours réprouvé l'antisémitisme aussi bien que l'antigermanisme, comme des absurdités. Je ressentais de la haine pour le fascisme ou l'hitlérisme, je n'avais jamais eu de la haine pour les Allemands. Mais ni le fascisme italien ni le fascisme espagnol n'avaient trouvé des intellectuels pour faire ces besognes de bourreaux raffinés et pervers. J'y voulais voir une marque d'une démesure spécifiquement allemande. Ainsi, il me semblait que je sauvais l'homme en général. Mais en même temps je savais que je me trompais moi-même. Si j'avais pu croire au diable, je l'aurais inventé pour tenter de disculper les hommes. Mais nous sommes au contraire responsables de tout.

Je dis tout cela à Paulhan. Il me répondit :

– Vous avez lu les Mémoires de Las Casas ?

Mais que m'importaient à moi les cruautés des Espagnols il y a plus de quatre siècles ? Depuis, il y avait eu la Déclaration des droits de l'homme, un effort, me semblait-il, vers un usage plus raisonnable de la raison. Et nous nous retrouvions des milliers de siècles en arrière, en Chaldée, en Assyrie, que sais-je ?

Je ne pourrais jamais plus oublier les enfants juifs jetés dans les chambres à gaz, et sur des grabats de paille, des femmes opérées dont le ventre grouillait de vermine. À ce moment-là, dans ce printemps merveilleux, ce premier printemps de la Libération, je ne me suis jamais sentie tomber aussi bas, aussi profond. J'essayais encore de me rassurer par la haine d'un régime qui rendait les hommes capables de tout cela. Mais comment avait-on obtenu cet abaissement, cette démission ? La question restait entière. Je savais seulement que l'horreur et le désespoir m'avaient fait perdre aussi la foi en l'homme, que je le savais maintenant capable de tout, même si je faisais encore exactement les gestes de ceux qui vont à la messe, bien qu'ils ne croient plus en Dieu.

***

Je partis pour l'Allemagne [1]. En traversant le Rhin sur un pont de bateau, j'eus enfin la certitude que l'Allemagne était occupée, était vaincue. Baden-Baden, Heidelberg étaient intactes, mais Mayence, Mannheim étaient réduites à l'état de ruines. Une petite lumière brillait çà et là, en haut d'un pan de mur, où quelqu'un se raccrochait à vivre. De l'innocente petite ville de Pforzheim demeurait un tas de pierres, sur lequel une pancarte rappelait que ce fut là la rue des Roses. Un raid de la RAF avait fait, en vingt minutes, tout ce néant. J'ai écrit l'adjectif « innocent », parce qu'il n'y avait dans cette ville ni objectifs militaires ni industries de guerre. Mais qui peut parler d'innocence ? Derrière, il y avait les autres fantômes des villes détruites : Coventry, Rotterdam, Varsovie, Brest, derrière, il y avait l'horreur inexplicable des camps.

Et pourtant, je n'éprouvais pas le sentiment de la vengeance, le plaisir noir de la compensation. Toutes ces ruines de l'Europe s'ajoutaient les unes aux autres comme la preuve de notre absurdité.

L'occupation française, en ces premiers mois, était l'image même de l'incurie et du pillage. Chacun repartait avec des ballots de tissus, des postes de TSF, des machines à écrire, des objets ménagers. Certains, sans doute, avaient été volés en France et reprenaient leur chemin : il a toujours paru légitime de répondre au pillage par le pillage.

Mais je me demandais quel effet devaient produire

1. En juillet 1945.

sur les Allemands ces troufions débraillés que l'on faisait défiler dans les rues, pour le 14 Juillet. Un exemple donnera une idée de cette anarchie. J'avais pris un téléférique. Des affiches en allemand et en français interdisaient d'y fumer, ce qui était fort sage dans cette boîte de bois suspendue à un fil. Un soldat français alluma une cigarette. Je lui en fis la remarque : « Nous, dit-il, on s'en fout, on est les vainqueurs. » Je lui répondis que je ne tenais pas à brûler, que la cigarette fût française ou allemande. Le soldat me regarda de travers et jeta insolemment un rond de fumée. On entendait des paroles de ce genre :

– Qu'on me donne un camp à garder et on verra si je leur en fais baver.

Sur les bords du lac de Constance, Delattre de Tassigny [1] déployait un faste de satrape. J'aurais voulu une victoire noble. J'assistais à la danse du scalp [2].

Je ne retrouvai une espèce de paix que dans ces villages de la Forêt-Noire et du Wurtemberg, dans ces paysages de forêts et de prairies, dans ces petites villes aux tours médiévales qui s'élevaient sur des places plantées de tilleuls. Il semblait là qu'on pût oublier le temps, revenir à Goethe. Mais cette fuite momentanée était empreinte de mauvaise conscience.

Là-dessus éclata sur la terre la première bombe atomique [3]. En une seconde, cent mille morts et un

1. Après la capitulation des armées allemandes, Delattre de Tassigny est commandant en chef de l'armée de terre des forces européennes occidentales.

2. Dans son article « À travers l'Allemagne occupée » pour les *Lettres françaises*, le 11 août 1945, elle reprend cette expression : « Dois-je dire, puis-je dire, que les ruines de Mayence me font aussi mal que celles de Brest ? Je ne suis pas faite pour la danse du scalp. »

3. La bombe atomique est lâchée sur Hiroshima le 6 août 1945.

immense champignon de fumée que l'on projeta sur tous les écrans du monde, comme une préfiguration de notre destin. Les camps de concentration, avec leurs horreurs sadiques, reculaient. Oradour était dépassé. Nous n'arriverions jamais au bout des crimes de ce temps. La bombe atomique était-elle pire d'ailleurs que les bombardements au phosphore, qui transformaient les hommes en torches vivantes ? Tout était déjà contenu dans cette impitoyable course à la destruction.

Mais de l'éclatement de la bombe atomique, part une nouvelle ère de l'histoire. Comme on apprend aux enfants que de la découverte des armes à feu et de l'imprimerie, de la découverte de l'Amérique par Colomb, partent « les Temps modernes », on peut dire maintenant que nous sommes entrés dans une nouvelle époque. La matière a livré ses secrets. Mais cette extraordinaire puissance, qui devrait combler les hommes de fierté, ne sert qu'à leur destruction. Ils ont en main les moyens d'un gigantesque suicide collectif. Rien ne laisse espérer qu'ils ne les utiliseront pas. Car qui peut croire encore à leur sagesse ?

La bombe atomique nous comble d'effroi, comme les camps nazis nous avaient rassasiés d'horreur. Ces jours-ci, huit ans plus tard, a commencé le procès des médecins de Struthof[1] : la description de leurs effroyables fantaisies sous le couvert de la science, de leurs expérimentations délirantes nous laissent pétrifiés. Car la question est maintenant posée dans toute sa clarté : du jour où l'on cesse de croire à la valeur intangible de chaque homme, à l'absolu de chaque conscience, du jour où l'on ouvre toute grande la porte au mépris de l'autre, tout est permis. Cette permission, au nom de l'État, de la Race, du Parti, de toutes ces abstractions, explique les ruines que nous portons en

1. Camp de concentration nazi situé près de Natzwiller (Bas-Rhin).

nous, les ruines en dehors de nous. L'aviateur qui jette la bombe atomique pour défendre la « liberté », le médecin qui pratique des expériences sur des condamnés à mort au nom de la Science, du Parti, de n'importe quoi, sont coupables du même crime : l'oubli de la seule réalité qui importe : l'homme unique et irremplaçable. C'est une erreur de calcul de parler de cent ou de cent mille victimes : des qualités différentes ne peuvent s'additionner. Seul existe l'individu qui naît, qui aime, qui souffre, qui meurt, qui ne ressemble à aucun autre et qui a droit à sa propre vie et à son propre destin.

Mais, en 1945 je croyais encore que le communisme donnerait à chaque homme toute sa valeur et son authentique liberté.

J'ai laissé hier ce mot en l'air, pour aller faire mon travail quotidien aux Archives nationales, ce travail qui est mon gagne-pain et qui m'assure cette liberté de n'écrire que ce que je crois vrai et nécessaire ; la liberté hautaine du silence.

Mais sur ce mot de liberté, il faut sans cesse revenir car aucun n'est plus ambigu. Il semblait bien que les socialistes du XIXe siècle, Saint-Simon, Fourier, Considérant, Cabet, tant d'autres, eussent fait définitivement le procès de la conception de la liberté héritée de 1789. La formule la plus simple, la plus claire, la plus classique, c'était d'opposer la liberté du chômeur à celle du banquier et de montrer qu'il n'y a entre elles aucune commune mesure. Bref, que l'exploitation capitaliste était pour les uns la liberté d'opprimer les autres et pour les prolétaires un esclavage comparable à celui des serfs du Moyen Âge ou des esclaves de l'Antiquité. Tout cela avait été écrit, dit, redit, proclamé jusque dans la chaire de Notre-Dame. Marx reprit cette thèse et lui donna la force et la rigueur que l'on connaît. La suppression du régime capitaliste devait être le seul moyen d'assurer aux hommes les bases de leur authentique liberté. Le Parti communiste me paraissait le seul instrument efficace de la transformation nécessaire de la société, le seul moyen de passer du capitalisme au socialisme.

***

En 1946, je fus invitée, avec quelques autres femmes de l'Union des femmes françaises, à me rendre en Union soviétique [1]. Pour la plupart d'entre nous, ce voyage revêtait le caractère sacré d'un pèlerinage aux lieux saints. J'y allais dans un état d'esprit assez différent. Je partais avec un préjugé des plus favorables, mais l'esprit critique en éveil, et bien décidée à ne pas m'en laisser conter. Les articles que j'ai écrits à mon retour, avec l'accord du Parti, dans *Le Parisien libéré*, je pourrais les signer encore aujourd'hui [2]. J'y décrivais le fonctionnement des usines, des kolkhozes, des écoles, des crèches, des maisons des pionniers que nous avions visités, et aussi les conditions de la vie quotidienne : le rapport des salaires et des prix donnait alors un pouvoir d'achat supérieur au nôtre, en ce qui concernait du moins la nourriture (1946). J'avais étudié particulièrement la loi de 1944 sur l'organisation de la famille : si elle avait pour but évident d'encourager la natalité en resserrant les liens familiaux, elle sauve-

1. La délégation part le 24 avril 1946 pour quelques semaines.
2. Édith Thomas écrit une série de quatre articles, « Au pays des Soviets », en juillet 1946 pour le *Parisien libéré*, et d'autres pour *Regards*, *Les Lettres françaises*, *France-URSS*, *La Marseillaise* et *Les Femmes françaises*. Le ton élogieux, sans aucune critique, est tel que ces articles n'auraient pas pu gêner ses camarades les plus orthodoxes du Parti.

gardait les droits de l'enfant naturel et de sa mère. Je signalais l'effort de reconstruction, la joie des gens qui dansaient dans les rues, au soir du premier mai. Tout cela était exact et aussi précis que le permettait un séjour de quelques semaines.

Je rapportais le témoignage d'une vieille ouvrière que j'avais rencontrée dans une filature de Moscou :

– Avant la guerre de 1914, me disait-elle, je travaillais déjà dans cette usine. Nous couchions sous nos métiers et n'avions droit de sortir que le dimanche. Maintenant, nous sommes libres. Je dirige l'école technique de l'usine, où des jeunes filles viennent apprendre le métier : elles seront plus heureuses que nous ne l'avons été.

Et je reste absolument d'accord avec le jugement de cette vieille femme.

Lorsqu'on m'interrogeait à mon tour sur « l'éventail » des salaires (trois cent cinquante roubles pour une femme de ménage, dix mille roubles pour un directeur d'usine, sans compter toutes sortes d'avantages en nature pour les dirigeants du régime), je répondais, je répondrais encore, que ces différences étaient bien inférieures à celles du système capitaliste et que nous l'avions belle de nous en indigner ! Nous avions visité, aux environs de Moscou, une maison de repos pour les syndicats. Elle était installée dans une ancienne propriété de campagne d'un riche marchand moscovite. Les pièces d'apparat n'avaient pas été modifiées depuis 1880. Les meubles, les lampes, les tentures, les rideaux étaient d'une opulente laideur. Les chambres comportaient deux ou trois lits, que des ouvriers venaient occuper pendant leurs vacances, ces ouvriers qui, du temps du marchand, auraient couché sous leur métier, comme l'ouvrière de la filature. L'une des plus importantes dirigeantes des syndicats de l'Union soviétique, haute personnalité du Parti, avait la jouissance de la maison du garde. C'était là un avantage supérieur à celui des simples ouvriers soviétiques, mais bien inférieur à celui dont jouissait, autrefois, en régime capitaliste, le marchand moscovite. Voilà des évidences qu'il convient de rappeler aux détracteurs imbéciles et systématiques du régime soviétique.

Je quittais l'URSS, persuadée, et je le suis encore, de l'immense amélioration du sort des paysans et des ouvriers russes par rapport à l'ancien régime. Mais j'étais loin de partager la ferveur aveugle de mes camarades. Pour elles, tout était admirable. Je n'avais pu m'empêcher de voir les ombres du tableau. Lorsque Claudine Chomat me disait :

– Regarde, ici, les femmes sont les égales des hommes : elles creusent des fossés, elles transportent des rails.

Je lui répondais :

– Tu sais, pour moi, l'égalité dans la terrasse...

Ou bien, lorsque tout le monde admirait cette longue file de pèlerins qui, pendant des heures, attendaient de pénétrer dans le mausolée de Lénine, je me sentais dégoûtée de cette momie entourée d'un culte idolâtre. Il me semblait qu'il valait mieux relire *Matérialisme et empiriocriticisme* et ensevelir les morts. Cette déification était peut-être nécessaire pour le peuple russe habitué à adorer ses tsars. Mais intégré au communisme international, ce transfert religieux me choquait comme une marque de régression mentale.

Ce n'était pas la seule. Certaines remarques que j'avais dû faire ici et là ne laissaient pas de m'inquiéter. Par exemple, que l'instruction secondaire fût payante, alors qu'elle est gratuite chez nous, en pays capitaliste. Je posai franchement la question au ministre qui me répondit ceci :

– Nous considérons maintenant que le standing de la population soviétique est assez élevé pour que les parents puissent participer aux frais d'instruction de leurs enfants.

Je ne fus pas convaincue et le dis : il me semblait que les trois cent cinquante roubles d'une femme de ménage ne donnaient pas à ses enfants les mêmes possibilités qu'aux enfants d'un directeur d'usine. À quoi on me répondit qu'il y avait des bourses pour de tels cas. On avait renoncé aussi à l'enseignement mixte. On me disait que l'enseignement des jeunes filles qui seraient, par la suite, des mères de famille devait être quelque peu différent de celui des garçons. J'avais entendu soutenir cette thèse chez nous, dans les milieux les plus réactionnaires et, officiellement, au temps de Pétain. Il y avait là, en germe, un dangereux indice de régression sociale.

J'essayai aussi de me rendre compte du degré de liberté et de sécurité individuelles. C'était une entreprise difficile. Je recueillis des renseignements en apparence contradictoires. Un de mes amis d'enfance, russe d'origine, avait encore une partie de sa famille en Union soviétique. Depuis la guerre, il n'en avait pas de nouvelles. Je lui avais proposé, avant mon départ, de m'enquérir sur place de ses parents. Il refusa, craignant, me disait-il, que cette enquête ne leur causât des ennuis. Je le jugeai ridicule et aveuglé par son anticommunisme.

À Leningrad, je parlai de cette prudence, qui me paraissait excessive, à une femme qui s'exprimait parfaitement en français (nous pouvions donc nous passer de traducteur) :

– Il a eu raison, me répondit-elle laconiquement. Et elle parla d'autre chose.

Par contre, nous avions visité, à Moscou, un institut scientifique où professait un vieux médecin, seul disciple encore vivant de Pasteur. Il nous dit devant tout le personnel de l'institut :

– J'ai un fils en France depuis 1917. Ne pourriez-vous lui porter un paquet ?

Ainsi, ce vieil homme avouait officiellement des relations avec l'étranger.

J'avais rencontré, à une réception officielle, une jeune femme écrivain, avec qui je m'étais entretenue en anglais. Je lui demandai si je ne pouvais pas me promener avec elle dans Moscou. Jusque-là, je parcourais la ville seule, et d'ailleurs sans être suivie. La jeune femme me répondit qu'elle me téléphonerait. Je ne la revis plus. Par contre, la sœur d'Elsa Triolet me conduisit au couvent de Novodievichi – on y retrouvait toute la Russie de Dostoïevski, avec ses icônes, ses ors, ses mendiants barbus, ses femmes qui vendaient des bouquets de renoncules, son cimetière, où sifflait un merle – et elle me reçut chez elle.

De ces attitudes diverses, je crois pouvoir maintenant déceler une loi : les relations avec l'étranger dépendaient de la situation qu'on occupait. Ce qui était un crime pour les uns était admis pour les autres, selon la fonction. L'étranger, même invité officiellement, même communiste, restait un espion en puissance, dont il était préférable de se méfier.

Je revins donc d'Union soviétique avec un bilan complexe. Du côté créditeur, la preuve que l'on pouvait construire une société forte, vivante, sans recourir au capitalisme ; mais de l'autre côté, des symptômes inquiétants : la disparition de la gratuité de l'enseignement, les différences d'éducation entre les garçons et les filles. Et dans cet État prolétarien, l'impression que les ouvriers n'avaient guère leur mot à dire : les directeurs des usines étaient nommés par le pouvoir central, les syndicats réduits à faire exécuter un plan préétabli, à l'élaboration duquel les ouvriers n'avaient aucune part.

L'URSS, la première au monde, avait tenté une expérience étonnante à laquelle les communistes du monde entier ne pouvaient que s'intéresser. Mais cette expérience avait été menée dans des conditions historiques particulières, avec un prolétariat inexistant, qu'il avait fallu créer de toutes pièces, une paysannerie à peine sortie du servage, des traditions d'autorité, de police et de méfiance, qui étaient passées, presque intactes, du temps des tsars au temps de Staline, et qui s'étaient peut-être encore aggravées.

Dans un pays comme la France, où le prolétariat avait lutté depuis des siècles pour des libertés, avait participé à une longue expérience de démocratie politique, il me semblait que le passage du capitalisme au socialisme devait revêtir des formes différentes, aboutir à des résultats qui ne seraient pas nécessairement les mêmes. Les partis communistes devaient avoir à l'égard de l'URSS un immense respect, mais devaient garder aussi une liberté critique et le droit de ne pas l'imiter en tout servilement. Chaque parti communiste devait faire lui-même sa révolution.

***

Une telle position ne passait alors ni pour hérétique ni sacrilège, mais elle contenait en germe l'hérésie et le sacrilège, qu'on devait appeler plus tard trahison. Cependant, chaque démocratie populaire paraissait alors poursuivre son propre développement.

Je me rendis en Pologne en mai 1948. Le gouvernement polonais avait invité deux paysans et un intellectuel français pour la commémoration de la révolution de 1848 en Posnanie. Je partis avec un député et un sénateur communistes : des paysans du Midi, qui n'avaient jamais franchi de frontière.

Communistes et anticléricaux, comme on l'est à Béziers ou à Montauban, mes deux braves hommes marchaient de surprise en surprise. La commémoration de la révolution en Posnanie commença par une messe en plein air. Le président de la République démocratique populaire, M. Bierut, était assis devant l'autel, sur un fauteuil qui ressemblait à un trône. Tout de suite après, aux premiers rangs, les notabilités, dont nous faisions partie. Mes deux compagnons n'en revenaient pas de se trouver mêlés à cette cérémonie. Ils étaient de ces farouches anticléricaux qui restent au café pendant un enterrement religieux et voilà que le premier acte qu'ils devaient faire en démocratie populaire, c'était d'assister à la messe.

Aux calvaires dans les champs, on voyait des femmes agenouillées. Dans l'usine socialisée, un crucifix pendait au mur du dispensaire. Tout cela rendait perplexes mes deux bonshommes. Je m'en amusais follement. J'essayais de leur expliquer que dans ce pays très catholique, il fallait tenir compte de la croyance populaire et qu'on ne pouvait heurter l'Église de front. Ils en convenaient volontiers, pensant d'ailleurs, en bons communistes, que le Parti a toujours raison. Mais ayant la nostalgie d'un bifteck aux pommes et de la lecture quotidienne de *L'Huma*, ils ne restèrent que fort peu de jours dans un pays où l'on ne mangeait que du porc et de l'oie, et où l'on faisait la révolution avec des messes et des curés.

Pour moi, j'étais contente de ce que je voyais. Il me semblait que la Pologne se transformait selon son propre génie. J'avais rencontré des intellectuels de gauche, non communistes mais pleinement ralliés :

– La révolution était nécessaire, me disaient-ils, et elle se fait sans qu'une goutte de sang soit versée.

J'avais visité des instituts populaires qui préparaient les cadres des coopératives agricoles. Ils étaient dirigés par des professeurs socialistes qui poursuivaient librement leur travail d'éducation populaire, éducation pour laquelle ils avaient milité avant la guerre, pour laquelle ils avaient été emprisonnés. En ce mois de mai 1948, la Pologne évoquait vraiment « le Printemps des peuples ».

Cependant des symptômes de raidissement se faisaient déjà sentir. La fusion du parti socialiste et du Parti communiste aboutissait pratiquement à l'absorption du premier par le second. Des camarades communistes m'avaient confié :

– Il y a partout beaucoup trop de tendances à l'opportunisme petit-bourgeois. Tout cela va être liquidé.

Dans l'avion qui me ramenait de Varsovie à Paris, je songeais avec inquiétude à ces militants socialistes que j'avais pu voir à l'œuvre, à leur enthousiasme, à leur bonne volonté. Comment prendraient-ils ce « tournant » ? Bien sûr, on ne pouvait faire une révolution sociale sans un appareil de coercition à l'égard des masses possédantes. Mais il aurait fallu préciser les limites de la dictature. Et le Parti communiste n'en semblait mettre aucune à son pouvoir.

***

Si j'étais d'accord avec la définition marxiste de la liberté qui est l'observation des lois nécessaires, je me trouvais en désaccord avec des mesures qu'on me présentait comme nécessaires et dont la nécessité ne me semblait pas évidente. Il me semblait qu'il fallait chercher à réduire les contraintes et qu'on atteindrait beaucoup mieux le but poursuivi – la subversion totale du régime capitaliste par l'adhésion profonde des consciences, plutôt que par des contraintes extérieures. La dictature était nécessaire sans doute et pendant un temps limité, à l'égard de ceux qui possédaient les moyens de production et qui ne les abandonneraient pas par la persuasion. Mais c'était finalement une infime partie de la population. La bourgeoisie elle-même s'était prolétarisée en grande partie depuis un siècle et vivait de son travail beaucoup plus que de ses revenus. La socialisation des moyens de production était une mesure raisonnable, étant donné le développement de la technique, et n'atteignait dans leurs biens que fort peu de gens. Ce que je reprochais finalement aux communistes, c'était de fournir des arguments à leurs adversaires, en faisant un épouvantail d'une transformation nécessaire, et de rejeter ainsi de leur côté des hommes qu'ils auraient pu rallier par d'autres méthodes. Bref de brouiller tout par des mythes. J'avais additionné un si grand nombre de critiques à l'égard du Parti communiste qu'il me paraissait difficile d'en faire encore partie. Il me semblait que je trompais tout le monde et moi-même.

Là-dessus éclata l'affaire Tito.

Il faut se souvenir des louanges exagérées, imbéciles, que *L'Humanité* avait adressées depuis la Libération au leader du Parti communiste yougoslave. C'était le fils aîné de l'Église, le disciple par excellence du chef génial et bien aimé, le maréchal Staline, un chevalier de légende, l'archétype du Héros prolétarien, pur et sans tache. Simone Téry [1] se pâmait rien qu'à voir son dos. Ces éloges m'avaient toujours agacée, autant que le culte de Staline m'exaspérait. Le côté religieux, mythologique, quasi fétichiste du communisme stalinien implique dans le fond un grand mépris pour le peuple. Au lieu de développer son esprit critique, on lui fabrique un nouvel opium. Et voilà que l'un de ces mythes, le mythe Tito, s'écroulait. C'était une leçon de

1. Romancière et journaliste à *L'Humanité*.

prudence. Il vaut mieux attendre que les hommes soient morts pour les déifier.

Ce qu'on reprochait à Tito était d'ailleurs contradictoire : on l'accusait à la fois d'avoir hâté la collectivisation des campagnes et de s'appuyer sur les koulaks. La dialectique sert à tout. Mais il lui aurait été difficile de résoudre cette contradiction. Peu importe. Car ce qu'on reprochait surtout au gouvernement yougoslave, c'était de ne pas être suffisamment dévoué à l'Union soviétique. La plupart des signataires de la résolution du Kominform, qui condamna Tito comme traître, ont été depuis condamnés eux aussi pour trahison : Kostov [1] pendu, Slanski [2] pendu, Anna Pauker [3] arrêtée, Gomulka [4] arrêté. Marty [5], qui approuva pleinement la condamnation de Tito, est lui aussi considéré comme un traître. Qui donc est « traître » dans tout cela ? Puisque le « traître » Tito a été condamné par des « traîtres » ?

Au moment de la résolution du Kominform, qui condamnait Tito, on ne pouvait encore, et pour cause, connaître les développements que prendrait cette situation paradoxale : ceux qu'on nous présentait comme les plus sûrs garants d'un régime condamnés du jour au lendemain pour trahison.

1. Ministre député de la Bulgarie. Communiste orthodoxe, victime d'une intrigue dans le Parti, Kostov est jugé en décembre 1949 et condamné à mort, malgré la répudiation sensationnelle qu'il fait de son aveu écrit.

2. Premier député tchèque, Rudolf Slanski est accusé d'une conspiration mondiale « juive-nationaliste-sioniste-impérialiste » contre la Tchécoslovaquie. Il avoue sa culpabilité, se liant à Tito.

3. Roumaine stalinienne, Anna Pauker est arrêtée parce que juive.

4. Entre 1943 et 1948, Gomulka est secrétaire général du Parti ouvrier polonais et défenseur d'une « voie polonaise vers le socialisme ». Il est exclu par les staliniens en 1948-1949.

5. Accusé en septembre 1952 de « fractionnisme », de « duplicité » et d'activités « policières », André Marty est écarté du secrétariat du PCF où il siégeait depuis 1931. En janvier 1953 il est exclu du Parti.

La dissidence de Tito rejoignait sur le plan politique mes propres divergences. Je fus invitée, quelques mois plus tard, à me rendre en Yougoslavie. Je déclinai alors l'invitation. Si je l'avais acceptée, j'aurais été immédiatement exclue du Parti. Je ne voulais pas être exclue. Je voulais donner ma démission franchement, ouvertement, et au moment que je choisirais. Je n'allais plus guère à ma cellule, dont les séances mornes et momifiées me paraissaient vides de tout contenu. J'avais prévenu la secrétaire que je ne reprendrais sans doute pas ma carte. Je le dis aussi à Madeleine Braun [1] et à Jacques Duclos, que j'eus alors l'occasion de rencontrer.

À la Libération s'était créé un Comité pour l'étude de l'histoire de la Deuxième Guerre mondiale. Cette commission, composée d'historiens professionnels, poursuivait une double activité : réunir tous les tracts et imprimés clandestins de la Résistance, interroger les principaux acteurs sur une activité qui ne devait par définition laisser aucune trace écrite. On m'avait demandé, comme résistante et comme chartiste, d'en faire partie. Il s'agissait en effet de réunir, dès maintenant, avant qu'il ne fût trop tard, toute la documentation nécessaire pour faire, par la suite, l'histoire objective de la Résistance. Les questionnaires auxquels répondaient les témoins ne devaient d'ailleurs être communicables aux historiens que dans cinquante ans, comme les autres documents d'archives.

Le secrétaire de la commission me dit un jour :

– Nous avons obtenu les réponses de la plupart des dirigeants des mouvements clandestins. Mais nous

1. Député communiste de la Seine (1945-1951), Madeleine Braun devient en 1946 la première femme à accéder à la vice-présidence de la Chambre des députés.

n'avons rien sur le Front national. Vous serait-il possible de nous mettre en relation avec Pierre Villon pour la zone nord et avec Madeleine Braun pour la zone sud ?

J'ai dit que Pierre Villon donnait souvent ses rendez-vous chez moi pendant l'Occupation et que je le voyais alors constamment. Quant à Madeleine Braun, je la connaissais depuis la guerre d'Espagne et nous avions appartenu un moment à la même cellule.

Je lui téléphonai et elle me donna rendez-vous au Palais Bourbon. Elle était alors vice-présidente de la Chambre.

Je la trouvai dans son bureau, élégante comme toujours, avec ce mélange de simplicité et d'ironie qui la caractérisait : grande dame bien élevée, aussi à son aise dans un meeting que dans un salon. Je lui présentai la requête de la commission.

– Je ne peux pas répondre à cela sans l'accord du Parti, me dit-elle. Va demander l'avis de Jacques Duclos.

Ne voulant pas la prendre en traître, j'ajoutai quelques mots sur mes hésitations et mes doutes à l'égard du Parti.

– Reste avec nous, me dit-elle. Et elle commença une diatribe contre la Yougoslavie.

Je pris rendez-vous avec Jacques Duclos. Ce n'était pas la première fois que j'allais au « 44 ». Exception faite de la grille qui barrait l'escalier, tout se passait comme dans n'importe quel ministère, avec ses standardistes, ses secrétaires, ses plantons. Mais un ministère prolétarien, où se mêlaient curieusement une grande cordialité, si l'on était admis, et une égale défiance à l'égard de « l'étranger ». Après quelques coups de téléphone, et munie de mon laissez-passer où l'on avait soigneusement inscrit l'heure de mon entrée, je montai chez Duclos.

Il me reçut dans un grand bureau, enfoncé dans un

grand fauteuil. Je lui exposai le but de ma visite et lui remis le modèle du questionnaire sur la Résistance auquel on demandait à Madeleine Braun et à Pierre Villon de répondre.

– Je ne peux pas prendre cette décision, me dit-il. Il faut que j'en réfère au Comité central.

Ainsi personne ne pouvait prendre sur soi une responsabilité qui me semblait assez anodine et relever plutôt d'une décision individuelle. Devait-on aller jusqu'au Kremlin ?

À ce moment, poussé par le besoin de sincérité que j'avais eu envers Madeleine Braun et surtout pour ne pas abuser de la confiance que le Parti pouvait avoir encore en moi, je dis à Duclos, au risque de faire échouer ma démarche :

– Je pense que je vais quitter le Parti.

– Ah ! me dit-il, de votre part, et avec votre passé, ce serait *mal*.

Puis il me parla des nombreuses trahisons, celle de Doriot [1], celle de Tito et de toutes les complicités policières. Tout dans son exposé était simple, clair, rond, précis. Pourquoi ne croyais-je pas à ces paroles ? Ces cas divers étaient confondus dans un schéma simpliste : en dehors de l'Église, point de salut.

– Quitter le Parti, c'est la mort, me dit-il.

– Je le sais, répondis-je.

La mort, songeais-je, en descendant l'escalier et en remettant au planton le laissez-passer sur lequel on venait d'inscrire l'heure de ma sortie du bureau de Duclos. La mort, oui, si le Parti était au pouvoir. Mais ce n'était pas ce que Duclos [2] avait voulu dire.

1. Jacques Doriot (1898-1945). Maire communiste de Saint-Denis et député, il est exclu du Parti en 1934 et devient un des principaux chefs fascistes en France. En 1936, il fonde le Parti populaire français (PPF). Avec Déat il crée la Légion des volontaires français sur le front de l'Est.

2. Philippe Robrieux écrit de Duclos : « À ses yeux, était mensonge

Je savais ce que devait signifier la démission du Parti, l'exclusion du Parti pour des hommes et des femmes qui avaient toujours vécu à l'intérieur du Parti, comme dans un autre monde, clos, fermé, méfiant à l'égard de ceux qui étaient au-dehors, mais chaud et fraternel pour ses membres, à condition qu'ils fussent dociles ; pour des hommes et des femmes qui avaient toujours vécu entre membres du Parti, trouvant parmi eux leurs amitiés, leurs amours, comme ils y avaient trouvé le lieu de leurs croyances, et leurs raisons de vivre et d'espérer ; pour des hommes et des femmes qui avaient vécu dans une communauté perpétuellement en état de siège, mais qui y avaient rencontré une humanité plus profonde où le mot de « camarade » avait la résonance du mot « frère », dans les communautés chrétiennes des premiers siècles. Brusquement, je me souvenais de ces pommes vertes que Claudine Chomat m'avait apportées pendant l'Occupation, un jour où j'avais tellement envie de manger des fruits acides, des légumes crus, de ce tas de pommes vertes qui s'étaient éparpillées dans la cuisine et qu'elle m'apportait de je ne sais où, parce que j'étais une « camarade ».

Une camarade mais pas une amie. Cette gentillesse allait au porteur d'une carte, non à l'individu, avec ses défauts et ses qualités, ses vices et ses vertus, cet être irremplaçable et unique qu'est chacun d'entre nous. Cette gentillesse allait à une fidélité. Je savais que tout cessait à la porte du Parti et que la mort, c'était de se retrouver seul, dans cet autre monde contre lequel on avait vécu.

Mais je ne voulais pas faire de pathétique. En ce qui

ce qui faisait du mal sur le moment au Parti, et contre ce mensonge-là il était licite d'omettre, de déformer, d'escamoter, de nier ou d'affirmer n'importe quoi. » Cf. *Histoire intérieure du parti communiste*, vol. 1 (Fayard, 1980), p. 76.

me concernait, cette rupture pouvait être difficile, douloureuse, surtout dans le domaine intellectuel, elle ne pouvait être aussi tragique que pour un homme ou une femme dont le Parti avait été toute la vie.

J'étais, malgré tout, restée toujours en marge. Peut-être par incapacité à m'incorporer jamais complètement à un groupe, peut-être aussi parce que j'avais toujours eu l'impression que l'on n'était dans le Parti qu'un instrument. Je n'avais jamais cru qu'on y eût vraiment des amis. Des camarades certainement, mais qui ne le restaient que dans la mesure où l'on était fidèle à une même discipline. Le Parti s'incarnait dans des êtres de chair. Mais on ne partait pas d'individus pour atteindre au Parti.

Pour moi l'amitié avait toujours été autre chose. Elle allait à des hommes ou des femmes, qui pouvaient ne pas penser comme moi. Elle était précisément ce qu'on ne saurait définir par des concepts. Mes amis n'avaient entre eux d'autres liens que l'amitié fortuite que j'éprouvais pour eux. En conséquence, mon adhésion ou ma démission du PC ne pouvaient avoir d'influence sur l'idée qu'ils se faisaient de moi.

Quelques jours plus tard, je téléphonai de nouveau au secrétariat de Duclos pour avoir la réponse à la question que j'avais posée. On me fixa un rendez-vous. Duclos était en « commission » et je ne vis que son secrétaire. Le Comité central avait refusé de faire aucune réponse à l'enquête menée par la commission d'Histoire. J'en demandai les raisons. On me répondit que le questionnaire pourrait bien servir à la police et que, d'autre part, les historiens « bourgeois » ne donneraient jamais au Parti communiste la place qu'il méritait dans la Résistance et qui était la première. À quoi je répondis que ces questionnaires ne devaient pas être communiqués à la police, qu'au cas où le régime viendrait à changer et que la police vînt mettre son nez dans des documents d'archives, on trouverait à l'égard des communistes bien d'autres chefs d'accusation que ceux-là. Quant à la question historique, il était évident que le Parti communiste aurait encore beaucoup moins de place dans l'histoire de la Résistance, puisqu'il ne consentait à laisser aucune trace écrite de son action.

Ici, l'on touchait à un point de méthode, que je jugeais inutile de discuter avec le secrétaire de Duclos, mais qui rejoignait l'une des objections fondamentales que je faisais au Parti. C'était tout simplement la question de la vérité historique.

Pendant tout le temps que j'avais fait du journalisme dans les journaux du Parti, je n'avais jamais écrit une ligne que je ne crusse vraie. Jamais je n'avais exagéré un fait, incliné une explication dans un but de propagande. J'étais profondément convaincue que, dans l'ensemble, la cause que défendait le Parti communiste faisait corps avec la vérité de l'Histoire et que la réalité nous fournissait assez d'arguments pour qu'on n'eût pas à en inventer. Autant je comprenais que Hitler fût obligé de recourir au mensonge pour asservir les masses, autant je pensais que les communistes n'avaient qu'à leur livrer des faits vrais pour les éclairer : vérité de l'exploitation capitaliste, vérité de l'exploitation coloniale, mensonge de ces vertus bourgeoises et chrétiennes qui ont pour but de faire durer un système d'exploitation que la technique permettait de supprimer. J'étais persuadée que tout homme de bonne foi, ayant reconnu la réalité de l'exploitation capitaliste, ne pouvait qu'être d'accord avec le communisme, si le Parti communiste était bien, objectivement, ce qu'il prétendait représenter. Je l'avais cru longtemps, contre certaines évidences. Je les mettais au compte de vestiges du surréalisme (chez Aragon par exemple), au compte de la paresse intellectuelle (il est plus facile d'inventer un fait que d'en découvrir un dans la réalité), au compte du zèle imbécile, chez des militants pour qui la cause du Parti devait être défendue par tous les moyens. Mais je comprenais maintenant que ces explications accidentelles devaient être, au contraire, unifiées. Si le Comité central refusait de répondre à ce questionnaire, c'était pour fabriquer à son aise, au moment qu'il choisirait, sa vérité historique : le meilleur moyen pour cela, c'est de ne pas laisser derrière soi de documents. Le Parti se réservait le droit de faire le passé à sa guise, comme il prétendait faire l'avenir. La vérité n'était pour lui qu'une suite de communiqués de guerre qui ont pour but de relever le courage du soldat. Peu à peu, et sans qu'on sût comment, on était repassé du marxisme à l'idéalisme absolu, du matérialisme à la magie. Le Parti ne mettait plus la réalité que dans le pouvoir des mots.

À l'analyse serrée, précise de l'histoire, on avait peu à peu substitué un système de falsification d'autant plus insidieux qu'il reposait au départ sur une réalité incontestable : l'exploitation capitaliste.

À quel moment avait-il eu lieu ? À qui devait-on l'attribuer ? Existait-il déjà en germe dans le marxisme ? Fallait-il en rendre responsable Lénine ? Staline ? Je n'en savais plus rien. Une seule chose restait pour moi certaine : j'avais adhéré au Parti communiste, parce que je croyais que sa vérité correspondait à la vérité historique. Je voyais maintenant qu'il en avait peur. Je n'avais plus aucune raison de rester membre du PC, puisqu'il appelait finalement dialectique l'arme puissante du mensonge.

Je savais que je me retrouverais seule, que pour les communistes, je serais devenue aussi un « traître ». Pourtant, je n'allais pas rejoindre leurs ennemis : ceux qui défendent une société indéfendable ou s'en accommodent. La solitude ne m'a jamais fait peur. C'est une vieille compagne à laquelle je suis habituée. Au milieu des groupes auxquels j'ai cru appartenir, elle ne m'a jamais quittée. Je peux regarder en face la solitude.

***

Pas à pas, j'étais donc arrivée à la résolution de quitter le Parti. Je pouvais le faire de deux manières : subrepticement et sur la pointe des pieds, en ne reprenant pas ma carte ; ouvertement et en donnant les raisons de ma démission. Je choisis la seconde attitude.

Quand bien même je n'aurais eu que cinq cents lecteurs, je pensais que je leur devais des comptes. J'écrivis à Maurice Thorez une lettre où je lui donnais les motifs de ma démission. Je les écrivis aussi dans *Combat* [1].

Il faisait gris, noir et froid, quand j'allai trouver Claude Bourdet pour lui demander de bien vouloir publier le texte de ma démission. C'était un jour d'hiver et de désespoir. Après bien des hésitations, des discussions avec moi-même, des démissions partielles, de l'Union des femmes françaises, du Comité national des écrivains, je rompais définitivement avec le Parti. C'était tout un pan d'existence qui tombait derrière moi dans le noir. Je me coupais de l'espoir de millions d'hommes sur la terre, parce qu'il avait bien fallu que je me rende à l'évidence que je ne le partageais plus et que je mentais à tout le monde et à moi-même en feignant encore de le partager. J'avais pesé longuement chaque

1. Journal de la clandestinité dirigé par Claude Bourdet, membre du comité de direction du mouvement Combat de la Résistance. Bourdet reprend la direction de *Combat* de 1947 jusqu'en 1950.

mot de ma lettre [1]. Je la recopie aujourd'hui comme une conclusion à ces débats, dont j'ai essayé ici de retracer les incertitudes.

***

« Ce n'est pas sans hésitations ni sans déchirements que j'écris cet article. J'aurais voulu pouvoir le publier dans *L'Humanité*, mais si j'avais pu le publier dans *L'Humanité*, je n'aurais pas eu besoin de l'écrire. La question se serait trouvée réglée à l'intérieur du Parti communiste, sans qu'il soit nécessaire de la porter aujourd'hui au grand jour.

J'ai longtemps hésité. Pendant des années, j'ai vécu sur la pensée qu'il n'y avait d'autre solution que le communisme et l'URSS d'un côté, le capitalisme de l'autre, que toute critique portée au communisme et à l'URSS, pouvant fournir un argument à l'adversaire, devait être évitée comme une erreur, comme une faute. Les réserves que je croyais devoir faire, je les ai exprimées à l'intérieur du Parti. Je ne voudrais pas qu'on crût que je n'ai pas eu la possibilité de m'y expliquer. Mais cela s'est avéré inutile. J'y ai gagné seulement de vivre dans une demi-disgrâce et, comme membre du Parti communiste, de sembler partager des responsabilités que je n'approuvais plus.

J'ai cru longtemps – je voulais croire – que les réserves que je faisais venaient de ma formation d'intellectuelle bourgeoise, qu'elles n'avaient aucune importance dans la lutte que mène le prolétariat pour sa libération, pour la libération de l'homme dans une société sans classes. Je les rejetais donc comme négli-

1. Cette lettre de démission, qu'elle reproduit en entier, paraît dans *Combat* le 16 et le 17 décembre 1949, sous le titre « Critique et Autocritique ».

geables. Je refusais moi-même de les prendre en considération.

Certes, les discussions théoriques autour du réalisme socialiste, de l'affaire Lyssenko, me paraissaient graves, d'autant plus graves que, seuls, une poignée d'intellectuels avait finalement la possibilité d'exprimer sur elles, dans les organes du Parti, les opinions dont le conformisme ne faisait aucun doute.

J'acceptais pourtant cette contrainte du silence, au nom de l'intérêt supérieur de la lutte historique, dans laquelle nous sommes, les uns et les autres, que nous le voulions ou pas, engagés, dans l'espoir aussi que les choses finiraient bien par s'arranger, que les dirigeants du Parti communiste français comprendraient qu'ils faisaient fausse route. Le peuple auquel ils s'adressent a l'habitude et la passion de la discussion et une intelligence critique qui ne se contente pas de mots d'ordre et de slogans insuffisamment éclaircis. La lutte pour la liberté (une liberté formelle, je le veux bien), le rejet de ses icônes et de ses tsars constituent pour lui une tradition historique. Ce sont là les données qu'on ne saurait méconnaître. Je pensais que les dirigeants du Parti communiste français finiraient par en tenir compte.

J'ai perdu aujourd'hui cet espoir, et c'est pourquoi je me décide à rompre ce vœu de silence.

J'ai perdu cet espoir en plusieurs étapes. L'expérience m'a prouvé, comme je l'ai dit, que l'autocritique n'avait aucune efficacité véritable, que l'intellectuel communiste n'avait, même en ce qui concerne son métier, qu'à s'incliner, non pas devant des décisions prises à la majorité, mais devant des “ diktats ” imposés par quelques-uns. Je ne m'étendrai pas sur ce point, que je continue d'ailleurs à considérer comme secondaire. C'est seulement le symptôme d'un mal plus étendu et plus profond.

Nous assistons depuis près de deux ans à une série de phénomènes historiques qui ne laissent pas d'inquiéter jusqu'aux moins clairvoyants.

Je suis allée en Pologne au printemps 1948. Ce qui m'avait frappée pendant ce voyage, c'était la souplesse dont faisait preuve le gouvernement polonais dans la reconstruction et la transformation du pays. Il semblait alors que chaque république démocratique populaire conduisait sa révolution d'après une méthode commune, mais en gardant sa propre individualité.

Puis a éclaté l'affaire Tito. Tout a changé. Tout s'est passé désormais comme s'il ne s'agissait plus de construire le socialisme dans chaque pays, mais, avant tout, de servir étroitement les intérêts de l'Union soviétique.

On nous a présenté Tito, Rajk [1], Kostov, Gomulka comme des " traîtres ". Il est pour le moins étrange que tous fussent des communistes connus comme les plus anciens, les plus aimés de leurs peuples. J'avoue que, de part et d'autre, les réquisitoires, les plaidoiries, les aveux ne m'ont pas convaincue. Les pièces du procès nous manquent, sur lesquelles nous pourrions étayer un jugement valable. Il semble du moins qu'il y ait un lien commun. De toute évidence, on appelle " traîtres " des hommes qui ne sont pas " d'accord ". Il est possible qu'ils aient historiquement tort, qu'un pays en révolution se doive de les pendre pour vaincre. Mais ce qu'il est impossible d'admettre, c'est qu'il faille les déshonorer en même temps.

L'affaire Rajk, telle qu'elle nous est livrée, est impen-

1. Communiste hongrois, ministre de l'Intérieur, puis des Affaires étrangères, Rajk est arrêté le 8 juin 1949 alors qu'il est encore membre du bureau politique. Son procès est mis en scène par Staline et Kadar, qui le persuadent d'avouer. Communiste orthodoxe, il est victime d'intrigues à l'intérieur du Parti. Avec Kostov, il est condamné à mort et exécuté en 1949. En mai 1956, Rajk est officiellement réhabilité.

sable. Si Rajk est un policier, un mouchard, comment comprendre sa déclaration finale sur la justice du peuple, dont il accepte pleinement le verdict. Une telle déclaration ne peut se concevoir que de la part d'un homme qui garde sa confiance dans le système au nom duquel on le juge et qui s'accuse pour le servir jusqu'au bout. J'y vois beaucoup de grandeur. Mais est-ce une grandeur nécessaire que l'aveu simulé de sa propre abjection, alors qu'il manque si manifestement son but ?

Il serait plus efficace sans doute, de jouer cartes sur table : d'avouer son désaccord d'un côté, de reconnaître de l'autre, que l'Union soviétique, considérée comme l'unique garant de la révolution, ne peut tolérer aucune opposition à sa volonté.

Tout cela n'est qu'une hypothèse. Mais nous avons le droit de recourir à l'hypothèse, lorsque aucun éclaircissement vraisemblable ne nous est donné.

Je suis bien forcée d'admettre le mensonge politique. C'est là une méthode courante et éprouvée de gouvernement. Nous en voyons assez d'exemples ici. Nous en avons vu d'admirablement montés par la propagande hitlérienne. Le capitalisme mourant, le fascisme n'ont pas d'autres armes.

Mais le communisme qui va dans le sens de l'histoire, a l'histoire pour lui, la vérité historique pour lui. Il déclare se baser sur le marxisme, qui est une méthode de recherche et d'application de la vérité dans tous les domaines. Alors au nom de quoi ces subterfuges ? Ou bien le communisme n'est-il pas ce qu'il prétend être ?

On me dit alors qu'il y a une vérité bourgeoise et une vérité prolétarienne, une justice bourgeoise et une justice prolétarienne. Nous ne croyons plus à l'absolu et tout se passe dans l'histoire et dans le temps. Mais une telle position intellectuelle présente de graves dangers. Elle peut mener à toutes les falsifications, car il est plus facile de mentir que de chercher dans la réalité l'argument irréfutable qu'elle doit toujours fournir au communisme, si sa position historique est juste. Mais au nom de la vérité d'efficacité, de la vérité du communiqué de guerre (qui doit avant tout sauvegarder le moral de l'armée), on n'hésite pas à recourir au mythe et finalement au mensonge. C'est là le contraire du marxisme qui a pour but de délivrer l'homme de toutes ses mythologies.

J'en suis arrivée là. Il est clair qu'à ce moment, il n'est plus possible de rester membre du Parti communiste.

J'ai prévenu mes camarades.

Si un intellectuel a refusé la solidarité de la classe bourgeoise, c'est au nom de la vérité historique, de la justice sociale, de la critique raisonnable. Il ne peut les abandonner qu'en niant les raisons mêmes de son choix. Lorsque la cause du prolétariat emploie pour parvenir à ses fins des moyens qui l'en détournent (car les moyens réagissent sur les fins), il a le droit et le devoir de le dire. Tant pis s'il doit être pour autant considéré comme un " traître ". Tant pis si dans la mêlée qui se prépare entre le capitalisme et le communisme, il doit être, de toute façon, englouti.

Lorsque nous luttions dans la Résistance contre l'hitlérisme, nous savions ce que nous risquions. Nous avons assumé ces risques. Cela me donne aujourd'hui le droit de dire à mes camarades du Parti :

Je ne suis pas la seule à penser ce que je pense, et dans vos rangs mêmes. Vous êtes notre espoir, notre seul espoir, car la transformation sociale nécessaire est impensable sans vous. Mais êtes-vous sûrs que vous suiviez bien la route qui y mène ? Cette route sur laquelle tant d'hommes et tant de femmes voudraient s'engager avec vous. Ce n'est pas en vain que Marx a prévu la prolétarisation des classes moyennes. Ce phénomène s'accomplit aujourd'hui devant vous. En France, les classes moyennes pas plus que les paysans ne sont liés avec le grand capitalisme. Pas plus que vous, ils ne veulent devenir tributaires des États-Unis. D'où vient alors que, loin de gagner des adhérents, vous vous trouviez au contraire en recul sur les positions que vous aviez conquises après la Libération ?

Parce que votre propagande basée sur le mythe ne correspond pas aux exigences du peuple français ; parce que, sous couleur d'indépendance nationale, vous êtes en réalité inféodés à une puissance étrangère et que nous voyons maintenant comment cette puissance étrangère agit vis-à-vis des États satellites ; parce que vous avez choisi le chemin le plus facile : non pas de penser la révolution par vous-mêmes, mais d'en calquer ailleurs les mots d'ordre et la technique.

URSS-communisme d'un côté, capitalisme de l'autre, vérité d'un côté, erreur de l'autre, impossibilité de concevoir le communisme sous une forme qui convienne à chaque pays, voilà une position intellectuelle des plus confortables et qui justifie toutes les paresses. Mais le confort intellectuel ne correspond pas forcément à la réalité historique, cette réalité que les hommes font eux-mêmes.

Nous sommes arrivés à un tournant de l'histoire. Un autre monde est en train de naître. Le visage qu'il prendra ici et pour nous dépendra finalement de notre volonté, de notre lucidité et de notre courage. »

***

Le 17 décembre 1949, *L'Humanité*, sous le titre : « C'est l'avis des travailleurs qui compte », annonçait ma démission. Cette information illustrait parfaitement la méthode de falsification que je reprochais aux staliniens. Je ne m'en étonnai donc point. Elle m'apportait au contraire un argument de plus.

Si l'on n'y citait pas un mot de mon article, on rappelait le dernier discours de Maurice Thorez : « Dans les conditions d'exacerbation de la lutte des classes, il est inévitable que les éléments les plus faibles perdent pied. Ils s'effrayent. Ils ne se résignent pas au combat. C'est particulièrement vrai pour ceux qui, dans les périodes de facilité relative, sont venus au Parti des milieux de la petite-bourgeoisie. » Et le rédacteur ajoutait : « Quelle illustration reçoivent-elles (ces lignes) par la " démission " d'Édith Thomas. Comme Maurice Thorez voyait juste. »

La période de facilité où j'étais entrée au Parti, c'était septembre 1942, en pleine occupation nazie.

Ma cellule, en m'excluant le 19 décembre, raffinait le mensonge de *L'Humanité*. Je savais aussi qu'elle ne pouvait faire moins : « Édith Thomas était membre de notre cellule depuis la Libération. » Membre de l'Union des femmes françaises, du Comité national des écrivains, j'avais reçu sous l'Occupation l'ordre de ne pas « militer à la base pour ne pas multiplier inutilement les risques ». Ma cellule le savait.

Je ne répondis même pas. À quoi bon ? Je n'aurais pas convaincu les staliniens. L'opinion des autres m'importait peu. J'avais dit ce que j'avais à dire et je voulais seulement qu'on fît le silence là-dessus. Je refusai tout interview. Un reporter de *Match* entra inopinément dans mon bureau des Archives. Je le priai de me laisser en paix. J'étais entrée dans un *no man's land*. Je voulais pouvoir m'y reprendre, et seule. Les Archives étaient désormais pour moi une sorte de havre, tout au bout du monde, tout au bout de la solitude et du silence. Je voulais me contenter de ces papiers où l'on retrouve les actes passionnés des hommes morts depuis des siècles, de ces arbres sans feuilles et du bruit du jet d'eau. Il me semblait que j'avais définitivement rompu avec mon temps. Je ne voulais plus le voir qu'avec le détachement que j'ai devant un document périmé depuis des siècles. Tout m'était égal et si j'avais encore des comptes à rendre, ce n'était plus qu'à moi-même.

***

Cependant il fallait continuer à vivre. Si à l'écart que je fusse désormais, ma rupture avec le Parti, les arguments que j'avais donnés pour expliquer cette rupture m'avaient rapprochée de la Yougoslavie. Marko Ristic, qui était alors ambassadeur à Paris, m'invita à me rendre à Belgrade en 1950. Je n'avais plus cette fois de raison de refuser. Certes, il ne s'agissait pas pour moi de remplacer une Mecque par une autre, Moscou par Belgrade et de placer dans Tito la confiance aveugle que je n'avais jamais mise dans Staline. Mais je voulais voir dans quelle mesure un pays placé dans une situation impossible, entre le bloc stalinien et le bloc capitaliste, réussirait à poursuivre une expérience communiste, s'il serait capable de la mener jusqu'au bout, sans être asservi par l'Union soviétique ou colonisé par les États-Unis. Sans préjuger de l'avenir, je voulais m'assurer sur place que la Yougoslavie n'était pas devenue brusquement – après tant d'éloges de la part des staliniens – le pays fasciste qu'ils nous représentaient.

***

Ce qui me frappa d'abord, ce fut une atmosphère de confiance et de sincérité, que je n'avais rencontrée ni en URSS ni en Pologne. Là-bas, j'avais eu souvent l'impression que mes interlocuteurs ne pouvaient exprimer qu'une partie de la réalité et qu'ils se référaient sans cesse à quelque autorité invisible pour savoir ce qu'ils pouvaient dire, ou ce qu'ils pouvaient faire, ou ce qu'ils pouvaient confier. Sous la cordialité apparente, il y avait sans cesse comme des plages de silence, comme des sentiers de fuite.

En Yougoslavie, rien de comparable. Les gens parlaient ouvertement des difficultés du régime. On mangeait peu, on se vêtait mal, on se logeait où on pouvait. La rupture avec les pays du Kominform avait établi, du jour au lendemain, un blocus économique. Les marchés passés avec la Tchécoslovaquie, la Pologne, l'Union soviétique, avaient été annulés. Du côté des pays capitalistes, il n'y avait eu jusque-là que peu d'échanges. La Yougoslavie – seize millions d'habitants – se trouvait réduite à elle-même : à son sol pauvre, à son industrie naissante, à ses richesses minières encore inexploitées. L'organisation des usines était encore calquée sur celle de l'Union soviétique. Les zadrougas continuaient à s'organiser d'une manière qui rappelait les kolkhozes. Rien qui ressemblât à un retour au capitalisme.

Je rencontrai des hommes et des femmes qui me dirent, les larmes aux yeux (ce n'est pas une clause de style) : « Nous avons combattu contre les Allemands dès 1941, nous avons passé des années à nous battre dans nos montagnes. Nous avons été arrêtés, emprisonnés, torturés par la Gestapo. Nous avons perdu des fils, des filles, des frères, des sœurs dans la lutte contre les nazis. Beaucoup d'entre nous faisaient déjà partie des Brigades internationales pendant la guerre d'Espagne. Et maintenant on vient nous dire que nous sommes devenus des fascistes. Comment cela serait-il possible ? »

Beaucoup pensaient encore à ce moment-là que la condamnation de la Yougoslavie reposait sur une erreur et que l'URSS la reconnaîtrait bientôt. Où donc était le fascisme dans tout cela ?

Je demandai ce qu'était devenue l'opposition kominformiste.

On me répondit :

– Ceux que nous connaissions ont été arrêtés quelque temps. Ils sont maintenant rentrés chez eux et la plupart replacés dans l'activité du pays, mais à des postes moins importants que ceux qu'ils occupaient autrefois.

Je m'étais rarement sentie aussi à l'aise dans un pays étranger : la fierté, le courage, l'humour de ces gens, qui n'hésitaient pas à plaisanter sur des sujets qui leur tenaient à cœur, la confiance qu'ils montraient à leur interlocuteur me plaisaient.

Quand je rentrai en France, je résolus de préciser ma position en ce qui concernait la Yougoslavie. Georges Altman voulut bien publier mes articles dans *Franc-Tireur* [1]. Je n'avais pas le choix.

Pendant ce voyage, j'avais cherché surtout à éclaircir deux points. La Yougoslavie était-elle devenue fasciste ? Dans quelle mesure la rupture avec l'URSS sur le plan politique allait-elle entraîner la modification des méthodes du communisme yougoslave ?

Pour la première question, il fallait au préalable définir le mot « fascisme ». Nous sommes à une époque où règne la confusion des mots. Hitler parlait de socialisme, alors qu'il s'agissait de la dictature du grand capital. Les staliniens appellent fascistes tous ceux qui ne pensent pas comme eux sur certains points. Il convient donc de préciser le sens que l'on donne aux

1. Journal de gauche, avec une diffusion qui tend à dépasser celle de *L'Humanité*, *Franc-Tireur* défend Rajk et Tito contre Staline et devient une cible particulière de la colère du PCF. Sous le titre : « J'ai voulu voir en Yougoslavie si le Kominform avait raison... et je n'ai découvert ni " fascisme " ni " fascistes " », Édith Thomas y écrit deux articles, le 4 et le 5 avril 1950.

mots qu'on emploie. J'appelle socialisme l'appropriation collective des moyens de production, la suppression de l'exploitation de l'homme par l'homme. J'appelle fascisme une dictature policière au service du grand capital, et un renforcement de cette exploitation. Le fonctionnement des usines en Yougoslavie, l'organisation des zadrougas permettaient d'affirmer que la Yougoslavie, comme l'URSS, avait supprimé l'exploitation capitaliste.

À la seconde question, je ne pouvais encore répondre que par la mise en lumière de certaines tendances. La rupture avec l'Union soviétique était encore trop proche. L'admiration qu'on avait professée envers elle pendant des années n'avait pu être effacée en quelques mois.

J'avais rencontré Djilas [1], alors secrétaire du bureau politique du Comité central du parti communiste yougoslave et j'avais eu avec lui une longue conversation. Je lui demandai comment le parti communiste yougoslave avait réagi, avant même la rupture de 1948, sur des questions intellectuelles, par exemple les découvertes de Lyssenko.

– Nous n'avons pas de biologistes au Comité central, me répondit Djilas. Nous avons donc demandé aux savants d'expérimenter dans leurs laboratoires et de nous donner leur conclusion.

C'était revenir au bon sens, tourner le dos à la méthode d'autorité.

– Au point de vue littéraire, me dit-il encore, nous

1. Proche allié de Josip Tito, Milovan Djilas aide à effectuer la rupture de la Yougoslavie avec Staline en 1948. Mais l'indépendance de la pensée de Djilas va trop loin pour Tito. Ayant réclamé plus de liberté d'expression pour les communistes yougoslaves, Djilas perd son poste dans le Parti en 1953. Entre 1956 et 1961, il est emprisonné pour avoir approuvé l'insurrection hongroise contre les tanks soviétiques. Son livre *La Nouvelle Classe* (1957), attaque cinglante contre les privilèges et la tyrannie de la bureaucratie communiste, est publié en contrebande et paraît cette même année en français.

avons donné un prix d'État considérable à l'écrivain Davidcho. Ce n'est pas que nous soyons d'accord avec son esthétique surréaliste. Mais nous pensons qu'il est un grand écrivain et que nous devons lui donner la possibilité de chercher. L'histoire jugera si nous avons raison. Il est bien entendu, ajouta-t-il, que nous ne saurions accepter une littérature qui défendrait les valeurs de la bourgeoisie.

La présidente du Front des femmes antifascistes de Yougoslavie m'avait dit de son côté :

– Il y a deux voies pour aller au socialisme : la bureaucratie et la démocratie. Nous avons choisi la seconde qui est de beaucoup la plus difficile.

Ces articles soulevèrent l'indignation de *L'Humanité* : j'étais devenue entre-temps une « trotskiste », un agent introduit par l'ennemi dans nos rangs, etc.

Quelques jours auparavant, le docteur Olga Milocevic, présidente de la Croix-Rouge yougoslave, était venue faire à Paris une conférence sur la condition des femmes dans son pays. J'y assistais avec Agnès Humbert [1] et Clara Malraux. Dans la salle, quelques femmes de l'Union des femmes françaises, que je connaissais pour la plupart, s'étaient introduites de très bonne heure et occupaient les postes stratégiques. Avant même que ne commençât la conférence, elles se mirent à crier en chœur : « Tito fasciste, Tito assassin. Fascistes. Assassins. »

Olga Milocevic, sans perdre son sang-froid, était devenue très pâle. Elle aussi connaissait toutes ces femmes, qui l'encensaient quelques mois auparavant, comme représentant le pays de Tito. J'allais les trouver et dis à l'une d'elles, qui avait travaillé avec moi dans la Résistance :

1. Critique d'art. *Notre guerre*, témoignage de sa réclusion et de sa déportation en Allemagne, paraît en 1946 chez Émile Paul.

– Enfin, Lucienne, est-ce que tu crois *vraiment* que je suis devenue une fasciste ?

– Non, me répondit-elle brusquement.

Une autre vint me dire, furieuse, quasi hystérique (c'était d'ailleurs son état normal) :

– Quand je pense que tu es allée à Moscou !

– Je ne vois pas le rapport, lui dis-je froidement. Je suis allée aussi dans beaucoup d'autres villes.

Mais ce n'est pas là le langage de la religion. Pour Fernande X (qu'elle veuille bien m'excuser, j'ai oublié son nom), le fait « d'être allé à Moscou » était une sorte de consécration magique. Le comportement tout passionnel de ces bonnes militantes était pour moi une expérience intéressante, je saisissais sur le vif la passion religieuse déchaînée : les païens jetaient les chrétiens aux bêtes ; les catholiques brûlaient les protestants et réciproquement ; les sans-culottes applaudissaient au spectacle de la guillotine ; les Versaillais exultaient devant le massacre des Fédérés. Nul doute que ces femmes ne nous eussent déchirées si elles en avaient eu le pouvoir. Si curieux que cela fût du point de vue historique, c'était aussi assez pénible. Car ces femmes avaient été mes camarades pendant les dangers de l'Occupation. De cela non plus il ne restait rien.

Si ces femmes avaient eu encore un grain d'esprit critique, elles auraient pu s'apercevoir, d'après la conférence d'Olga Milocevic, que la condition de la femme en Yougoslavie reposait sur des principes d'égalité et qu'elle était telle qu'on la pouvait souhaiter dans un pays socialiste. Mais il s'agissait bien d'esprit critique.

L'Humanité publia un petit compte-rendu assez véridique, où de « courageuses Parisiennes » avaient conspué les « traîtres » et les « assassins » aux cris de « Tito fasciste » et de « Tito-la-guerre ». Mais quelques jours plus tard, les courageuses Parisiennes étaient devenues de paisibles mères de famille venues là pour poser des questions et que les méchants fascistes avaient empêchées de parler. Ces variantes prouvent à quel point on compte, à *L'Humanité*, sur l'oubli des lecteurs. L'auteur de l'article brossait en même temps mon portrait. C'étaient mon « égoïsme forcené », mon attachement sordide à mes intérêts personnels immédiats et ma « frousse » qui avaient, depuis toujours, dicté ma conduite (*L'Humanité*, 1er avril 1950).

***

Je retournai en Yougoslavie en septembre 1950 [1]. Une grande expérience y avait commencé. Une expérience dont on n'a pas assez parlé, car les staliniens comme la bourgeoisie ont un égal intérêt à la passer sous silence.

Au lieu d'être dirigées par un directeur nommé par le pouvoir central, les usines et les autres entreprises étaient, depuis la loi de juin 1950, gérées par un conseil ouvrier et un comité directeur élus par les ouvriers eux-mêmes. L'expression : « l'usine aux travailleurs » prenait ainsi son plein sens. De toute évidence, le communisme yougoslave cherchait à se dégager de l'emprise de l'État, à réduire sa bureaucratie, à éviter qu'une nouvelle caste de privilégiés ne reconstituât une classe dirigeante. Cette réforme ne devait aller sans difficultés. On ne les dissimulait pas, mais l'expérience valait d'être tentée, si l'on voulait construire un socialisme qui apportât aussi une promesse de liberté.

On tentait le même effort dans d'autres domaines : les écrivains que j'avais rencontrés me disaient que

1. Sur l'initiative de l'Union des écrivains yougoslaves, Édith Thomas assiste à une rencontre internationale d'écrivains à Dubrovnik avec, dans la délégation française, Claude Aveline, Louis Martin-Chauffier, Clara Malraux et Jean Duvignaud. (Jean Cassou est empêché d'y assister pour des raisons de santé.)

l'on retrouvait peu à peu une plus grande liberté d'expression. En même temps, les privilégiés du régime – hauts fonctionnaires, intellectuels – qui, à l'imitation de l'URSS, avaient joui d'avantages exceptionnels, s'en voyaient privés peu à peu. On les ramenait dans le rang. Cela ne plaisait pas à certains. D'autres, d'authentiques communistes, s'en félicitaient.

Ainsi commence à se dessiner une expérience qui porte peut-être un nouvel espoir : la réconciliation du communisme et de la liberté.

Depuis que j'ai cessé d'écrire ce récit – est-ce un récit, un plaidoyer, un rapport ? –, nous avons appris la mort de Staline [1]. Nous avons assisté ensuite à une série d'événements surprenants. D'abord, la libération des médecins soviétiques arrêtés sur les plus graves accusations de complots et de meurtres. Pour la première fois, l'URSS reconnaît que des aveux avaient été extorqués par des moyens policiers inavouables. Cela donnait raison à ceux qui n'avaient jamais cru à ces auto-accusations monotones que nous voyions se reproduire presque identiquement à chaque procès. Puis, ce fut la réconciliation spectaculaire de Khrouchtchev avec Tito, qui n'était plus un « traître », mais un communiste fort estimable. Le rapport Khrouchtchev, en dévoilant les méthodes policières et les crimes de Staline, laissait espérer que quelque chose allait enfin changer dans l'univers communiste, qu'on allait y voir ressusciter l'honnêteté intellectuelle, avec toutes les exigences qu'elle implique. Les hésitations, les retours en arrière, enfin la politique de force que l'URSS a employée à l'égard du peuple hongrois révolté contre

1. Staline est mort le 5 mars 1953.

un régime intolérable, ont prouvé que rien n'avait foncièrement changé.

De l'autre côté, la politique menée par un gouvernement dit socialiste, en Algérie, et l'aventure de Suez montrent que le Parti socialiste est aussi incapable que le Parti communiste de mener l'histoire des hommes vers cette aurore à laquelle nous avons cru [1].

Cette longue histoire d'un échec peut nous rejeter au scepticisme, à l'indifférence, au désespoir. Comment les hommes du XXe siècle seront-ils capables d'éviter une troisième guerre mondiale où disparaîtraient tous les vestiges de la civilisation, qu'elle soit bourgeoise ou « prolétarienne » ? Car la civilisation est une somme commune, que les hommes, quels qu'ils fussent, ont accumulée au cours des siècles, des fresques de Lascaux à Michel-Ange, des palais d'Angkor aux gratte-ciel de New York, des tours du Kremlin à celles de Notre-Dame, des barrages du Dnieprostroi à ceux de la Tennessee Valley. Les hommes du XXe siècle seront-ils capables de faire qu'aucun homme n'ait plus faim sur cette terre et puisse jouir de sa part du commun héritage ? Je ne sais. Dans ce monde absurde, je ne connais pleinement que mon désaccord.

Je suis seule devant ces documents périmés depuis des siècles, mais qui contiennent encore le reste de la vie des hommes, devant des arbres qui, chaque année, poussent leurs feuilles au printemps. J'ai fermé la porte derrière moi. Mais les bruits arrivent toujours du dehors, tant que l'on n'a pas choisi d'être mort.

Que me reste-t-il aujourd'hui, sinon cet effort de probité et de lucidité envers les hommes et envers les faits, que l'on exige de tout historien ? Mais ces qualités élémentaires, on est en droit de les exiger aussi de ceux

1. Bien qu'elle termine son récit avant mars 1953, les événements historiques auxquels elle fait allusion dans les deux paragraphes suivants indiquent qu'elle écrit sa conclusion fin 1956 ou 1957.

qui se mêlent de faire de l'histoire vivante. Le marxisme est une méthode scientifique qui postule l'honnêteté intellectuelle, ou bien il n'est pas plus valable que n'importe quel autre système.

J'ai essayé de faire la révision d'à peu près vingt ans d'une existence quelconque. C'était une mise au point qui m'était nécessaire et chaque livre n'a de justification que dans sa nécessité intérieure. Il est très possible que ces pages n'aient d'intérêt que pour moi. Il est possible aussi qu'elles aient la valeur d'un témoignage pour ces temps déchirés. Je n'en sais rien. Peut-être aussi ai-je écrit ces pages pour avoir ta réponse, qui que tu sois. Mais je ne crois plus guère aux réponses.

INDEX DES NOMS CITÉS

Abetz Otto, 62, 100.
Action française, 43, 45, 92, 163.
Adam George, 172.
Agence Espagne, 71, 72.
Altman Georges, 221.
Aragon Louis, 12, 46, 47, 49, 53, 59, 62, 69, 70, 78, 108, 113, 122, 178, 179, 181, 210.
Arland Marcel, 109.
Armée Rouge, 143.
Armée secrète, 130, 133, 144.
Arnaud Georges, 49.
Association des écrivains et artistes révolutionnaires (AEAR), 9, 46, 47, 49, 50, 53, 55, 71.
Aury Dominique, 174.
Auschwitz, 119, 136.
Aveline Claude, 225.

Balzac Honoré de, 76.
Basch Victor, 79.
Bedel Maurice, 109.
Belin René, 92.
Bellanger Claude, 176.
Bergen-Belsen, 136.
Bidault Georges, 112.
Bierut Boleslaw, 200.
Blanzat Jean, 105, 106, 108.
Bloch Jean-Richard, 62.
Bonnard Abel, 163.
Bourdet Claude, 12, 211.
Bourdonnaye Élisabeth de la, 120.
Borodine Aleksandr, 186.
Bourgin Georges, 122.
Brasillach Robert, 45.
Braun Madeleine, 204, 205, 206.
Bruller Jean, 109, 110.
Bullitt William, 87.

Cabet Étienne, 193.
Cain Julien, 60.
Camus Albert, 107.
Candide, 90.
Casanova Danièle, 119.
Casanova Laurent, 119, 175, 182, 183.
Cassou Jean, 225.
Ce Soir, 10, 46, 62, 64, 66, 68, 69, 70, 71, 78, 84, 169.
Cézanne Paul, 182.
Chamson André, 46, 58.
Chartreuse de Parme (La), 181.
Cheval blanc (Le), 100.
Chevalier Maurice, 178.
Chiappe Jean (préfet), 89.
Choltitz Dietrich von (général), 170.
Chomat Claudine cf. Michaut Claudine.
Chopin Frédéric, 76.
Chostakovitch Dmitri, 186.
Cocteau Jean, 178.
Colomb Christophe, 192.
Combat, 12, 211.

Comité français de la libération nationale, 159.
Comité national des écrivains (CNE), 10, 20, 21, 105, 109, 117, 176, 177, 178, 179, 211, 218.
Comité national de la Résistance, 112.
Comité pour l'étude de l'histoire de la Deuxième Guerre mondiale, 15, 204.
Commune, 10, 47, 80, 103, 151.
Comœdia, 17, 99.
Confédération générale du patronat français, 87.
Confluences, 124, 126.
Conseil national de la Résistance, 112, 160.
Considérant Victor, 193.

Daladier Édouard, 73, 87, 89, 100.
Darlan François (amiral), 83.
Davidcho Oscar, 223.
Déat Marcel, 206.
De la paille et du grain, 179.
Débats, 45.
Debû-Bridel Jacques, 105, 106, 112.
Decour Jacques, 10, 80, 103, 188.
Delacroix Eugène, 186.
Delattre de Tassigny (général), 191.
Desanti Dominique, 13.
Desvignes (Mme), 109.
Desvignes (M.) cf. Bruller Jean.
Djilas Milovan, 49, 222.
Doriot Jacques, 206.
Dostoïevski Fedor, 118.
Drieu la Rochelle Pierre, 17, 53, 55, 59, 99.
Duclos Jacques, 13, 78, 101, 112, 176, 204, 205, 206, 208.
Duvignaud Jean, 225.

Éditions Colbert, 19, 105.
Éditions Gallimard, 16, 19, 42, 45, 55, 105.
Éditions Hier et Aujourd'hui, 22.
Éditions de Minuit, 11, 16, 105, 106, 109, 110.
Éditions de Minuit (1942-1955) : le devoir d'insoumission, p. 110.
Ehrenbourg Ilia, 73.
Eluard Paul, 106, 110, 111, 112, 166, 167, 178.
Engels Friedrich, 24, 48, 180.
Espoir, 72.
Europe, 10, 108.

Fabien Pierre Georges dit le colonel, 170.
Faÿ Bernard, 109, 163.
Femmes françaises, 15, 22, 119, 121, 127, 171, 173, 194.
Fernandez Ramon, 53.
Forces françaises de l'intérieur (FFI), 154, 159, 160, 162, 165, 166, 169, 170, 171.
Forces françaises libres, 170.
Fourier Charles, 193.
France au travail (La), 62.
France-URSS, 194.
Franc-Tireur, 221.
Francs-Tireurs-Partisans (FTP), 113, 121, 122, 124, 126, 129, 130, 131, 133, 134, 145, 149, 151.
Front national, 112, 113, 114, 117, 121, 165, 168, 170, 172, 205.
Front populaire, 57, 58.

Gamelin Maurice (général), 83.
Gaulle Charles de (général), 43, 89, 90, 169, 170, 171.
Gignoux Claude-Joseph, 87.
Girard Georges, 49.
Giraud Henri (général), 113.
Gomulka Wladyslaw, 203, 214.
Gringoire, 86.
Guéhenno Jean, 10, 58, 105, 106, 107, 108, 109.
Guillevic Eugène, 106.
Guilloux Louis, 66, 99.

Havas, 84.
Herriot Édouard, 155, 156.

Hiroshima, 191.
Histoire générale de la presse française, 176.
Hitler Adolf, 79, 85, 87, 88, 89, 100, 182, 221.
Honneur des poètes (L'), 11, 110.
Houssilane Raymond, 44.
Hugo Victor, 76.
Humanité (L'), 12, 13, 46, 63, 78, 79, 100, 113, 115, 200, 202, 212, 217, 218, 223, 224, 225.
Humbert Agnès, 223.

Idéologie allemande (L'), 24.
Intelligence en guerre (L'), 172.
Internationale (L'), 59.
Izvestia, 73.

Jdanov Andreï Aleksandrovitch, 12, 182.
Jeanne d'Arc, 87, 119.
Joliot-Curie Frédéric et Irène, 79.
Jouhandeau Marcel, 109.
Jouhaux Léon, 87.
Journal des années noires, 105.
Journée industrielle (La), 87.

Khrouchtchev Nikita, 226.
Kostov, 203, 214.

La Fontaine Jean de, 97.
Langevin Paul, 79, 160.
Las Casas Bartolomé de, 189.
Laval Pierre, 157.
Lazare, 105.
Leclerc Françoise, 120.
Leclerc (général), 169.
Légion des volontaires français contre le bolchevisme (LVF), 139.
Lénine Vladimir Ilitch Oulianov dit, 48, 52, 180, 196, 210.
Lescure Pierre de, 109.
Lettre aux directeurs de la Résistance, 17, 19, 111.
Lettres françaises (Les), 10, 15, 103, 106, 109, 143, 167, 172, 179, 191, 194.
« Liberté », 167.
Luc Jean, 43, 46, 47.
Lyssenko Trofim Denissovitch, 12, 182, 183, 213, 222.

Malraux André, 72, 174.
Malraux Clara, 223, 225.
Mann Thomas, 75.
Mansfield Katherine, 76.
Marcel Gabriel, 107.
Marie-Claire, 173.
Marquet Adrien, 92, 94.
Marseillaise (La), 194.
Martin-Chauffier Louis, 17, 18, 58, 225.
Marty André, 203.
Marx Karl, 24, 27, 48, 52, 180, 194, 216.
Matérialisme et Empiriocriticisme, 196.
Mauriac François, 44, 106, 107, 178.
Maurras Charles, 43, 96, 98.
Mauvais Léon, 175.
Maydieu (R.P.), 105, 107.
Mendel Johann, 182.
Michaut Claudine, 119, 173, 175, 196, 207.
Michaut Victor, 119.
Michel Louise, 22.
Michel-Ange Michelangelo Buonarroti dit, 227.
Michelet Jules, 170.
Milocevic Olga, 223, 224.
Mitchourine Ivan Vladimirovitch, 182.
Montagne magique (La), 75.
Montherlant Henri de, 109.
Morgan Claude, 10, 13, 103, 104, 105, 106, 115, 122, 123, 154, 178.
Moulin Jean, 112.
Moussinac Léon, 46, 79.

Moussorgski Modest Petrovitch, 186.
Mussolini Benito, 87.

Nizan Paul, 63, 78.
Nouvelle Classe (La), 49.
Nouvelle Revue française (NRF), 17, 99.
Nusch, 167.

Oradour, 136, 192.

Paraf Yvonne, 109, 110.
Paris-Match, 218.
Paris-Soir, 62, 64.
Parisien libéré (Le), 176, 194.
Parrot Louis, 172.
Parti populaire français, 206.
Pauker Anna, 203.
Paulhan Jean, 10, 16, 17, 18, 20, 99, 103, 104, 105, 106, 107, 109, 111, 112, 177, 178, 179, 189.
Péri Gabriel, 78, 88, 188.
Pétain Philippe (maréchal), 88, 89, 91, 92, 93, 96, 123, 155, 157, 196.
Picasso Pablo, 182.
Pomaret Charles, 89.
Prenant Marcel (professeur), 183.
Prokofiev Sergueï Sergueiëvitch, 186.

Rabaté Maria, 121, 173.
Racine Jean, 97.
Rajk Lászlo, 12, 214, 215, 221.
Rassemblement du peuple français (RPF), 43.
Réforme, 121.
Regards, 10, 61, 72, 74, 80, 194.
Revue hebdomadaire (La), 9, 44, 45.
Reynaud Paul, 87, 88.
Richard Élie, 62.
Ristic Marco, 219.
Robrieux Philippe, 206.
Rol (colonel), 160.
Roland Pauline, 22.
Roosevelt Franklin D., 88.
Rossel Louis, 22.
Rousso Henry, 20.
Rysselberghe Marion van, 53.

Sadoul Georges, 122, 123, 125, 126, 127, 129.
Saint-Simon Louis de Rouvroy (duc de), 193.
Sand George, 22.
Sartre Jean-Paul, 107.
Seyss-Inquart Arthur, 89.
Shakespeare William, 155.
Silence de la mer (Le), 109.
Simonin Anne, 110.
Slanski Rudolph, 203.
Soustelle Jacques, 43.
Spinoza Baruch, 75.
Staline Joseph, 48, 180, 198, 202, 210, 219, 226.
Stendhal Henri Beyle dit, 55, 179, 181.
Struthof, 192.

Téry Simone, 202.
Thibaud de Champagne, 97.
Thomas Fernande, 32.
Thomas Georges, 31, 38.
Thomas Gérard, 13, 38, 43.
Thorez Maurice, 13, 14, 175, 176, 180, 182, 211, 218.
Tito Josip Broz dit le maréchal, 11, 12, 202, 203, 204, 206, 214, 219, 221.
Tolstoï Lev Nikolaïevitch (comte), 76.
Triolet Elsa, 100, 108, 122, 178, 179.

Unik Pierre, 46, 72, 73, 80, 198.
Union des femmes françaises (UFF), 22, 117, 119, 120, 154, 167, 172, 174, 175, 194, 211, 218, 223.

Union des intellectuels français, 43.
Union des jeunes filles de France, 119.

Vailland Roger, 75.
Vaillant-Couturier Paul, 46, 47.
Van Gogh Vincent, 186.
Vendredi, 10, 58, 59, 61.
Vercors cf. Bruller Jean.
Vie intellectuelle, 105.
Vildrac Charles, 105.
Villon Pierre, 22, 112, 113, 117, 205.
Viollis Andrée, 58.

Wallon Henri, 160, 171.
Watteau Antoine, 76.,
Weermersch Jeannette, 175.

Dorothy Kaufmann tient à remercier tout particulièrement :

la fondation Florence Gould, dont le soutien généreux lui a permis de se consacrer à plein-temps à ce projet et de le mener à bien;

Christine Patoux, qui l'a assistée avec compétence et enthousiasme dans la tâche ardue de déchiffrage des journaux;

Jean Astruc de l'IHTP, et Jane Stahl de la French Library à Boston, pour leur disponibilité et leur efficacité;

Daniel et Andrée Thomas, qui ont apporté leur appui constant à ce projet sur « la tante Édith », tout en lui laissant une entière liberté. Leurs encouragements, ainsi que leurs critiques avisées, lui ont fourni une aide précieuse.

Dominique Aury, qui lui a confié les journaux et les Mémoires de son amie Édith Thomas pour tout le temps nécessaire. Sans sa confiance et son amitié, ce livre n'existerait pas.

Elle remercie encore : Célia Bertin, Michel Couderc, Claude Courchay, Marie Fort, l'Institut Bunting, Christian Marouby, Anne Simonin, Susan Suleiman et Jean-Pierre Azéma.

BIBLIOTHÈQUE DÉPARTEMENTALE DE PRÊT
ARIÈGE